宮澤賢治の音楽風景

――音楽心象の土壌――

Miyazawa Kenji
Foundation of
His Musical Image

尾原昭夫
編著
Obara Akio

風詠社

目次

すいせんの言葉

うたとかたりのネットワーク主宰
鵜野　祐介

このたび、本書『宮澤賢治の音楽風景』が上梓されるにあたり、「すいせんの言葉」を寄稿させていただくこととなり、恐悦至極の心地です。

著者の尾原昭夫先生は、一九六〇年代より全国各地のわらべうたの調査研究を手がけられ、日本のわらべうた研究の第一人者として半世紀以上にわたって活躍してこられました。ご著書『日本のわらべうた』（全三巻、室内遊戯歌編、戸外遊戯歌編、歳事季節歌編、社会思想社。文元社再刊）や『近世童謡童遊集』（柳原書店）は、わらべうた研究者にとって必携の文献です。

先生に初めてお目にかかってから二〇年近い歳月が流れておりますが、本書「あとがき」にも触れておられる「謙虚」という言葉が、先生のお人柄を表現するに最もふさわしいものとして、現在まで変わることなく頭に浮かびます。そしてまた、常に「ふしぎがりの心」を持って前向きに生きておられる姿に感銘を受けている次第ですが、特に近年、先生が強い「ふしぎがりの心」を寄せてこられたのが、中学時代からの「心の友」とも言うべき「賢治さん」、宮澤賢治の「音楽風景」です。

本書の特長は、賢治の生きた時代の音楽を、クラシック音楽、民謡、わらべうた、俗謡、仏教音楽、学校教育などといったジャンルの枠を超えて「風景」としてすくい上げ、それが賢治の作品にどのように反映しているかを、専門的知識と芸術的想像力を駆使して考証していった点にあると思われますが、なにより先生の「賢治さん」に対する親愛の情が、文面のみならず、数多くの図版やご自身撮影の写真の端々にまで満ちあふれていることに深い感動を覚えます。

本書が多くの皆様に読んでいただけることを願いますとともに、尾原先生の益々のご健勝とご活躍を心からお祈り申し上げます。

（立命館大学教授、日本児童文学学会代表理事）

感謝

賢治の会主宰　落合美知子

「宮澤賢治の音楽風景」を私は「賢治の会」の仲間と共に数年間尾原先生から直接伺いました。講演の中で尾原先生が賢治さんに捧げる「星めぐりの歌」の篠笛演奏は天にも私たちの心にも力強く響きわたり、「双子の星」や「種山ヶ原」を朗読し、歌う尾原先生のお声には賢治さんの魂が宿っているようでした。また、作品の土壌となっている文化や生い立ちの地を訪ねて作られた3部作の映像（ＤＶＤ）では、賢治さんへの深い愛のまなざしが感じられます。本書には、こうした尾原先生のさまざまな体験と七十余年、賢治さんと共にあゆまれたお心が溢れています。これらの感動を多くの方々に届けることが出来るようになって、私は仲間と共にこの上ない喜びを味わっています。

周知のとおり尾原先生は、生涯をかけてわらべうたを今日につなぎ貴重な研究と記録を残しきています。宮澤賢治の作品が時代を越えて人々の魂に響くのは、根底にこのわらべうた（音楽）が流れ、自然、風土の恵みや環境を吸収して生まれてきたからでしょう。

宮澤賢治は『注文の多い料理店』の序文で、「これらのわたくしのおはなしは、みんな林や野はらや鉄道線路やらで、虹や月あかりからもらってきたのです。」と記しています。尾原先生は、永年の地道な研究で賢治さんがもらってきて影響を受けた世界を貴重な画像や資料を掲載して丁寧に伝えています。本書は、賢治さんが生きた明治から昭和に至る音楽、文化、環境の歴史書でもあります。これらの宮澤賢治の音楽心象の土壌は、私たち一人ひとりに培われてきた魂の土壌でもあることに気付かされました。

本書が、賢治作品を読む方、音楽（わらべうた等）や児童書に関わる方の傍らにありましたらどんなに大きな力になることでしょう。

（「おはなしとおんがくのちいさいおうち」主宰
児童図書館研究会会員）

東北・岩手の災害史をひもとく　—序にかえて—

宮澤賢治の生涯に多大の影響を与え、一生を通じて覆いかぶさっていた暗雲、「ヒデリノトキ」や「サムサノナツ」のそれは、東北の不順な天候、それに伴う不作、飢饉、時にはおびただしい餓死者の続出する、想像を絶するほどの大飢饉であった。以下、桑田忠親監修『日本史分類年表』１９７４東京書籍発行ほかから、東北、特に江戸時代以降の岩手に視点をしぼって、災害史をひもとき、その概要と実態を探ってみよう。そのなかで特に甚大な被害をもたらした大災害には**ゴシック体**を用い、また2年3年と連続しての災害には**傍線**を施した。

慶長16年１６１１　岩手凶作
元和元年１６１５　岩手冷夏
寛永元年１６２４　岩手凶作
寛永17年１６４０　岩手凶作
寛永18年１６４１　諸国飢饉
万治2年１６５９　東北旱魃・不作
寛文元年１６６１　東北不作
寛文８年１６６８　全国的に旱魃・東北は飢饉
延宝8年１６８０　東北凶作
天和元年１６８１　東北凶作
貞享元年１６８４　諸国旱魃
貞享3年１６８６　東北凶作
貞享4年１６８７　東北飢饉
元禄4年１６９１　岩手凶作
元禄12年１６９９　東北不作・飢饉
元禄15年１７０２　東北飢饉・凶作
宝永2年１７０５　東北旱魃・凶作
享保9年１７２４　東北凶作
享保17年１７３２　全国的に大飢

饉

寛延元年1748　東北大旱魃　寛延2年1749　岩手凶作　寛延3年1750　秋岩手凶作

宝暦4年1754　秋東北冷害・凶作　**宝暦5年1755　夏〜秋東北飢饉・冷害　特に岩手では飢饉で4万9594人死亡**　宝暦7年1757　5月から6月岩手霖雨　宝暦13年1763　東北凶作　明和4年1767　岩手虫害

明和7年1770　夏全国的旱魃

安永元年1772　夏岩手凶作　安永2年1773　夏東北旱魃　安永3年1774　夏東北冷害

安永8年1779　10月奥羽大風雨・洪水　安永9年1780　秋東北凶作

天明2年1782　秋〈天明の大飢饉〉（1782〜1787）全国的飢饉・凶作・冷害　特に岩手4万850人死亡

天明3年1783　浅間山噴火

天明4年1784　全国的飢饉・凶作　1784〜1785の間に全国で約92万人の人口が減少

天明6年1786　東北飢饉・凶作　天明7年1787　岩手飢饉

寛政6年1794　夏から秋東北旱魃　文化2年1805　夏東北旱魃

文化3年1806　4月盛岡火災　541戸焼失

文化5年1808　秋岩手不作　文化7年1810　秋東北凶作

文化10年1813　秋東北凶作飢饉　文化11年1814　秋岩手凶作　文化13年1816　秋東北凶作

文政11年1828　8月東北大風雨・洪水

天保3年1832　夏全国的旱魃　秋東北凶作　天保4年1833　秋東北大風雨・飢饉

天保6年1835　夏岩手大雨・洪水　天保7年1836〈天保の飢饉〉　秋奥羽大風雨・洪水　長雨・洪水・冷害により全国的大飢饉・凶作　農村は荒廃　都市の米価は高騰　翌年大塩平八郎の乱など各地に一揆が起きる

弘化3年1846　夏全国的霖雨・洪水　春から雨続きで夏も暑さなし

嘉永3年1850　秋岩手凶作　**嘉永4年**1851
秋岩手不作　嘉永6年1853　夏・秋全国的大旱魃
安政4年1857　秋岩手凶作　慶応2年1866
夏東北凶作　明治2年1869　秋東北凶作
明治7年1874　秋岩手凶作　**明治8年**1875
7月東北大風雨・洪水
明治17年1884　11月盛岡大火　1432戸消失
明治29年1896　6月15日三陸地方大津波24m　流失・全壊家屋9300余　死者1万8158人
7月大風雨　北上川氾濫（8月27日賢治誕生）
8月31日岩手県和賀郡沢内村真昼岳を震源とする大地震　家屋損壊5600　死者260人
（20歳の母イチは、えじこの賢治を、身を伏せて念仏を唱えてかばい、事なきを得た。）
明治30年1897　秋東北虫害　明治35年1902
夏岩手冷害・東北凶作　明治39年1906　秋東北凶作
大正12年1923　9月関東大震災　死者9万9331人　行方不明4万3476人　家屋全壊12万8266戸　家屋半壊12万6233戸　家屋消失44万7128戸
昭和8年1933　3月三陸大地震・津波　波高　田老10・1m　白浜23m　綾里25m　死者3008人　家屋流失4917戸　家屋倒壊2346戸　浸水4329戸　船舶流失7303隻
昭和9年1934　夏奥羽冷害

特筆すべきは、寛永17・寛永18、延宝8・天和元、貞享3・貞享4、寛延元・寛延2・寛延3（3年連続）、宝暦4・5・7、安永1・2・3（3年連続）、明和9・天明2・4、6・7、文化2・3、5・7、文化10・11・13、天保3・4、6・7、明治7・8、明治29・30、のように2年連続あるいは3年連続のことも多いこと。ほぼ毎年のように襲う大災害は、農民に全く立ち直る時をも与えない。宮澤賢治出生地の近く、花巻市双葉町の浄土宗松庵寺は、昔から餓死者や水子の供養の寺として知られ、今も餓死者供養塔が数多く並立し、往時の災害のすさまじさを無言で物語っている。『啄木賢治の肖像』岩手日報社刊によれば、この寺は飢饉の際には御助粥《おたすけがゆ》所となり、各地からたどり着いた人々を世話し、命の絶えた人を埋葬して弔ったという。

江戸時代、南部藩では、ほぼ四年に一度の頻度で、実に七十六回もの凶作が発生し、特に元禄・宝暦・天明・天保の飢饉は〈**南部藩四大飢饉**〉と称され、餓死者は二万五六千人～五万人だったという。藩の人口が二十五万人前後の時代、おおよそ十人に一人か二人の人が餓死するという惨状である。ちなみに今われわれに強烈なインパクトとして心に刻まれている平成23年（2011）の東日本大震災（マグニチュード9）での岩手県の被害は、死者4675人、行方不明1112人、負傷者112人、震災関連死者469人。江戸時代宝暦、また天明の大飢饉ではそれぞれに4万人台という膨大な犠牲者を出していることを思えば、その惨状はまさに想像もできないほどの残酷さであったろう。賢治はみずからの詩作、児童文学創作への強い志をもちつつも、さらに結核という当時としては死の病いの身をもかえりみず、けなげにもその災害から多くの人々を救うために、恐ろしい自然の猛威に単身立ち向かおうと生涯をかけたのである。しかしながら、災害の危険性は江戸時代、明治時代にとどまらず、今現在においても、そして未来においても続くものと、われわれは心に深く銘記し、常に対応策を講じ警戒を怠らないよう、これらの記録から、また賢治の尊い生きざまから学ばなければならない。

賢治は周知のとおり歌が好きで、しかも上手であったと伝えられている。賢治の書いた数多くの童話や劇には歌が散りばめられ、なかにはまるでミュージカルともいえるような作品もある。それらの歌にはわらべうたあり、民謡風のものあり、童謡風のものあり、軍歌あり、外国曲に歌詞をつけたものありと、まさに曲態は千差万別、しかも、そのなかの何篇かは賢治自身が作曲までして、自分で歌い子どもや教え子にも歌わせるという、ほかの作家には見られない幅広い創作活動を行った。さらに勤務する農学校の教え子たちのために校歌に値する精神歌や応援歌なども作った。また一方では無類の祭り好きで、鹿踊《しし》りなど自分で歌い踊ってみせることもあり、かと思うと、たびたび人を集めてはクラシックのレコード・コンサートも行うといったぐあい。これらの賢治の歌や音楽はまさに銀河に輝く星々のように、清らかな美しさをもって私たちの心に温かみと癒しをもたらしてくれている。賢治のそうした時代を超えて生きている歌や音楽を考えるとき、一体どのような暮らしや環境、教育がその背景にあったのか、あの多様性をもたらし育んだものは何なのか、さらには賢治自身で作曲した歌以外に、もれている多くの童話のなかの歌の数々を、賢治が生きていたらどのように歌うのだろうかと、私はつくづくと思いめぐらしてみるのである。

明治の文明開化期において、日本人は、千数百年と続いてきた日本の伝統音楽や郷土の音楽を基盤とした音楽文化から、欧米文化移入の影響をうけた新興文化である唱歌、軍歌、演歌、寮歌などをいかに受容し、かつ産み出していったのか、庶民はそれをどのように受け止め、消化し身につけていったのか。またその過程において、賢治はそれらをどうとらえ、作品に生かしていったのか。社会全体の歴史的文化的な大きな流れとともに、宮澤賢治自身の生涯を通じての個人史を重ねあわせつつ、可能な限りの資料を駆使し追求してみたい、それが本書の大きなねらいであり願望である。

凡例

◎時代時代の文化あるいは生活環境を、主として音楽面に重点をおいて、宮澤賢治出生以前も含めて生涯の区分に応じ各事項を編年体に記述し、社会や庶民の全体的な背景と賢治の生き方のからまりを、時代ごとに把握しやすいよう努めた。それぞれの要点項目には小見出しをつけ、またなるべく図版・写真を載せて視覚的にも理解しやすいように努めた。

◎一般資料の表記は、なるべく〈史料〉として尊重し、そのまま記すことを原則とする。ただし、句読点がない場合など、読みやすいように適宜補訂を加えた。

◎「唱歌」ほか歌謡の歌詞については、史料としての記述以外は、わかりやすく、また誤読・誤唱を避けるために現行表記に改めた。例えば、旧表記では「蝶々」や「人形」を、教科書などで「てふてふ」や「にんぎやう」と表記し、現代人には読めなかったり異様に感じられたりすることを考慮した。

◎「曲名」については、「曲名」とともに作詞・作曲者、発表または流行の年月、出典を付記するように努め、また必要に応じ楽譜を添え、調子・曲想などの説明を加えた。

◎図版・写真資料は出典を明記し、特記しないものは編著者自身収集・架蔵するもの、また写真および楽譜の版下も編著者自身の制作によるものであることをここに記しておく。

賢治出生前の生活・文化・音楽環境

宮さん宮さん

品川弥二郎 作詞　大村益次郎他作曲（伝）

み や さ ん み や さ ん お ん ま の
あ ー れ は ちょ う て き せ い ば つ
ま え に ひ ら ひ ら す る の は な ん じゃ い
せ よ と の に し き の み は た じゃ し ら な い
な ト コ ト ン ヤ レ ト ン ヤ レ ナ
か ト コ ト ン ヤ レ ト ン ヤ レ ナ

『明治・大正・昭和 流行歌曲集』堀内敬三・町田嘉章編　昭和6年4月(1931)春秋社より
注）江戸攻めの征討軍が歌った。実際には弾むリズムでうたうのが一般的。
品川弥二郎は奥羽鎮撫総督参謀。大村益次郎は長州藩軍事指導者として活躍。
フランス式軍制を採用した近代軍隊の創始者。

進めや進め

俗謡軍歌

す すめ や す すめ い まこ そ こ くみん み こと の
ま まに つ るぎ を て にし て と くと く す すめ

『日本名曲三百曲集』　音楽研究会編　大正13年10月(1924)　大阪開成館刊より

「宮さん宮さん」明治維新　「進めや進め」推定明治　ともに民謡音階

〈洋楽の輸入〉

明治1年（1868）「宮さん宮さん」品川弥二郎作詞（伝）作曲者不詳、明治維新流行。日本の軍歌第1号（民謡調）とみなされる。きわめて庶民的で民謡音階。同じく民謡調の「**進めや進め**」とともに楽譜を挙げる。「宮さん宮さん」は八分音符で書かれているが、実際に行進しながら歌う場合などには「進めや進め」のように弾むように歌ったと考えられる。（注）〈民謡音階〉は、民俗音楽研究家で元東京藝術大学教授の小泉文夫の分析研究からの命名で、日本の音階を〈**民謡音階**〉〔**ラ**ド**レ**ミ**ソ**ラ〕、〈**都節音階**〉〔**ミ**ファラ**シ**ド**ミ**〕、〈**律音階**〉〔**ソ**ラド**レ**ミ**ソ**〕、〈**琉球音階**〉〔**ド**ミ**ファ**ソシ**ド**〕（ゴシック体は主要音で核音という）の4種とした。〈民謡音階〉〈都節音階〉は、ほぼ従来の「陽音階」「陰音階」に相当する。

明治2年（1869）　薩摩藩士30余名、横浜でイギリスの海軍軍楽長フェントン John William Fenton（1831-1890）の指導の下に**薩摩藩軍楽隊を編成**。

明治4年（1871）兵部省、陸軍部・海軍部設置。薩摩藩軍楽伝習隊員も二部に分かれる。海兵隊楽隊指導者はフェントン。

〈学制頒布と唱歌の誕生〉

【唱歌は当分之ヲ欠ク】

明治5年（1872）8月3日**学制頒布**　文部省令第十三号　小学校「第二十七章・下等小学教科ノ〈十四〉唱歌」をおく。但し「**当分之ヲ欠ク**」。「第二十九章・下等中学教科奏楽」「**当分、マダ欠ク**」9月新橋・横浜間29㎞**鉄道開業**。海兵隊楽隊奏楽。**陸軍教導団楽隊編成**。

【遊戯唱歌はじまる】

明治7年（1874）3月伊沢修二愛知師範学校長となり、同校附属幼稚園で〈**遊戯唱歌**〉を始める。「**唱歌ハ精神ニ娯楽ヲ与ヘ、運動ハ文体ニ爽快ヲ与フ。此二者ハ教育上併ヒ行レテ偏廃ス可ラサルモノトス。**而シテ運動ニ数種アリ、方今体操ヲ以テ一般必行ノモノト定ム。然レトモ年歯幼弱、骨軟柔ノ幼生ヲシテ支体ヲ激動セシムルハ、其害却テ少カラスト、是レ有名諸家ノ確説ナリ。**今下等小学ノ教科ニ嬉戯を設ク。**」（遊戯唱歌の例「**胡蝶**」）「**蝶々蝶々。菜ノ葉ニ止レ。菜ノ葉ニ飽タラ。桜ニ遊ヘ。桜ノ花ノ。栄ユル御代ニ。止レヤ遊ベ。遊ベヤ止レ。**右ノ手ト右ノ手ヲ執替ハシテ向背相反シ、両児ヲ一蝶トナス。凡十五名ニ一羽、三十名ニ二羽ホトヲ度トス。衆児ハ互ニ手ト手ヲ引合ヒ、一大円ヲ造リテ輪走ス。」（以下略。句読点は編者）（山住正巳『唱歌教育成立過程の研究』）

明治8年（１８７５）伊沢修二（１８５１－１９１７）アメリカ留学、ブリッジウォーター師範学校、ハーバード大学に学ぶ。ボストンの音楽教育家**メーソン** Luther Whiting Mason（1828-1896）に音楽を学ぶ。

明治9年（１８７６）海兵隊楽隊、**海軍軍楽隊と改称。**明治2年（１８６９）にフェントンに、薩摩琵琶にも引用されていた「**君が代**」に天皇礼式曲として作曲を依頼。翌明治3年（１９７０）9月8日、越中島における薩長土藩兵士の閲兵式に、明治天皇の前で薩摩藩軍楽隊が吹奏。しかし、フェントン作曲の「君が代」は歌詞と旋律の整合性の問題もありほとんど歌われなかった。海軍軍楽隊より「君が代」改訂具申書。

【君が代の作曲】

明治10年（１８７７）海軍省「君が代」の作曲を宮内省雅楽寮に依頼、雅楽寮一等伶人、林広守（１８３１－１８９６）作曲。

じつは林広守撰曲で、選考委員により奥好義の作品に決定、奥好義（１８５７－１９３３）作曲とする説が有力。歌詞は琵琶歌「蓬莱山」の一部で、『古今和歌集』『和漢朗詠集』からの慶賀の詞として各種日本の伝統音楽において歌われたもの。

【「保育唱歌」の作成】

明治11年（１８７８）**東京女子師範学校　式部寮雅楽課に「保育唱歌」作成依頼。フレーベル**に学んだ保育。**雅楽調の唱歌。**「伶人ヲシテ墨譜ヲ撰定シ、寮頭ノ調査ヲ経由シテ、之ヲ該校保母ニ教授シ、生徒ヲシテ謳ハシム所ナリ。」「西洋原謳ノ意味ヲ訳シ、或ハ日本ノ古歌ヲ撰シテ之ヲ用ユ。」**これらは同校内でのみ使われ、一般の学校には及ばなかった。**保育唱歌「**風車**」かざぐるま。風のまにまに、巡るなり。一篇が明治20年『**幼稚園唱歌集**』にのるのみ。伊沢修二帰国。

【音楽取調掛の創設】

明治12年（1879）伊沢修二、文部省に音楽伝習所設置提案。10月7日、**音楽取調掛**創設、担当官に**伊沢修二**。ドイツ人**エッケルト Franz Eckert**（1852-1916）海軍軍楽隊教師として来日。

明治13年（1880）米国人メーソン Luther Whiting Mason、音楽取調掛御雇教師として来日。東京師範学校、東京女子師範学校の附属小学校で唱歌教授実施。11月3日、エッケルトの編曲による「君が代」宮内省楽師の吹奏楽で**初演**。

伊沢修二

音楽取調掛建物　東京本郷
（『東京音楽学校五十年記念』昭和４年刊より）

【文部省『小学唱歌集』の刊行】

明治14年（1881）「小学校教則綱領」↓「唱歌ハ**教授法ノ整フヲ待テ之ヲ設クベシ**」「小学各等科程度」初等科ニ於テハ、容易キ歌曲ヲ用ヒテ五音以下ノ単音唱歌ヲ授ケ、中等科及高等科ニ至テハ、六音以上ノ単音唱歌ヨリ漸次複音及三重音唱歌ニ及フヘシ。凡唱歌ヲ授クルニハ、児童ノ胸隔ヲ開暢シテ其健康ヲ補益シ、心情ヲ感動シテ其美徳ヲ涵養センコトヲ要ス。（句読点は編者）（山住正巳『唱歌教育成立過程の研究』）

11月文部省**『小学唱歌集』初編**発行。（注、各教材は歌詞・楽譜のみで作詞・作曲者の記載はない。以下各編同じ。）

「**蝶々**」ちょうちょう　ちょうちょう。（野村秋足・稲垣千頴作詞。スペイン民謡）「**見わたせば**」見わたせば、青やなぎ。（柴田清熙・稲垣千頴作詞、J・J・ルソー作曲。のちに「むすんでひらいて」で愛唱される。）「**うつくしき**」うつくしき、わが子やいずこ。「**春の弥生**」春のやよいの　あけぼのに。（慈鎮和尚作詞・作曲者未詳。伝統の歌詞に**唱歌調の旋律**）「**蛍**（**蛍の光**）」ほたるの光、窓の雪。（作詞者未詳・スコットランド民謡）など。

宮内省雅楽課、欧州管弦楽演奏。広目屋（チンドン屋）東京に出現。

明治15年（1882）1月**音楽取調事務大要制定**。（抜粋）第二　学校唱歌の事　楽譜は本邦人若くは西洋人の作を選用し、歌詞は既存の楽譜に従って作為するものと楽譜の撰定に先立ちて作為するものとの二種とする。第五俗曲改良の事　俗曲は我が民楽なり。故に**此曲の成否は世教に影響を及ぼすこと少なからざれば、宜しく改良の途を求むべし、其法蓋し二あり。即ち其の曲を全存して其歌詞のみを改むべきもの、及び其曲の一分を存して之が歌詞を作るべきものの是なり。**

10月新橋―日本橋・日本橋―上野・日本橋―浅草間、馬車鉄道開業。この年ころから青年が自分の政治的信念や政府攻撃を歌本として歌いながら街頭で売り歩く**演歌**はじまる。「ダイナマイト節」「欣舞節」「改良節」などが有名。明治末になると感傷的な文句をヴァイオリン伴奏で歌う**艶歌**となる。

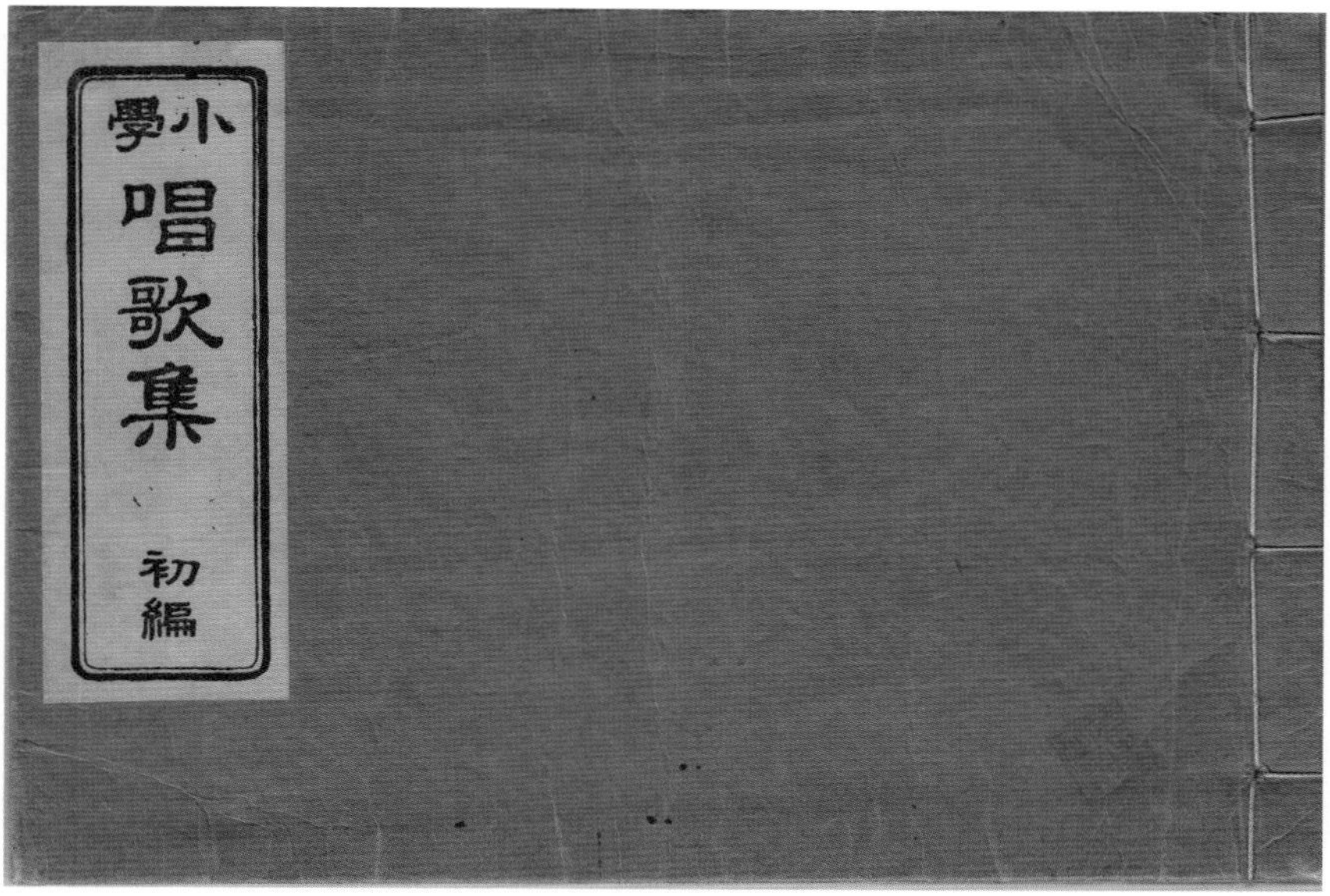

『小学唱歌集　初編』表紙

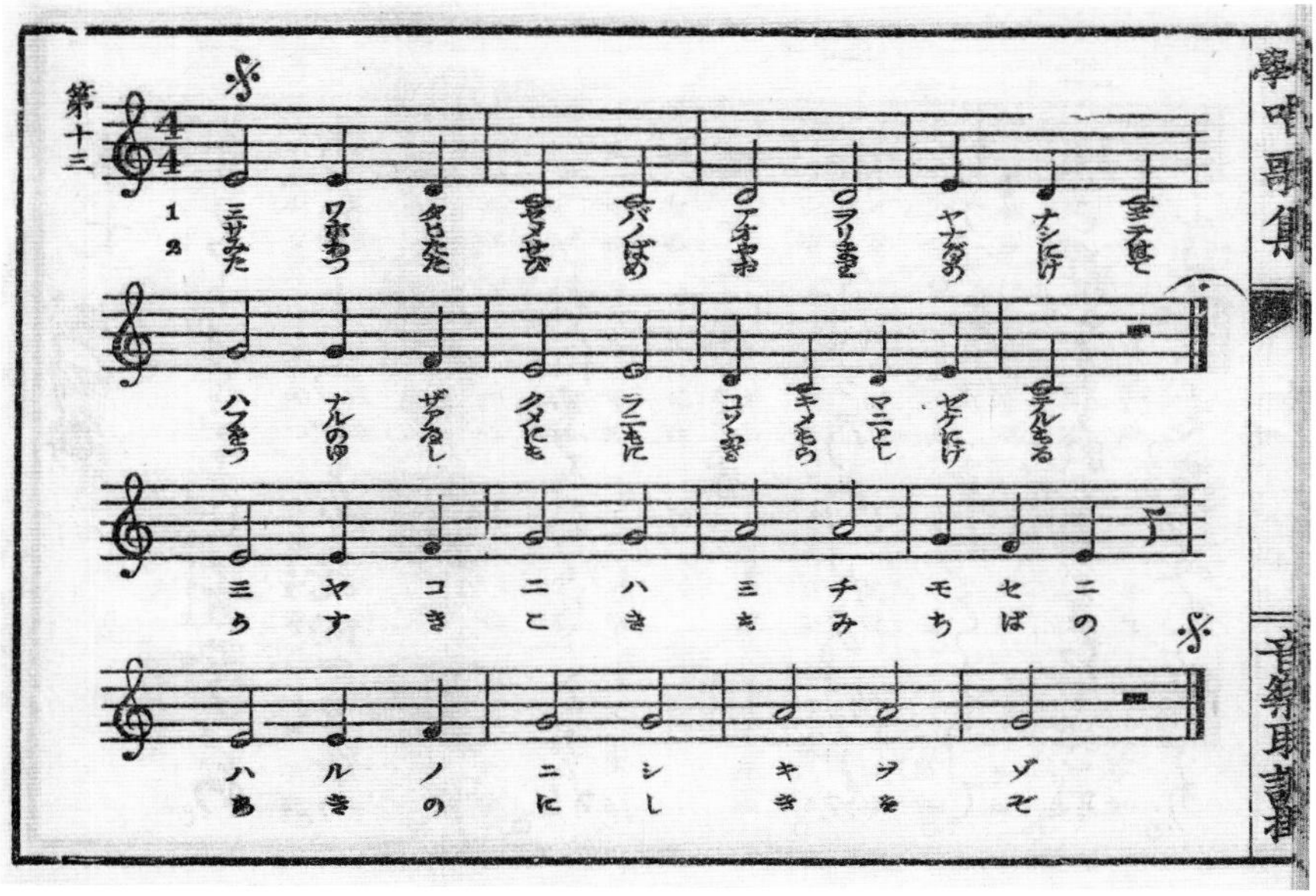

「見わたせば」

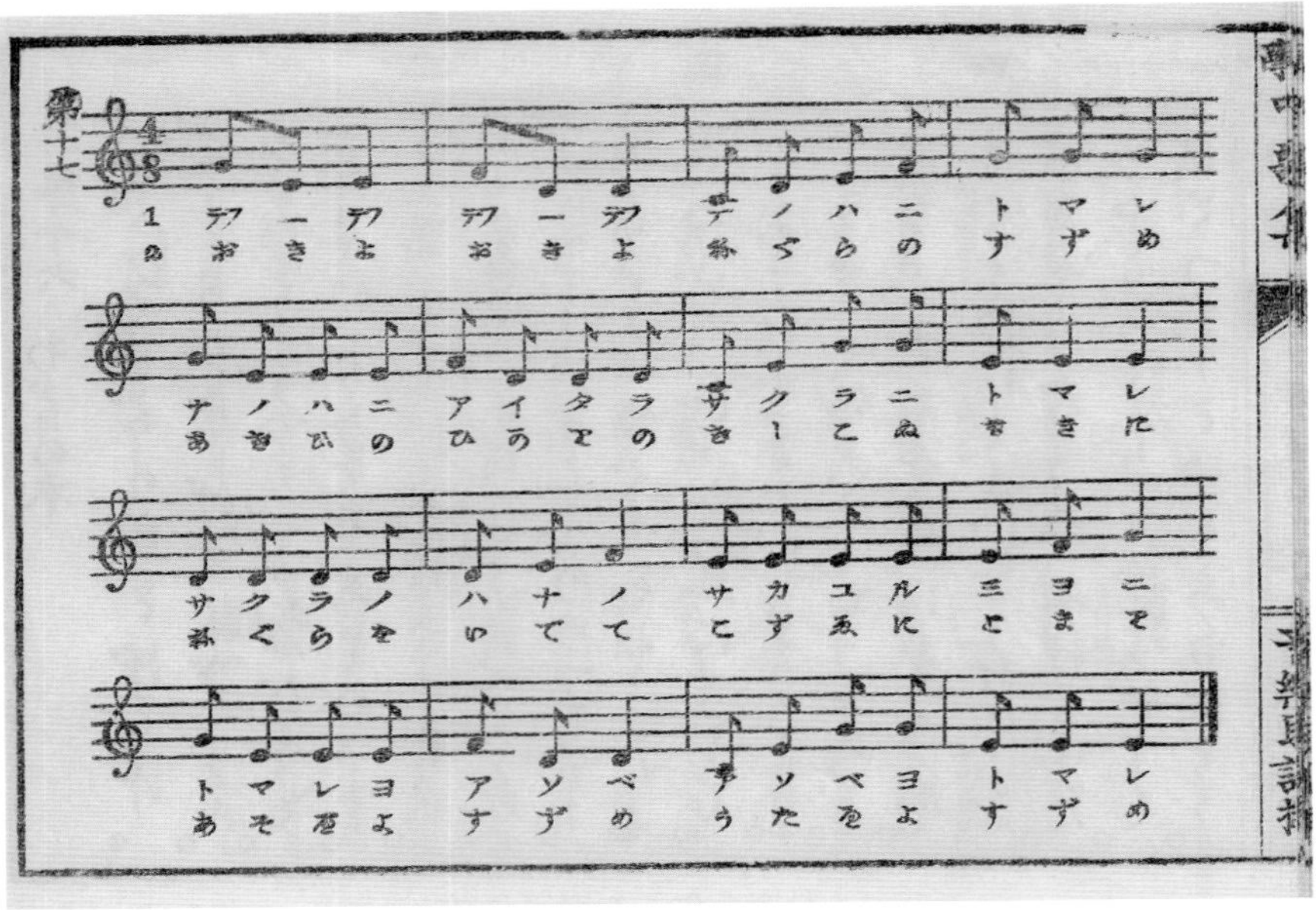

「蝶々」「春の弥生」

明治16年（1883） 3月文部省『**小学唱歌集**』第二編発行。「**霞か雲か**」かすみか雲か、はた雪か。（加部厳夫作詞・ドイツ民謡）（注、遊戯唱歌の一例として、編者小学校一年生のころ「ボートを漕ぎましょう、櫂をばにぎり、力をあわせ、しっかり漕いで、相手の舟に、遅れずに負けずに。」の歌詞で遊戯をした記憶がある。）「**皇御国**」すめらみくにの、もののふは。（加藤司書・里見義作詞・伊沢修二作曲）「年たつ今朝」「**栄行く御世**」（讃美歌）栄ゆく御世に、生まれしも。三部輪唱「み寺の鐘の音」など。11月内外人親睦を目的とし**鹿鳴館**開館。社交ダンスを多く催す。

明治17年（1884） 3月文部省『**小学唱歌集**』第三編発行。「**才女**」書き流せる、筆のあやに。（作詞者未詳・スコット夫人作曲）「**菊**」（**庭の千草**）庭の千草も、虫の音も。（里見義作詞・アイルランド民謡）「**仰げば尊とし**」仰げばとうとし、わが師の恩。（作詞・作曲者未詳）「寧楽《なら》の都」、輪唱曲・二部・三部合唱曲、箏唄「富士筑波」「園生の梅」（陰旋法：都節音階）「四季の月」（律旋法：律音階）など。伊沢修二「**音楽取調成績申報要略**」文部省に提出。陸軍教導団にフランス人のシャール・ルルー Charies E.G.Leroux（1851-1926）軍楽長（「抜刀隊」「分列行進曲」作曲者）赴任。

【音楽取調掛の『小学唱歌集』編集姿勢】

明治14年（1881）～『小学唱歌集』文部省編は、**よく研究され、西洋音階・日本音階の種類を分け、段階をふんだ編集となっていて、伝統音楽と西洋音楽両感覚の導入と育成をめざす方針が底に流れていることがわかる。**

明治18年（1885） 2月音楽取調掛から音楽取調所に改称（12月再び係に戻す）。7月音楽取調所第1回卒業演奏会。山葉寅楠、オルガン製造。「**抜刀隊の歌**」外山正一作詞・ルルー作曲、鹿鳴館で初演。（イ短調→イ長調）近代調軍歌のさきがけ。旋律はのち陸軍の「分列行進曲」の主題に用いられ、また民謡調に転調され、演歌や庶民のはやり唄、わらべうたともなって全国的に歌われた。

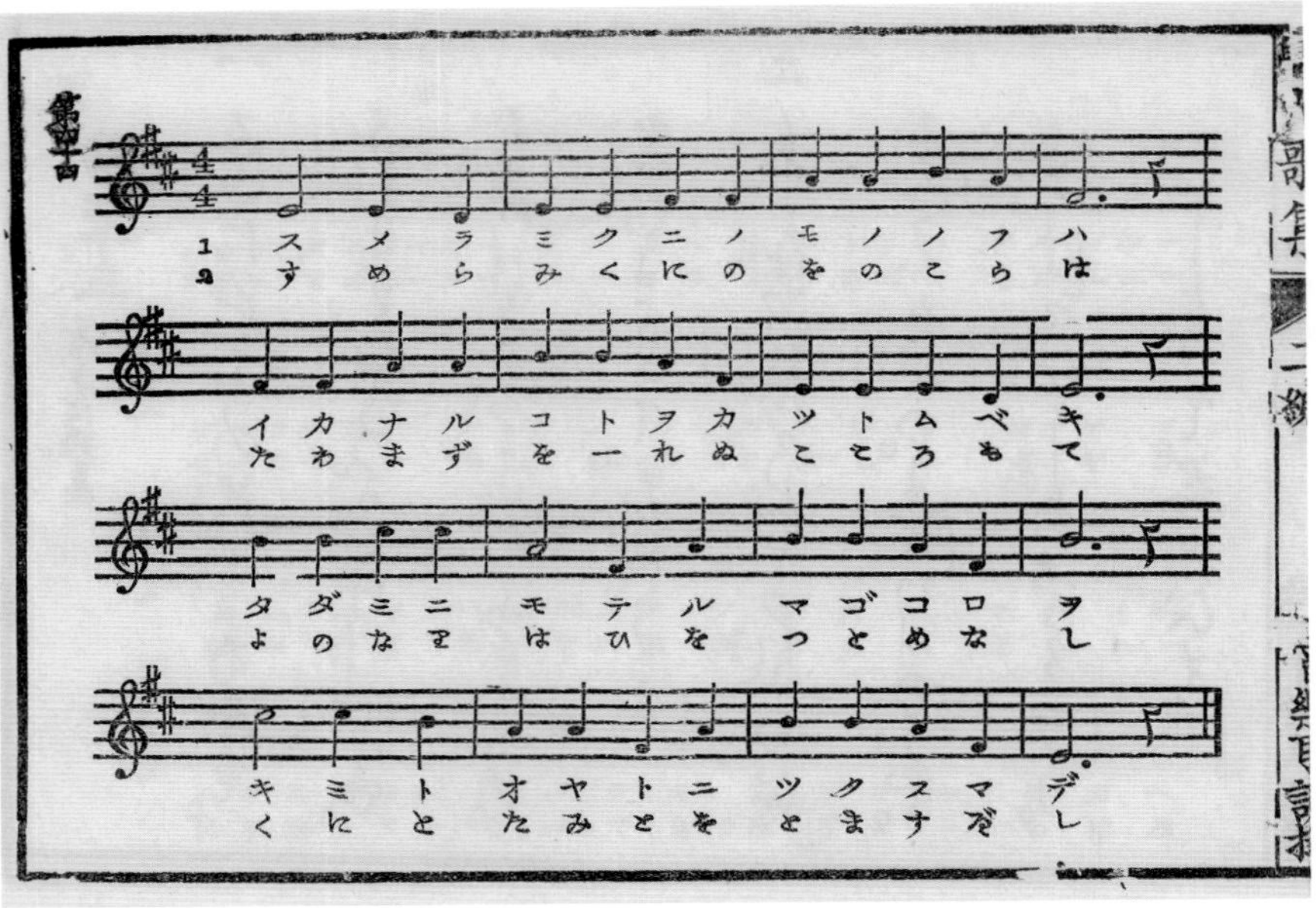

『小学唱歌集　第二編』「皇御国」「栄行く御世」

『小学唱歌集　第三編』「才女」「菊」

抜刀隊 旋律の流れ

抜　刀　隊

明治17年(1884)頃
『明治・大正・昭和流行歌曲集』
堀内敬三・町田嘉章編1931 春秋社
外山正一 作詞　ルルー 作曲

etc.
われは かんぐん わがてき は てん ち いれざるちょうてきぞ

ノルマントン号沈没の歌

明治20年(1887)
作者不詳

きしうつ なみのー おとたか く よーわの あらしに ゆめさめ て
etc.
あおうな ばーらを ながめつ つ わがはら から らは いずくぞ と

喇　叭　節

明治37年(1904)
町田嘉章 採譜

いまなる とけいは ーはちじ は ん これに おくれりゃ
じゅうえい そう こんどの にちよが ないじゃな しーー
ーはなせ ぐんとに さびがつ く トコトットッ トットットットッ ト

一番はじめは

全国的手まりうた
尾原昭夫 採譜

い ちば ん は じめ は い ちの み や に はに っ
こ ーう の と うしょう ぐう さ ーん は さ くら の
そ うごろ う し はまた し なの の ぜ んこ う じ

「抜刀隊」旋律の流れ

〈小学校令と唱歌・遊戯〉

【小学校令】

明治19年（1886）4月「**小学校令**」小学校ノ学科及其程度　第一条　**尋常小学校ノ学科**ハ修身読書作文習字算術体操トス　土地ノ情況ニ因テハ**図画唱歌ノ一科若クハ二科ヲ加フルコトヲ得**　第三条　高等小学校ノ学科ハ修身読書作文習字算術地理歴史理科図画唱歌体操裁縫（女児）トス　土地ノ情況ニ因テハ英語農業手工商業ノ一科若クハ二科ヲ加フルコトヲ得　**唱歌ハ之ヲ欠クモ妨ケナシ**　第十条　各学科ノ程度左ノ如シ（略）**唱歌ハ単音唱歌複音唱歌**　**体操ハ幼年ノ児童ニハ遊戯**　稍長シタル児童ニハ軽体操男児ニハ隊列運動ヲ交フ（注、**尋常科四年を義務教育とし、高等科四年は各自任意とした。**）

【遊戯教育への関心】

『簡易 戸外遊戯法』岡本岱次郎編　明治19年6月集英堂発行【『簡易 戸外遊戯法』より】凡例　本書は小学生徒の身体発達の程度を量りて之れに適当なる遊戯法を蒐集せり。故に先づ生徒の最喜び最娯むところの極めて簡易の遊戯法のみにして彼の種々の器械を用ゐて行ふが如きは遊戯者多少の熟練を要するを以て之れを省略せり。1「**蓮の花開いた**」（図あり）此の遊びは遊戯者各々手を連ねて円形に列し互に口唱して「蕾だ〳〵　蓮の花蕾だ」と云ひて其の連ねたる手を一処に集め寄せ（花の蕾に象どる）又「開いた〳〵蓮の花開いた」と互に口唱し集めたる手を開き旧の円形に復するなり　斯くの如く永く演ずれば甚だ愉快を覚ゆべし　但し此の遊びは最とも遅子にてもなし得べき遊びなり。5「**太郎や太郎や**」（注、「太郎や太郎や此の指は幾本ある」と問う。柳田國男の『こども風土記』にのる「鹿鹿角何本」と似た男子向きの遊戯。）18「**縄飛び**」（注、本来欧米輸入の遊びで、明治はまだ流行の初期。縄飛びうたなどもまだ無かったと思われる。）

この年**石川一**《はじめ》（後の啄木）南岩手郡日戸《ひのと》曹洞宗常光寺に生まれる。1歳の時渋民村宝徳寺へ移住。

㊀蓮の花開いた

『簡易戸外遊戯法』「蓮の花開いた」「縄飛び」の図

教導団歌

明治19年～23年(1886-90)頃
『標準軍歌集』野ばら社
昭和13年(1924)刊所収
作詞・作曲者不詳

す め ー ら み く に ー の ま す ら お は
し し ー て は の こ ー せ か ん ば し き
い き て は ー た て よ い さ お し を
な を よ ろ ー ず よ の す え ま で も

注）堀内敬三著『日本の軍歌』によれば、明治19年から23年(1886-90)ごろまでの間のものであることは歌詞の内容から判明するが、正確な年代もわからず作者の名も判明しない。ふしは兵隊がいつとなしに生み出したもの、という。
宮沢賢治の『饑餓陣営』では、この旋律を用い「バナナン大将の行進歌」として合唱される。

「教導団歌」

【初期民謡調の軍歌】

「教導団歌」作詞・作曲者不詳、明治19年から23年（1886-90）頃。前掲の「宮さん宮さん」「進めや進め」と同様の民謡音階。このふしは兵隊がいつとはなしに生み出したものという。（堀内敬三『日本の軍歌』）のちに**宮澤賢治は劇『饑餓陣営』において、この旋律を「バナナン大将の行進歌」に用いる。**

【『幼稚園唱歌集』ほか各種唱歌集の刊行】

明治20年（1887）10月　**音楽取調掛、東京音楽学校と改称。初代校長伊沢修二。**（のち昭和24年5月東京美術学校と合流、東京藝術大学音楽学部となる。）12月文部省**『幼稚園唱歌集』**発行、音楽取調掛編集。**「進め進め」**進め　すすめ、足疾く　すすめ。（のち「雀」すずめ、すずめ。に歌詞を替える）**「風車」**かざぐるま。風のまにまに、巡るなり。（明治11年『保育唱歌』所収）**「うづまく水」**みよみよ子供、うづまく水を。（旋律は「キラキラ星」）「蜜蜂」はちよ　みつばちよ。（のちの「ブンブンブン」）**「数えうた」**一つとや、人々一日も、忘るなよ、忘るなよ。「数えうた」は、のち『尋常小学読本唱歌』『尋常小学唱歌』『新訂尋常小学唱歌』『初等科音楽』にも採用される。

○**この頃幼稚とはいえ、唱歌が教科として定着し始めた。**各学校が、争って楽器を備えつけるようになる。これまでのベビーオルガンでは満足しない。ストップが数多くついた豪華なオルガンを持とうと苦心する。（千葉寿夫『明治の小学校』）

この年「ノルマントン号沈没の歌」（「抜刀隊」変わり）流行。

『幼稚園唱歌集』表紙

「進め進め」

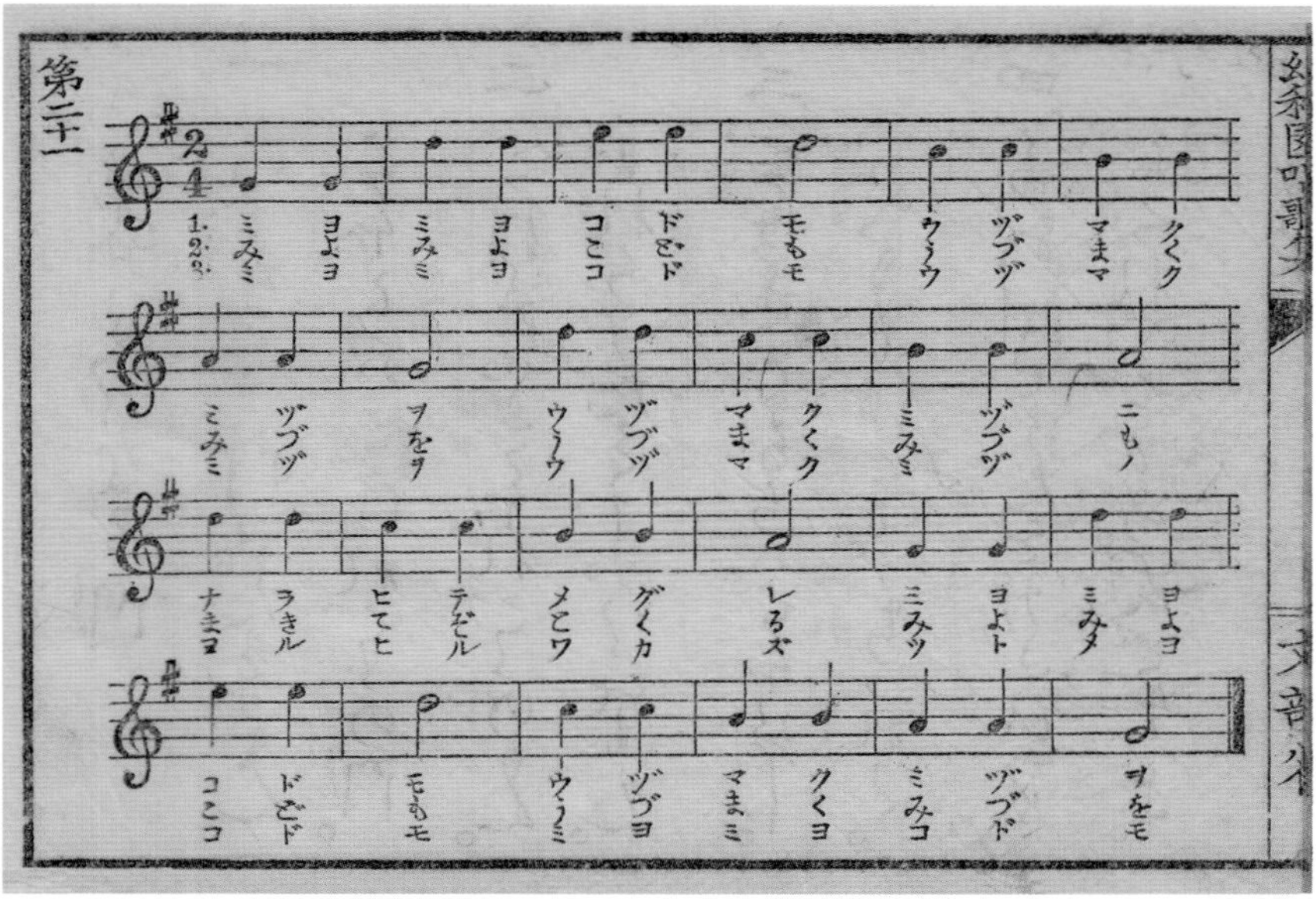

「うづまく水」

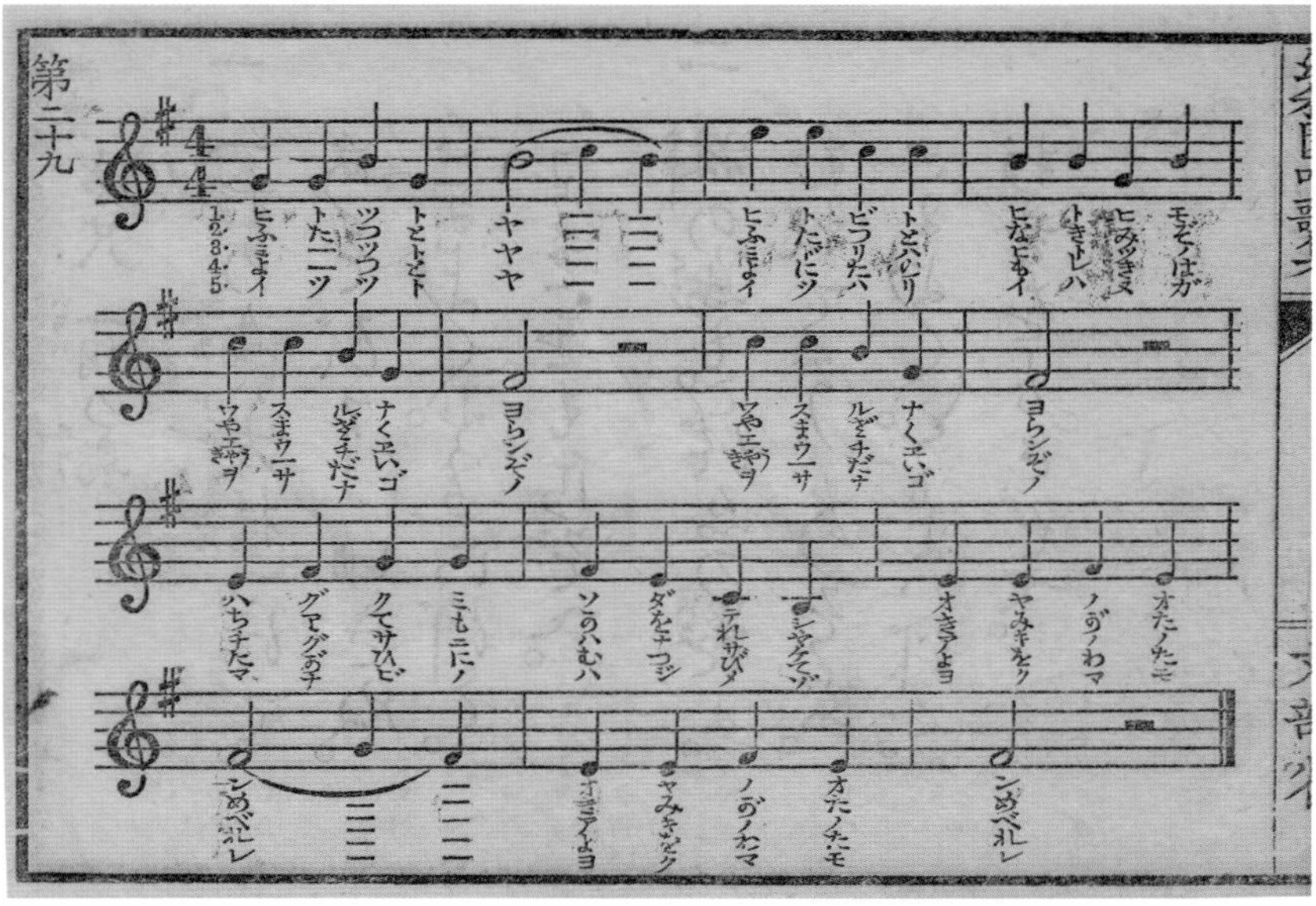

「数えうた」

明治21年（1888） 5月〜同23年8月『**明治唱歌**』第一〜第五集　大和田建樹・奥好義選、中央堂発行。第一集「**皇国《みくに》の守**」（**来れや来れ**）来たれや　来たれ　いざ来たれ　皇国をまもれや　もろともに。明治26年『小学唱歌』巻一では「**来たれや来たれ**」の曲名に変わる。日本の軍歌（近代調）第一号とも称される。「**故郷の空**」夕空晴れて　秋風吹き。日本語の語感に合わせるため原曲の逆付点 Scotch snap のリズムを変える。「**あわれの少女**」吹き捲く風は　顔を裂き。フォスター作曲の「故郷の人々」Old Folk at Home。「**旅泊**」磯の火細りて　更くる夜半に。（のちに「燈台守」など）。『**箏曲集**』東京音楽学校編刊。12月、大阪新町座で壮士芝居・書生芝居すなわち〈新派劇〉誕生。自由民権運動の弾圧に対し演説のかわりに歌でやる壮士節、つまり演歌、および芝居でやる壮士演劇興る。

明治22年（1889）『**撰曲唱歌集**』第一集　四竈訥治撰曲　明治22年5月　共愛書屋発行。表紙に本邦楊堂刻、**集団遊戯の色彩図版**。明治22年にしてすでに表紙がカラー印刷の唱歌集。「**君が代**」（簡易伴奏）。「**軍歌**」〈運動会行進の歌〉弾丸《たま》のあられも恐れずに、剣の林蹂躙《ふみあら》し。冒頭の4小節は「抜刀隊」の旋律を模したもの。ラッパに似せた主和音ドミソ中心の旋律。7月東海道線新橋〜神戸間全通。12月『**中等唱歌集**』**東京音楽学校編**。「**埴生の宿**」

○この頃、**壮士演歌**、川上音二郎「オッペケペー節」大流行。

明治26年『小学唱歌』より「来れや来れ」

『撰曲唱歌集』表紙

「軍歌」運動会行進の歌

〈改正小学校令と祝日大祭日儀式義務化〉

明治23年（1890）「音楽雑誌」創刊。10月30日「教育ニ関スル勅語」煥発。10月7日、改正小学校令第十五条「祝日大祭日儀式規定」紀元節、天長節、神武天皇祭、元始祭、春秋の皇霊祭、神嘗祭、新嘗祭。学校はこれら祝祭日には必ず儀式を挙行して、児童の他に市町村吏員や父母など地域民の参加を求めよというもので、儀式順序まで決められていて、それを学校に義務づけた。

【仏教唱歌の創作】

仏教唱歌「法の深山」土岐善静作詞・「越天楽今様」旋律。名古屋法雨協会刊「法雨玉滴」第24号に発表。土岐善静は浄土真宗本願寺派僧侶。のちに賢治も仏教講習会で暁烏敏に教わった仏教唱歌の一つとも考えられる。

明治24年（1891）2月、川上音二郎書生芝居座旗揚げ、堺卯の日座。「オッペケペー節」流行、東京浅草鳥越、中村座に乗り込み大評判。「権利幸福きらいな人に、自由湯をば飲ましたい。（中略）オッペケペ、オッペケペッポペッポポー」。4月石川啄木渋民尋常小学校入学。

【軍歌「凱旋歌」「敵は幾万」】

5月「凱旋歌」（道は六百八十里）石黒行平作詞・永井建子作曲。明治24年（1891）「音楽雑誌」五月号に発表。永井建子（1865-1940）は当時陸軍軍楽手。7音長音階。五線譜と数字譜両方提示。譜面冒頭に「七五調歌詞にて曲なき長編軍歌は此節にて謡ふべし」と記し、七五調の他の歌詞に旋律を転用できることを作曲者自身が提示している。明治期には軍歌や寮歌の旋律を転用して、全く別な歌詞を当てはめて創作し、新たに独立した歌（替え歌）としてうたうことがごく当たり前のように行われていた。そのような時代の流れのなかで、後年の賢治の歌の創作も行われたのであって、自らの作詞・作曲以外は、同様に他人の作曲した旋律に自分の作詞した歌詞をのせて歌

道は六百八十里

明治２４年(1891)５月
堀内敬三著『定本日本の軍歌』より
石黒行平 作詞　永井建子 作曲

み ち は ろっ ぴゃく はち じゅ う り
は や ふた とせ を ふる さ と の
なが との うら を ふな で し て
やま を はる かに なが む れ ば
く も り がち なる たび の そ ら
みく に の ため と おも い な ば
はら さにゃ な らぬ ひの も と の
つゆ より も ろき ひと の み は
こ こ が い の ち の す て ど こ ー ろ
み に は た ま き ず つ る ぎ き ず

明治24(1891)年５月、「音楽雑誌」五月号に「凱旋歌」と題してこの曲が発表された。「音楽雑誌」のは印刷に誤りがあるので、後に作曲者永井建子氏から著者に寄せられた譜がこれであると堀内敬三は証言する。（堀内敬三著『定本 日本の軍歌』）

軍歌〈「道は六百八十里」の流れ〉

道は六百八十里
(兵 隊 ぶ し)

『明治・大正・昭和流行歌曲集』
堀内敬三・町田嘉章編 春秋社刊
明治25年(1892)頃
石黒行平 作詞 作曲者未詳

み ち は ー ろ っ ぴゃ く は ち じゅ う り
は や ふ た と せ を ー ふ る さ と の
な が と の う ら を ふ な で し て
や ま を ー は る か に な が む れ ば

明治２５年(1892)頃から兵隊の行軍のときに盛んに歌っていたもの。(堀内敬三著『日本の軍歌』)
原曲とは旋律が若干違う。

出　　征

『明治・大正・昭和流行歌曲集』
堀内敬三・町田嘉章編春秋社刊
明治38年(1905)
真下飛泉 作詞　三善和気 改編

ち ち う え は は う え い ざ さ ら ば
と な り に お ー っ た う ま さ え も
わ た し は い く さ に ゆ き ま す る
ちょ う は つ さ れ て ー い っ た の に

一れつらんぱん

全国的わらべうた
尾原昭夫 採譜

い ち れ つ ら ん ぱ ん は れ つ し て
さ っ さ と に げ る は ロ シ ヤ の へい
に ち ろ ー せ ん そ う は じ ま っ た
し ん で も つ く す は に ほ ん の へい

うことが、ごく自然な感覚で行われたのである。

「道は六百八十里」（兵隊ぶし）明治25年（1892）頃兵隊の行軍のとき盛んに歌われる。〈民謡音階〉。**7音〈長音階〉の原曲から5音〈民謡音階〉へ変遷。**〔関連〕明治38年（1905）「出征」真下飛泉作詞・三善和気改編。（「道は六百八十里」の旋律改編）民謡音階。のちさらにお手玉のわらべうた「一れつらんぱん」として伝承され歌い継がれていく。7月『**国民唱歌集**』小山作之助編、「**敵は幾万**」。「道は六百八十里」と「敵は幾万」の2曲は近代調**軍歌の先駆**としてよく歌われた。なお、「敵は幾万」は大正4年（1915）に旧制盛岡中学校応援歌の旋律に用いられる。9月上野～青森間鉄道全通。

【伊沢修二の『小学唱歌』編集】

明治25年（1892）3月～26年（1893）9月『**小学唱歌**』一～六巻、**伊沢修二編**。大日本図書株式会社発行。「**からす**」「**かり**」「**うさぎ**」などのわらべうた、**民謡**「**高い山**」、**流行歌**「**宮さん**」など採用。明治19年（1886）の小学校令により尋常・高等小学校は各4年で、第一・二巻は尋常小学に適用し、第三・四巻は高等小学女生徒に、第五・六巻は高等小学男生徒に適用とする。第二巻以下にト・ハ・ヘ・ニ・変ロ・イ調長音階、音名、階名、音程練習および発音**練習を設ける。音楽取調掛から引き継ぐ伊沢修二の編集方針には注目すべき点が多い。わらべうたも取り入れ、都節音階、律音階もかなり重視している傾向が見てとれる。第三・四巻では短音階や箏歌風のもの、また「京の四季」のように実際に箏の伴奏を伴うものも加わる。**また当時の新進音楽家の新作や言文一致体の**唱歌も取り入れる。**〈言文一致〉は明治17年（1884）当時の国語学者、物集高見《もずめたかみ》（1848－1929）**が言文一致論を提唱**、明治21、22年（1888～89）ごろ小説家、山田美妙が言文一致唱歌を試作している。なお、**言文一致唱歌は初期唱歌の文語体の格式と固さを解放して、子どもらしい歌へ変質させる意味で意義は大きく、その普及にもっとも功績を残したのは、後述の田村虎蔵らの『幼年唱歌』『少年唱**

歌』である。

明治 25 年『小学唱歌』より

明治 34 年『幼年唱歌』より

唱歌授業風景

明治初期唱歌教科書から

明治25年(1892)1月『小学唱歌 壱』
伊澤修二編大日本図書株式会社発行

か　ら　す

長音階

作曲 伊澤修二　童謡 同人改作

か　り

民謡音階

作曲 伊澤修二　童謡 同人改作

あおぎみよ

律音階

作曲 伊澤修二　作歌 同　人

第一・二巻は尋常小学に適用し、第三・第四巻は高等小学女生徒に、第五・第六巻は高等小学男生徒に適用とする。第二巻以下に音程練習、および発音練習を設ける。

注）当時明治19年(1886)の小学校令により尋常・高等小学校は各４年。明治40年(1907)の改正で尋常小学年、高等小学２年となった。

伊沢修二編『小学唱歌』より

小　隊

明治25年(1892)1月『小学唱歌 壱』
作曲 伊澤修二　作歌 同　人

律音階

宮 さ ん

作曲者 未　詳　作歌者 尊攘堂主人

律音階

手鞠歌

作曲者 未　詳　作歌 鶯花園主人

都節音階

伊沢修二編『小学唱歌』より

数えうた

明治25年(1892)1月
『小学唱歌 壱』

都節音階

作曲者 未　詳　作歌 伊澤修二

恭倹博愛

明治25年(1892)『小学唱歌 二』

律音階（越天楽今様旋律）

作曲者 未　詳　作歌 伊澤修二

うさぎ

都節音階（わらべうた）

作曲者 未　詳　作歌者 未　詳

第二巻からト・ハ・ヘ・ニ・変ロ・イ調各自然長音階、音名、階名、発音練習、音階練習などが入る。わらべうたも取り入れ、都節音階、律音階もかなり重視している傾向が見てとれる。第三・四巻では短音階や箏歌風のもの、また、「京の四季」のように実際に箏の伴奏を伴うものも加わる。

伊沢修二編『小学唱歌』より

明治26年(1893)8月
『小学唱歌 三』女生徒之部
都節音階 (箏歌風)

鏡

作曲者 未 詳 作歌 福羽美静

明治26年(1893)9月
『小学唱歌 五』男生徒之部
ヨナ抜き長音階

行軍歌

作曲 松本 長 作歌 小出 粲

明治34年(1901)6月
『教科適用 幼年唱歌 初編中巻』
納所弁次郎 田村虎蔵共編 十字屋刊
ヘ調長音階

が ん

作歌 田邊友三郎 作曲 未 詳

伊沢修二編『小学唱歌』より

【祝日儀式用唱歌制定】

明治26年（１８９３） 8月12日文部省告示第三号（官報第三〇三七号附録）「祝日大祭日歌詞並楽譜」制定。「君が代」「勅語奉答」「一月一日」「元始祭」「紀元節」「神嘗祭」「天長節」「新嘗祭」。以後これら儀式唱歌は昭和20年（１９４５）の第二次大戦終戦まで全国の学校で必ず歌われた。祝日大祭日唱歌はまさに官選唱歌であり、この制定により、祝日大祭日唱歌を一般の唱歌教材より重視した学校もすくなくなかったほどである。（山住正巳『唱歌教育成立過程の研究』）

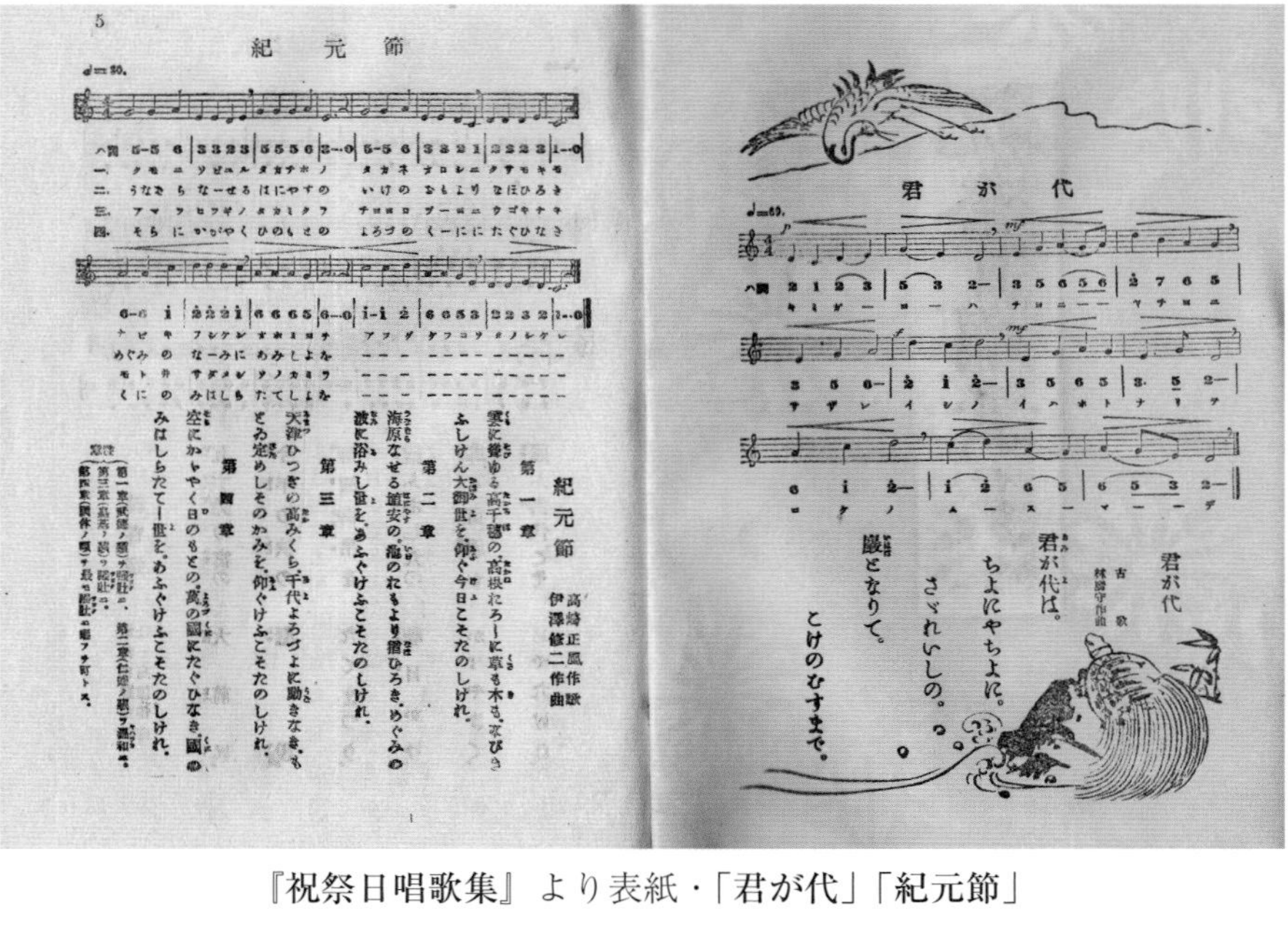

『祝祭日唱歌集』より表紙・「君が代」「紀元節」

9月『**小学唱歌**』巻六下　鳥山啓作詞、山田源一郎作曲「**軍艦**」収載。歌詞はのちに瀬戸口藤吉により別の旋律「軍艦行進曲」に作り替えられ広く全国民の愛唱するところとなる。9月『**祝祭日唱歌集**』**共益商社編 上真行・小山作之助・奥好義校閲 明治26年9月共益商社発行**（上記文部省告示の8曲の楽譜）。この年明治座開場。

明治27年（1894）　8月1日清国に宣戦布告、日**清戦争**。10月「**婦人従軍歌**」菊間義清作歌、奥好義作曲。赤十字看護婦が初めて戦争に参加し、広く歌われた。

【喇叭譜の曲想】

「**討てや懲らせや**」横井忠直作詞・上真行作曲。明治27年（1894）、ヨナ抜き長調、主和音進行の喇叭（ラッパ）調の旋律。〔日清戦争関連〕のちに**宮澤賢治が童話「月夜のでんしんばしら」で作詞・作曲した「ドッテテドッテテ」の旋律に酷似する**。潜在意識的に影響したとも考えられる。また同様の賢治の作品として「**応援歌**」もあげることができる。さらに同じ傾向の旋律は次の曲にも指摘できる。「**日露軍歌**」大和田建樹作詞・田村虎蔵作曲、明治37年（1904）、ヨナ抜き長調。〔関連〕前掲の明治22年5月『撰曲唱歌集 第一集』四竈訥治撰曲・共愛書屋発行所収「**軍歌**」（運動会行進の歌）作詞・作曲者不詳もドミソ主体の旋律。　川上音二郎一座、歌舞伎座に進出。

【軍隊喇叭の譜】

「**陸軍喇叭譜**」〈起床〉〈速歩行進〉〈消灯〉（『標準軍歌集』昭和13年（1938）野ばら社刊、陸軍喇叭譜より）実音は喇叭の種類にもよるが、B♭調（譜面より1音低い）が多い。喇叭は倍音の関係からドミソの高低とリズムで旋律を構成し信号として奏する。〈起床〉の旋律を「新兵さんも古兵さんも皆起きろ、起きなきゃ班長さんに叱られる。」、〈消灯〉を「新兵さんは可哀想だね、寝てまた泣くのかね。」などと自嘲ぎみの歌詞で歌ったりし、それがかなり広く庶民にも伝承されていた。

討てや懲らせや

明治27年(1894)
『明治・大正・昭和流行歌曲集』
堀内敬三・町田嘉章編より
横井忠直 作詞　上　真行 作曲

うてや　こらせや　しんこくを
しんは　みくにの　あだなるぞ
とうよう　へいわの　あだなるぞ
うちて　ただしき　くにとせよ
etc.

宮沢賢治『月夜のでんしんばしら』の「ドッテテドッテテ」の旋律に影響したと考えられる
日清戦争当時の軍歌。

日露軍歌

明治37年(1904)
『明治・大正・昭和流行歌曲集』
堀内敬三・町田嘉章編より
大和田建樹 作詞　田村虎蔵作曲

ろぐんー　うつべし　やぶるべ　し
われらー　どうぼう　しせんま　ん
ひとつー　のどより　はっした　る
こえはー　てんちに　ひびきけ　り

軍隊ラッパの曲調を軍歌にとった例。

軍歌「討てや懲らせや」「日露軍歌」

軍隊ラッパの譜

『標準軍歌集』陸軍喇叭譜より
昭和13年(1938)野ばら社刊所収

起　床

速歩行進

（以下省略）

消　灯

注）実音はラッパの種類にもよるが１音低い［B♭調］が多い。
＜起床＞の旋律を「新兵さんも古兵さんも皆起きろ、起きなきゃ班長さんに叱られる。」＜消灯＞を「新兵さんは可哀想だね、寝てまた泣くのかね。」などと自嘲ぎみの歌詞で歌ったりし、それがかなり広く庶民にも伝承されていた。

軍隊ラッパの譜

明治28年（**1895**）　2月「**勇敢なる水兵**」佐々木信綱詞・奥好義曲。広目屋、音楽隊を組織。日清戦争の〈**幻燈**〉を芝公園の弥生館で興行し人気を呼ぶ。4月**石川啄木盛岡高等小学校**（現下橋中学校）**入学**。下関条約、**日清戦争終結**。市村座で新派、伊佐美演劇旗揚げ。10月「**雪の進軍**」永井建子作詞・作曲。

【**明治中期の大衆の音楽関心**】

○大衆の支持する音楽的関心は、古来の芸能を中心としたもので、時代の潮流の変化を受けながらもなお江戸時代の影響が強く残されていた。そして、花柳の街に流れる三味線から**端唄**・**都都逸**・**俚謡**・**民謡**など、人気を呼んだ歌舞伎には**長唄**、それに**浄瑠璃**・**義太夫**・**常磐津**・**清元**・**琵琶**などのおさらい会・公演、そして、**新派**・**演劇**、寄席には**講談**・**落語**、**役者の声色**、また、上流社会で演じられた**能**・**謡曲**から庶民間にまで伝わった**箏**、**尺八など多様な芸能**が大勢を占める状況下にあった。（大森盛太郎『日本の洋楽1』）

【**明治軍歌・唱歌・寮歌の音楽的特徴**】

明治の軍歌・唱歌・寮歌などに共通する音楽的特徴として〈**弾むリズム**〉とド・レ・ミ・ソ・ラの〈**ヨナ抜き長音階**〉をまず挙げなければならない。そのさきがけとして軍歌が大きな意味をもったと考えられる。その根底には前項に引用したような一般的音楽趣向のもと日本人が共通してもつわらべうたや民謡の感覚がある。その特徴はのちの童謡や歌謡曲にもおよび、現代にまで引き継がれている。一方、詞章の上では、新体詩の基調である七五調を基本とし、長編のバラード風な歌詞が多いことも挙げることができる。これらの特徴は後年賢治に少なからず影響を与えたと考えられ、賢治の愛唱した歌にその傾向を見ることができる。（注）明治初期に西洋音階・長音階の場合、7音〔ドレミファソラシ〕に〔ヒフミヨイムナ〕を当てたことから、そのヨ・ナ（ファ・シ）を抜いた〔ドレミソラ〕の5音音階を俗に〈**ヨナ抜き音階**〉と通称している。短音階では〔**ラシドレミファソ**〕から、同じく**ヨ・ナに当たるレ・**

ソを抜いた〔ラシドミファ〕の5音音階。それが終止音は違っても日本の〈民謡音階〉ラドレミソや〈都節音階〉ミファラシドと音構成が共通するところから、日本人には親近感があり、明治以来唱歌・童謡・流行歌（演歌）の主流ともなり現代に至っている。

幼児期の生活・文化・音楽環境

【新編教育唱歌集】

明治29年（１８９６）１月『**新編 教育唱歌集**』第一集〜第八集　教育音楽講習会編　大阪開成館発行。第一集「**からす**」カー、カー、からす、からすが　ないていく。（注、わらべうた調唱歌。のちの43年7月刊『尋常小学読本唱歌』の「からす」原曲。明治43年2月〈第二期〉国定国語教科書『尋常小学読本巻二』にのり新たに作曲、〈ヘ長調〉に作りかえられている。以下括弧内に注記。）第一集「**ほたる**」ホー、ホー、蛍こい。あっちの水はにがいぞ。こっちの水は　あまいぞ。ホー、ホー、ほたる来い。（わらべうた調でなく唱歌調）第一集「**かたつぶり**」わが家一つ　負ひゆく虫よ。（「キラキラ星」の旋律）第一集「**亀と兎**」亀と兎と、ある時に、走りくらべをしたりしが。（詞は七五調文語体で且つ旋律は律音階）第二集「**戦闘歌**」〈陸軍〉寄せ来るは、敵よ。喇叭高くなりわたる。（J・J・ルソー作曲。明治14年11月『小学唱歌集初編』「見わたせば」の歌詞改作。〈海軍〉の歌詞もある。さらに第二次大戦後に「むすんでひらいて」で愛唱される。）第三集（明治29年5月発行）「**港**」旗野十一郎作詞・吉田信太作曲。空も港も夜ははれて。（ハ長調・3拍子の明るい曲調で長く愛唱される。）第五集（同前刊）「**夏は来ぬ**」佐々木信綱作詞・小山作之助作曲。「**川中島**」（のちに広くお手玉うたに歌われた）。

【宮澤賢治誕生と大災害】

6月15日**三陸地方大津波**。24ｍ。流失・全壊家屋９３００余、死者1万８１５８人。7月**大風雨**。北上川氾濫。**明治29年8月27日宮澤賢治誕生**。岩手県稗貫郡花巻町大字里川口。父政次郎《まさじろう》、母イチの長男。家業は祖父喜助の開店した質・古着商。**8月31日陸羽大地震**、岩手県和賀郡沢内村真昼岳を震源とする大地震。家屋損壊５６００、死者２６０人。**20歳の母イチはえじこ（嬰児籠）の賢治を身を伏せて念仏を唱えつつかばい、事なきを得た。**

○賢治が日清戦争の直後に、この周期的に天災の訪れる三陸海岸に近い寒冷な土地に生まれたことと、彼

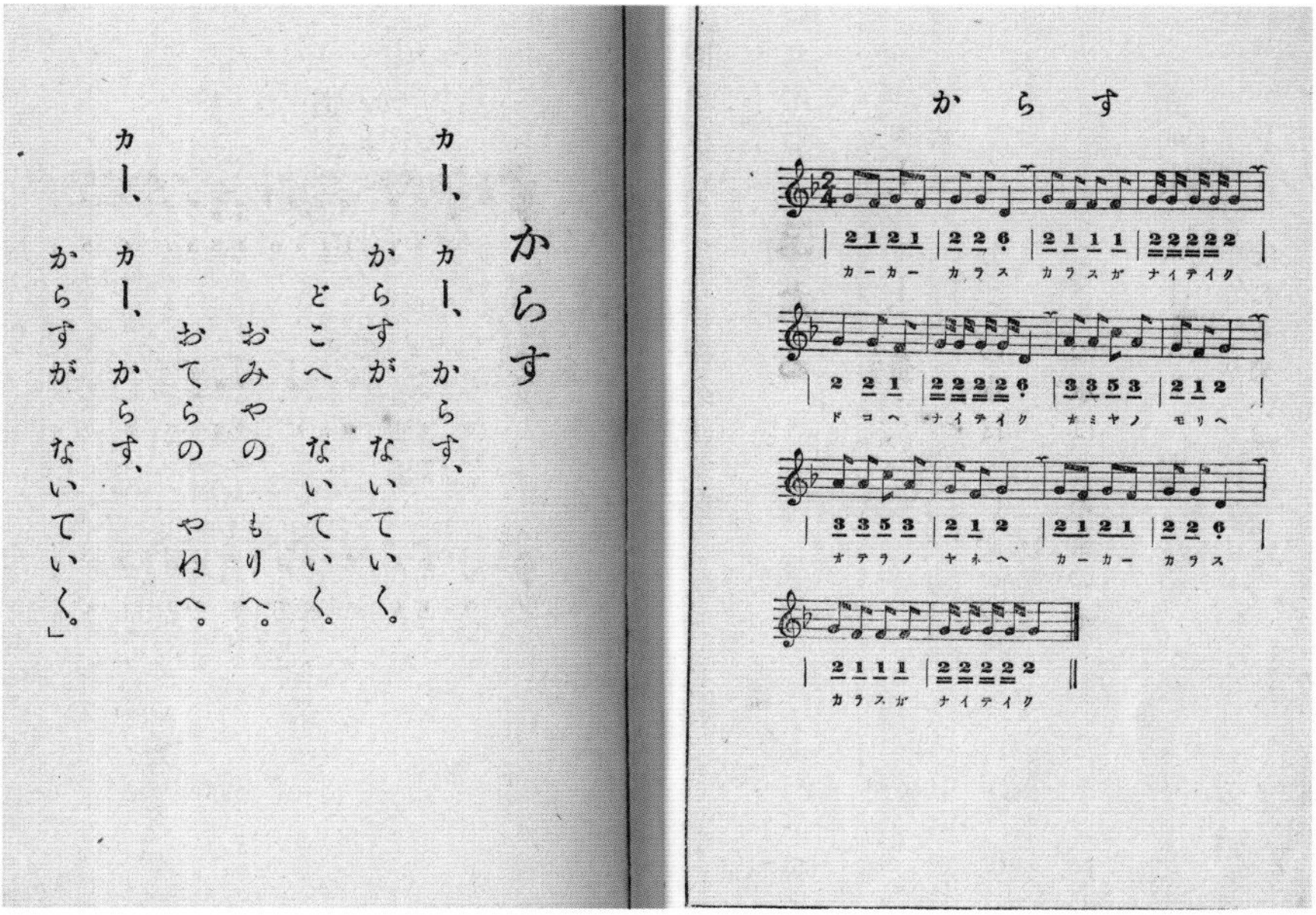

からす

「カー、カー、からす、
からすが　ないていく。
どこへ　ないていく。
おみやの　もりへ。
おてらの　やねへ。
カー、カー、からす、
からすが　ないていく。」

からす

| 2121 | 226 | 2111 | 22222 |
カーカー　カラス　カラスガ　ナイテイク

| 2 21 | 22226 | 3353 | 212 |
ドコヘ　ナイテイク　オミヤノ　モリヘ

| 3353 | 212 | 2121 | 226 |
オテラノ　ヤネヘ　カーカー　カラス

| 2111 | 22222 ||
カラスガ　ナイテイク

港

(一)
空《そら》も港《みなと》も夜《よ》ははれて、
月《つき》に数《かず》ます船《ふね》のかげ。
端艇《はしけ》のかよひにぎやかに、
よせくる波《なみ》も黄金《こがね》なり。

(二)
林《はやし》なしたる檣《ほばしら》に
花《はな》と見《み》まがふ船旗章《ふなじるし》。
積荷《つみに》の歌《うた》のにぎはひて、
港《みなと》はいつも春《はる》なれや。」

(第三集)

(第三集)

港

| 1233 | 5655 | 3212 | 3−0 |
(一) ソーラモ　ミナトモ　ヨハハレ　テー
(二) はーやし　なしたる　ほばしら　にー

| 5655 | 1̇2̇1̇6 | 5653 | 2−0 |
ツーキニ　カズマス　フネノカ　ゲ
はーなと　みまがふ　ふなじる　し

| 3311 | 2255 | 4321 | 5−0 |
ハシケノ　カーヨヒ　ニギヤカ　ニ
つみにの　うーたの　にぎはひ　て

| 1̇2̇1̇1̇ | 5655 | 3432 | 1−0 ||
ヨセクル　ナーミモ　コガネナ　リ
みなとは　いーつも　はるなれ　や

『新編教育唱歌集』より「からす」「港」

が他人の災厄や不幸を常に自分自身のものと感じないでいられなかった善意に満ちた性格の持主であったこととは、実に彼の生涯と作品とを決定する宿命であった。

（宮澤清六『兄のトランク』）

【巌谷小波の『日本お伽噺』】

明治29年10月巌谷小波『日本お伽噺』刊行開始。全24冊博文館。**後年賢治は巌谷小波の本を愛読する。**

【映画の嚆矢と演歌の流行】

明治30年（1897）　賢治（1歳） 1月**〈わが国映画の嚆矢〉**大阪南地演舞場で輸入「電気作用活動大写真」シネマトグラフ上映開始。続いて3月東京神田錦輝館で上映。2月「**軍艦**」鳥居忱詞・瀬戸口藤吉曲。（3年後の明治33年に「**軍艦行進曲**」に）明治30年～40年芸術至上主義の新派、家庭悲劇確立。本郷座時代。尾崎紅葉作「**金色夜叉**《こんじきやしゃ》」徳富蘆花作「**不如帰**《ほととぎす》」など、小説で読まれ、舞台で演じられ、**演歌師**によって歌われ、全国的に流行した。**添田唖蝉坊**作「**金色夜叉**」「霞を布ける空ながら　月美わしく海原は」（「美しき天然」の旋律）「**不如帰**」「緑もふかき白楊の、蔭を今宵の宿りにて」（一高寮歌「緑もぞ濃き柏葉の」の旋律。のち石川啄木も渋民小学校「校友歌」の旋律に転用する。）

明治31年（1898）　賢治（2歳） 4月**石川啄木盛岡尋常中学校入学**（翌年**盛岡中学校**に改称）。**中学時代**「**明星**」**に啓発され短歌に傾倒**、一方友人から借りて**ヴァイオリン**を学ぶ。翌年カトリック系の私立盛岡女学校在学中で後の妻となる**堀合節子と知り合う**。彼女も歌・ヴァイオリン・琴をよくした。**賢治の父政次郎**「**夏期仏教講習会**」主催。**妹トシ生まれる**。新渡戸稲造『農業本論』刊。演歌「ああ夢の世や」流行。

【賢治の母イチの子守唄】

賢治の兄弟姉妹が、幼い時母イチから聴いて育った貴重な子守唄を、賢治研究家の佐藤泰平氏が賢治の弟清六さんから聞き、採録・採譜されているので、ここに採録時の様子とともに、歌詞・楽譜を引用させていただく。

○イチが唄った子守唄を清六さんから私が教えていただいたのは、今から十年前（一九八五年）の十一月であった。花巻の方言では猫のことを〝たたこ〟と呼ぶという清六さんのお話がきっかけで、「子守唄に〝たたこ〟が出てきますよ」と清六さんが唄い出したのである。その子守唄はイチが子どもたちを寝かせるときに唄ったもので、清六さんも娘さんやお孫さんたちに唄って聞かせたという。イチの子守唄はイチのお母さんから聞かされた唄なのだそうで、少なくとも四代にわたって唄い継がれてきた宮沢家の子守唄ということになる。（略）おだやかで、しかもキンキンと響く声ではない美しいソプラノの声で―恐らく、その子守唄を唱うときは低目に抑えた声で唄ったはずだ―やさしくやさしく唄うのである。子どもたちにとってはまさに、天上の子守唄であり、最良の安らぎの時であったろう。（佐藤泰平『宮沢賢治の音楽』）

道ばたの黒地蔵

道ばたの黒地蔵《くろじんぞう》　ねずみに頭をかじられた
　ねずみこそ地蔵《じんぞう》よ
ねずみなんど地蔵だら　なしてタタコに取られべ
　タッタコこそ地蔵よ
タッタコなんど地蔵だら　なしてコッコに取られべ
　コッコこそ地蔵よ
コッコなんど地蔵だら　なして狼に取られべ
　狼こそ地蔵よ
狼なんど地蔵だら　なして野火に巻かれべ
　野火こそ地蔵よ
野火なんど地蔵だら　なして水に消されべ
　水こそ地蔵よ
水なんど地蔵だら　なして馬コに飲まれべ
　馬コこそ地蔵よ
馬コなんど地蔵だら　なして人に乗られべ
　人こそ地蔵よ
人なんど地蔵だら　なして地蔵拝むべ

地蔵こそ地蔵よ

中世芸能の能狂言に出てくる「地蔵舞」の流れを汲む言葉遊び、尻取り唄からの子守唄への転用。もっとさかのぼれば、古代インドの説話集『パンチャタントラ』（西暦3～4世紀までに成立）に載る「ねずみの嫁入り」に発想が通じていて、伝承の流れは世界的で二千年近くにおよぶ子守唄である。「地蔵こそ地蔵よ」というのがこの唄の〝落ち〟で、そのあと再び初めにもどって、くり返し歌い幼児を眠りに誘いこむ。

［語句の意味］「なして」どうして。「タタコ」猫。「コッコ」犬。「野火」早春に野山の枯草を焼く野焼の火。

［参考類歌］

○なにかかにか出そうだ、なにかかにか出そうだ、何舞とかに舞と、地蔵舞とはやそうな。地蔵舞を見さえな、地蔵舞を見さえな。地蔵地蔵よ、地蔵は尊だから、何して鼠にかじられべ、鼠こそ地蔵よ。鼠こそ地蔵なら、何して猫に喰われべ、猫こそ地蔵よ。猫こそ地蔵なら、何して犬に負けべ。犬こそ地蔵よ。犬こそ地蔵なら、なして狼に負けべ、狼こそ地蔵よ。狼こそ地蔵なら、何して野火にまかれべ、野火こそ地蔵よ。野火こそ地蔵なら、何して水に消されべ、水こそ地蔵よ。水こそ地蔵なら、何して人に飲まれべ、人こそ地蔵よ。人こそ地蔵なら、何して地蔵を拝むべ、地蔵こそ地蔵よ。地蔵舞を見さえな、地蔵舞を見さえな。（岩手県上閉伊郡・地蔵舞歌。文芸委員会編『俚謡集』）

○道ばたの六地蔵《ろくじんぞ》、ねずみに頭かじられた、（中略）狼など地蔵なら、なして人に撃たれべ、人こそ地蔵よ、人など地蔵なら、なして地蔵拝むべ、地蔵こそ地蔵よ。（武田礼子『岩手のわらべうた』）

道ばたの黒地蔵

岩手県花巻地方子守唄
伝承 宮沢清六　採譜 佐藤泰平

みちばたの くろじんぞう ねずみにあたまを かじられた
ねずみこそ じんぞうよ ねずみなんど じんぞうだら
なしてタッタコ(猫)に とられべ タッタコこそ じんぞうよ
タッタコなんど じんぞうだら なしてコッコ(犬)に
コッコーなんど じんぞうだら なしておおかみに
おおかみなんど じんぞうだら なしてのびに
のびーなんど じんぞうだら なしてみずに
みずーなんど じんぞうだら なしてうまコに
うまコなんど じんぞうだら なしてひとに
ひとーなんど じんぞうだら なしてじんぞう
とられべ コッコーこそ じんぞうよ
とられべ おおかみこそ じんぞうよ
まかれべ のびーこそ じんぞうよ
けされべ みずーこそ じんぞうよ
のまれべ うまコこそ じんぞうよ
のられべ ひとーこそ じんぞうよ
おがむべ じんぞうこそ じんぞうよ

宮澤賢治も幼少時、母イチから聴いて育った子守唄。
古代インドの説話集『パンチャタントラ』に載る「ねずみの嫁入り」の話に通じる歌詞。

子守唄「道ばたの黒地蔵」

【「正信偈」と「白骨の御文章」】

明治32年（1899）賢治（3歳）父政次郎の姉、伯母ヤギの唱える「正信偈《しょうしんげ》」「白骨の御文章《おふみ》」を子守唄のように聞いて暗誦した。音階はラドレのテトラコルドでわらべうたと共通する。それは日本人なら誰でも共通にもつ〈**民謡音階**〉の〔ラドレミソラ〕を構成する最も基礎的な要素であって、のちの賢治の作品『**イーハトーボ農学校の春**』の冒頭に五線譜で示される〈**太陽マジックの歌**〉「コロナはしちじゅうろくまんにひゃく」の音階とも重なる。宮澤家は浄土真宗大谷派安浄寺の檀家で、父は熱心な仏教徒。母イチも「**ひとというものは、ひとのために何かしてあげるために生れてきたのス**」と語り聞かせていたという。

この年3月法律第39号（旧）著作権法制定・公布。それまでの「版権」から「著作権」に用語が変わり、脚本・音楽・写真等も含めた。（のち昭和45年現行著作権法に改正）

6月「青葉茂れる桜井の」落合直文詞・奥山朝恭曲。歌舞伎映画「紅葉狩」「二人道成寺」製作・撮影。最初の日本製映画〈日本率先活動大写真〉と称し歌舞伎座で公開。初のニュース映画「米西戦争活動大写真」神田錦輝館で上映。「さのさ節」流行。

明治33年（1900）賢治（4歳）5月『地理教育**鉄道唱歌**』第一〜第五集。大和田建樹作歌、上真行・多梅雅作曲、三木佐助発行。〈**日本全国の鉄道沿線各地を歌い込む長編歌詞の先駆**〉全国的に愛唱される。10月『**鉄道唱歌第三集**』〈**奥州線**〉三三「阿部の貞任義家の　戦ありし衣川　金色堂を見る人は　こゝにておりよ平泉」三四「すぎゆく駅は七つ八つ　山おもしろく野は広し　北上川を右にして　つくは何くぞ盛岡市」

正信念仏偈
帰命無量寿如来
浄土真宗日常勤行
尾原昭夫 採譜
♩= 70
き みょう む りょう じゅ にょ ら い
(付点はゆるやかに弾む)
な も ふ か し ぎ こう
ほう ぞう ぼ さ つ いん に じ
ざ い せ じ ざ い おう ぶっ しょ
と けん しょ ぶ つ じょう ど いん
(×音符は無声音)
こ く ど にん でん し ぜん ま く
こ ん りゅう む じょう しゅ しょう が ん
ちょう ほ つ け う だ い ぐ ぜ い
ご こう し ゆ い し しょう じゅ
じゅう せ い みょう しょ う もん じっ ぽう
ふ ほ う む りょ う む へん こう
む げ む た い こう えん のう
しょう じょう かん ぎ ち え こう
ふ だん なん じ む しょう こう
ちょう に ち がっ こう しょう じん せ つ
いっ さい ぐん じょう む こう しょう
(中略)

「正信偈」 楽譜と音階

善導独明仏正意

♩= 60
(付点はゆるやかに弾む)
ぜん　どう　ど　く　みょう　ぶっ　しょう　い
(×音符は無声音)
こう　あ　い　じょう　さん　よ　ぎゃ　く　あ　く
こう　みょう　みょう　ごう　けん　いん　ね　ん
か　い　にゅう　ほん　がん　だ　い　ち　か　い　(中略)

南無阿弥陀仏

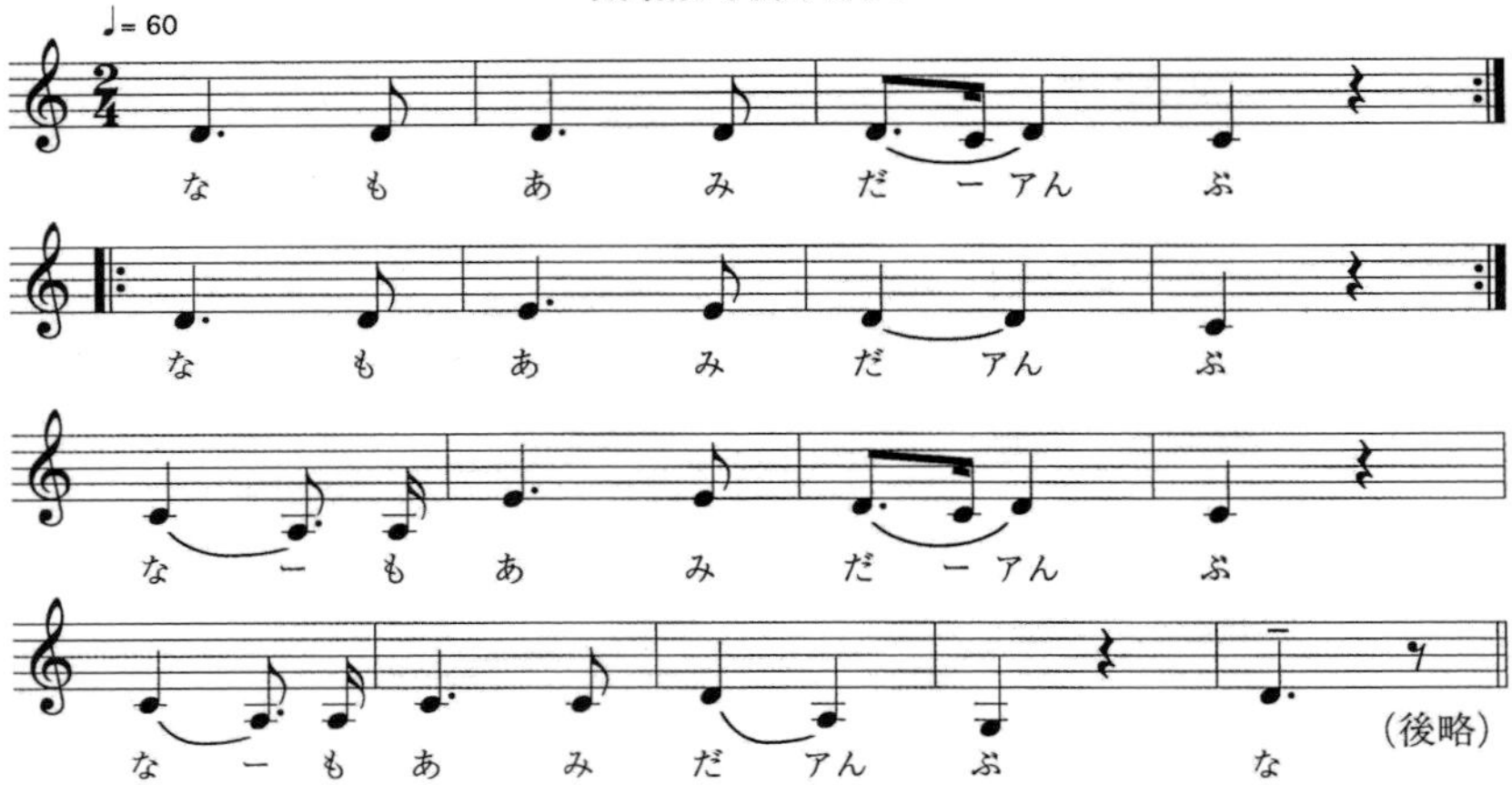
♩= 60
な　も　あ　み　だ　ーアん　ぶ
な　も　あ　み　だ　アん　ぶ
な　ー　も　あ　み　だ　ーアん　ぶ
な　ー　も　あ　み　だ　アん　ぶ　な
(後略)

音　階

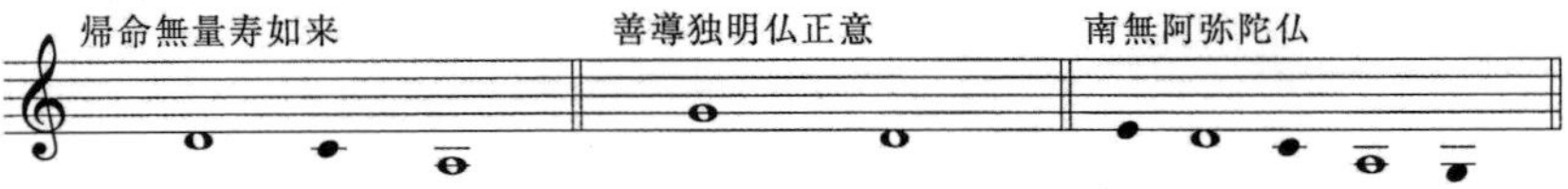
帰命無量寿如来
善導独明仏正意
南無阿弥陀仏

奥州線――磐城線

一　汽《き》車《しや》は烟《けむり》を噴《は》き立《た》てゝ
今《いま》ぞ上《うへ》野《の》を出《い》でゝゆく
ゆくへは何《いつ》く陸《みち》奥《のく》の
青《あを》森《もり》までも一《ひと》飛《とび》に

二　王《わう》子《じ》に着《つ》きて仰《あふ》ぎみる
森《もり》は花《はな》見《み》し飛《あ》鳥《すか》山《やま》
土器《かはらけ》なげて遊《あそ》びたる
江《え》戸《ど》の名《めい》所《しよ》の其《その》一《ひと》つ

上野　田端　王子

『地理教育　鉄道唱歌』第三集より表紙・歌詞・楽譜

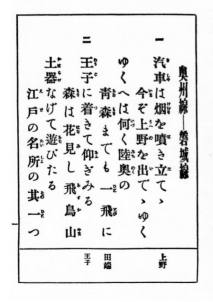

6月～『**幼年唱歌**』（**全10冊**）納所弁次郎・田村虎蔵共編、十字屋発行。大和田建樹・佐々木信綱・巌谷小波・石原和三郎らの作詞になる**言文一致唱歌**。**田村虎蔵**（１８７３－１９４３）**納所弁次郎**（１８６５－１９３６）。初ノ上「**モモタロウ**」石原和三郎作詞・田村虎蔵作曲　モモカラウマレタ、モモタロウ。初ノ上「**キンタロウ**」田辺友三郎作詞・納所弁次郎作曲　マサカリカツイデ、キンタロウ。初ノ上「**ヒライタヒライタ**」（わらべうた）ヒライタ、ヒライタ、ナンノハナガ、ヒライタ。9月『**幼年唱歌**』初ノ中「**うらしまたろう**」石原和三郎作詞・田村虎蔵作曲。むかしむかし、うらしまは。「**大こくさま**」「**一寸法師**」など、後世に長く歌い継がれ、童謡運動につながる。

前章でも述べた通り、明治期の唱歌には五音音階〈**ヨナ抜き音階**〉及び弾む付点音符の〈スキップ・リズム〉の曲が多い。また詞章の上では、**新体詩の基調である七五調を基本とし、長編のバラード風な歌詞が多いことも、軍歌・寮歌に共通して言えることである。**

6月『**新撰　儀式用唱歌集**』村山自彊・野村成仁編、明治33年6月多田屋書店発行。

○この年鳥居忱詞・瀬戸口藤吉曲「**軍艦行進曲**」（明治30年「軍艦」作曲からの発展）。

【『唱歌適用遊戯法』と『幼年唱歌』】

明治34年（**１９０１**）**賢治**（**5歳**）1月『**唱歌適用遊戯法**』**横地捨次郎編**　明治34年1月村上書店刊。

「**緒言**　遊戯が身体を強健ならしめ、精神を快活ならしむるは、茲に言ふを俟たず。我意を抑制して協同事に従ふべき社会的道義の養成より始めて、特に果断、敏捷、友愛等の諸性質を涵養するなど、和気藹々唱躯の間に訓練を施し得もの之を措きて他に求むべからず。（略）**凡例**　一本書は幼稚園及び小学校の遊戯科規定時間中に課する適当なる遊戯の種類のみを編纂したり故に運動会等に用ゐる遊戯は省きたり」　第一節**烏遊び**（**烏からす勘三郎**）　第二節**兎**（**兎兎なに見てはねる**）　第三節**蓮の花**（**ひらいたひらいた**）　第九節風車（風車かぜのまに〳〵めぐるなり。幼稚園唱歌集所収）第十九節「皇国《みくに》の守」（来たれや来たれや、いざ来た

横地捨次郎編纂

唱歌適用 遊戯法 第一輯

京都 村上書店藏版

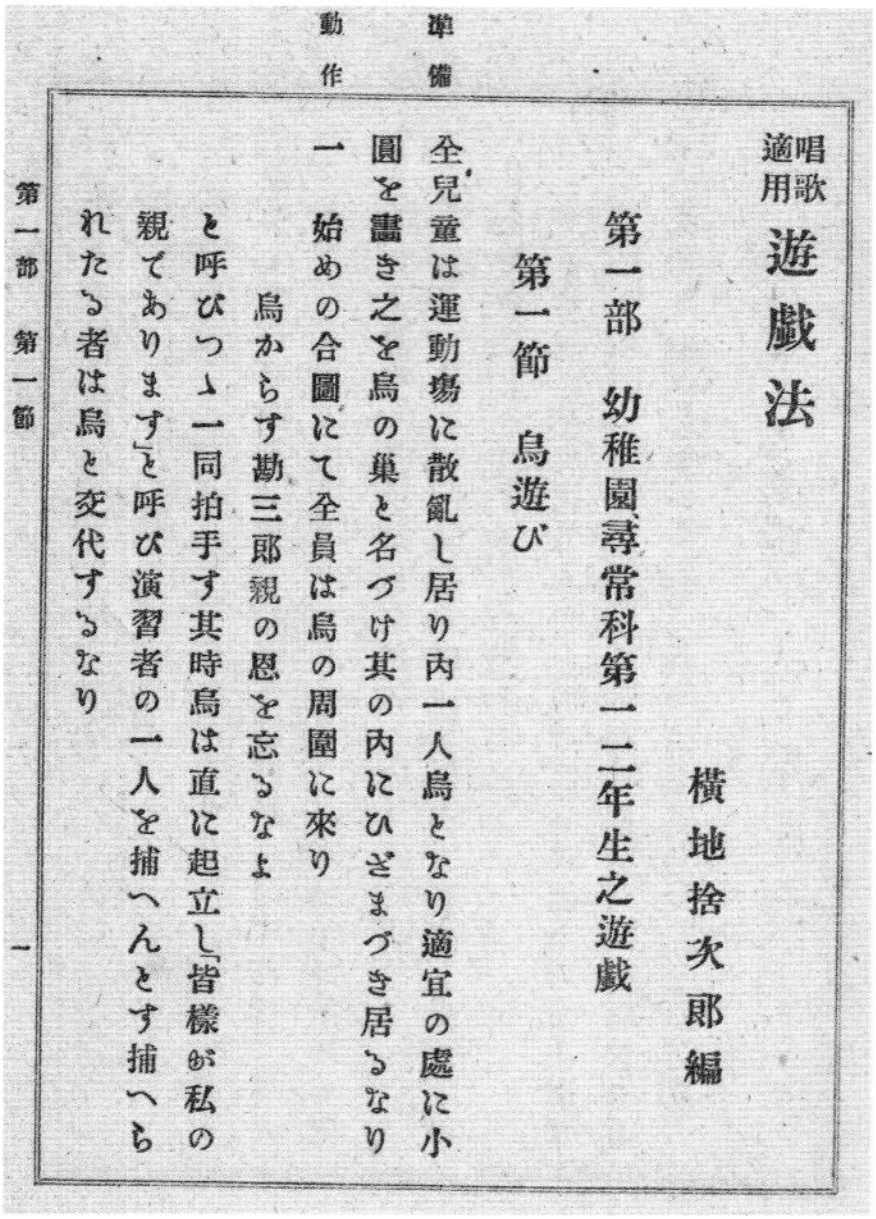

唱歌適用 遊戯法

第一部 幼稚園尋常科第一二年生之遊戯

横地捨次郎編

第一節 烏遊び

準備 全兒童は運動場に散亂し居り内一人烏となり適宜の處に小圓を書き之を烏の巣と名づけ其の内にひざまづき居るなり

動作 一 始めの合圖にて全員は烏の周圍に來り
烏からす勘三郎親の恩を忘るなよと呼びつゝ一同拍手す其時烏は直に起立し「皆様が私の親であります」と呼び演習者の一人を捕へんとす捕へられたる者は烏と交代するなり

第一部 第一節　一

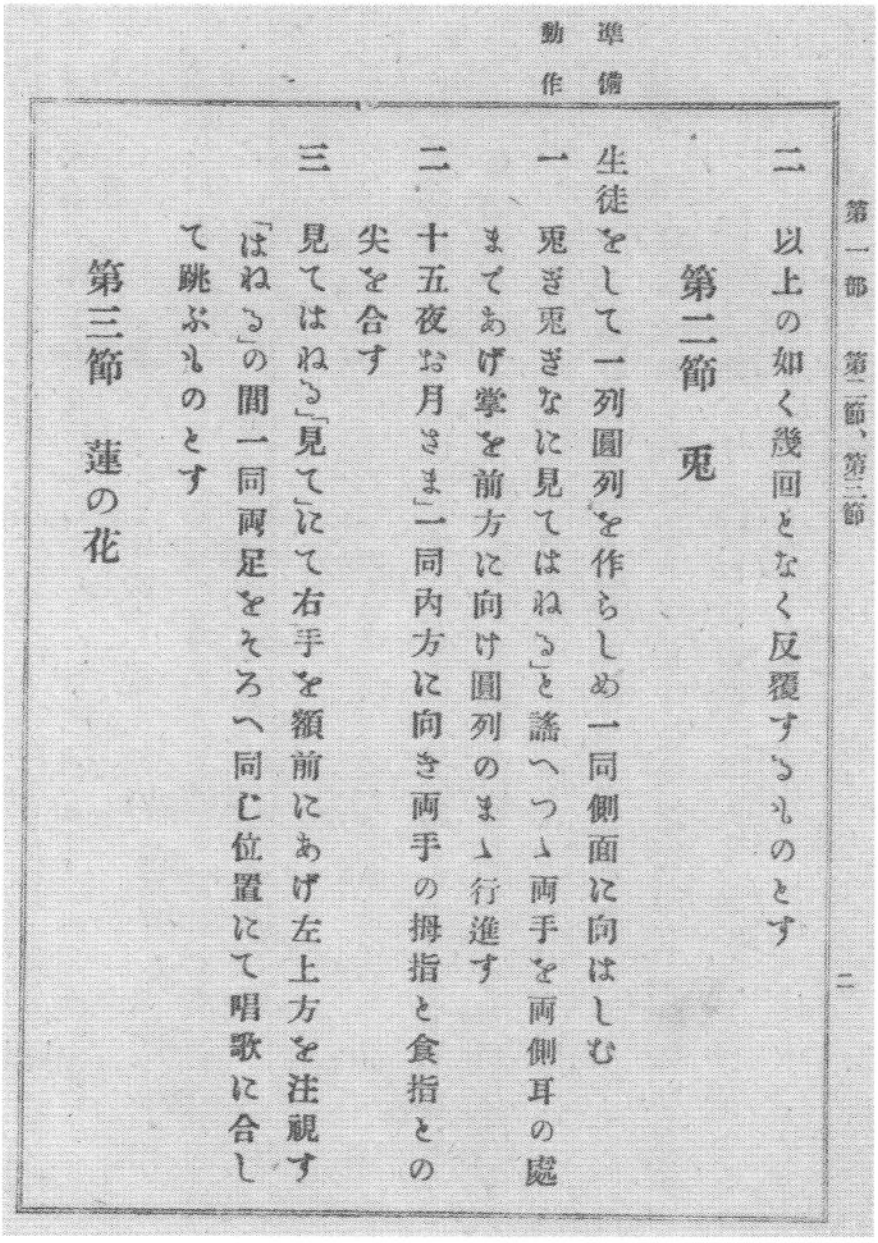

二 以上の如く幾回となく反覆するものとす

第二節 兎

準備 生徒をして一列圓列を作らしめ一同側面に向はしむ

動作 一 「兎ぎ兎ぎなに見てはねる」と謡へつゝ両手を兩側耳の處まであげ掌を前方に向け圓列のまゝ行進す
二 「十五夜お月さま」一同内方に向き両手の拇指と食指との尖を合す
三 「見てはねる」「見て」にて右手を額前にあげ左上方を注視す「はねる」の間一同両足をそろへ同じ位置にて唱歌に合して跳ぶものとす

第三節 蓮の花

第一部 第二節、第三節　二

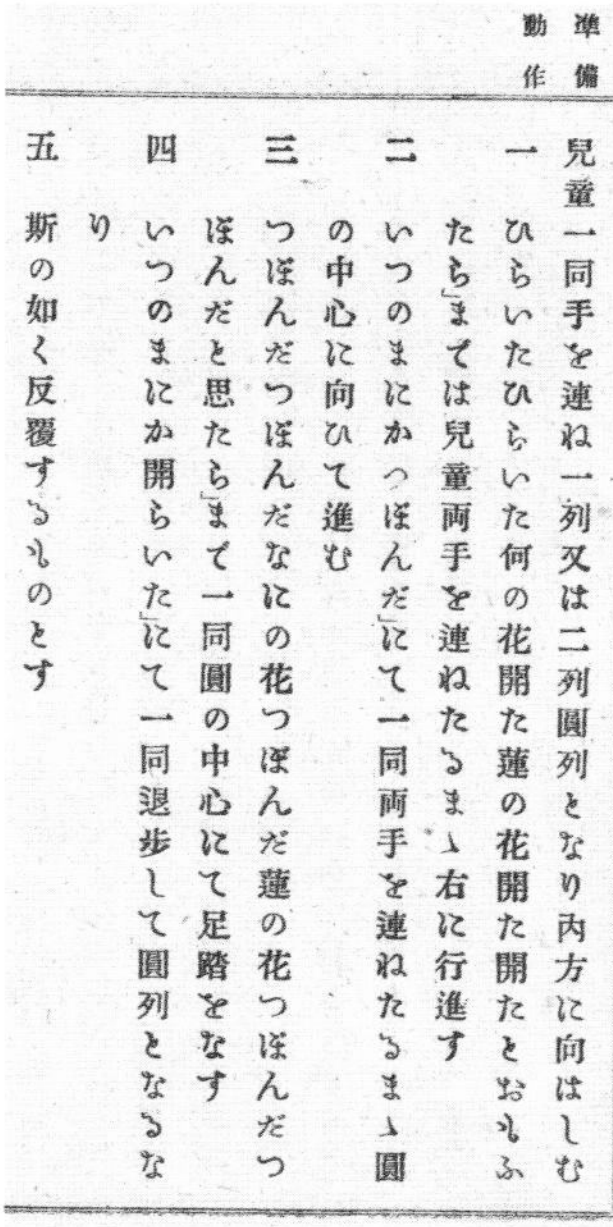

準備 兒童一同手を連ね一列又は二列圓列となり内方に向はしむ

動作 一 「ひらいたひらいた何の花開た蓮の花開た開たとおもふたら」まては兒童両手を連ねたるまゝ右に行進す
二 「いつのまにかつぼんだ」にて一同両手を連ねたるまゝ圓の中心に向ひて進む
三 「つぼんだつぼんだなにの花つぼんだ蓮の花つぼんだつぼんだと思たら」まて一同圓の中心にて足踏をなす
四 「いつのまにか開らいた」にて一同退歩して圓列となるなり
五 斯の如く反覆するものとす

『唱歌適用遊戯法』より表紙　「烏遊び」「兎」「蓮の花」

れ。明治21年5月刊『明治唱歌』「皇国の守」外山正一作詞・伊沢修二作曲の遊戯）

（注）編者横地捨次郎は明治11年東京設置の体操伝習所（のちの東京高等師範学校体育専修科）出身。ほかに『国定小学読本唱歌集適用新遊戯法』明治39年の著書がある。

2月「**春爛漫の花の色**」矢野勘治詞・豊原雄太郎曲（一高寮歌）春爛漫の花の色　紫匂う雲間より。**一高寮歌**「**アムール河の流血や**」塩田環詞・永井建子曲。アムール川の流血や　氷りて恨結びけん。（注）ロシア軍の満州占領、二万五千人を殺戮した事件をさす。以後「**歩兵の本領**」（万朶の桜か襟の色　花は吉野に嵐吹く）など**さまざまな替え歌**が作られ歌われた。

アムール河の流血や

（軍歌「歩兵の本領」）

一高寮歌　永井建子 作曲

注）明治34年(1901)に第一高等学校寮歌として歌われ、のち加藤明勝作詞の陸軍軍歌「歩兵の本領」として広く歌われた。ただし、軍歌では旋律が小音符のように変化した。

寮歌「アムール河の流血や」・軍歌「歩兵の本領」

小　楠　公

明治３２年(1899)
『鼓笛喇叭軍歌実用新譜』
永井建子 作曲

七五調歌詞にて曲なき長編軍歌は此節にて謡ふべし

国立国会図書館蔵本（共益商社刊）にもとづき、原本のイ長調からヘ長調に移調し、歌詞は現代仮名遣いに改めた。
同じタイトル「小楠公」で別の歌詞に永井建子が作曲した曲が明治２７年(1894)『軍歌小楠公』（雅楽協会刊）にあり、その旋律は『鼓笛喇叭軍歌新譜』収載の「凱旋」（道は六百八十里）と同じ。すでに明治２４年(1891)の「音楽雑誌」五月号に「凱旋歌」と題して発表されたもの。その旋律も少し変えられて「兵隊ぶし」として広く兵隊の行進に歌われ、わらべうた「一列らんぱん」などにも歌いつがれた。（「道は六百八十里」参照）
曲譜冒頭に「七五調歌詞にて曲なき長編軍歌は此節にて謡ふべし」と記されているのは注目に値する。作曲者自身、この曲を他の歌詞に流用することを最初から認めていた。確かにその後軍歌に限らずさまざまな歌にこの旋律が歌われることとなった。

「**小楠公**」（「アムール河の流血や」原曲）

3月『**中学唱歌**』東京音楽学校編・刊。滝廉太郎作曲「**箱根八里**」「**荒城の月**」など。4月鈴木米次郎編『**日本遊戯唱歌**』明治34年4月十字屋発行。6月『日本遊戯唱歌三』「指遊び」てまりはまろく　かつかろく　こづちはかねゆえ　いとおもし　こどものへいたい　よくならび　ふきだすラッパは　プップップップー　てをうつよーに　はやしたて　あめがふったら　このかさよ。　賢治の**妹シゲ**生まれる。

6月『**幼年唱歌二ノ上**』「**うさぎとかめ**」石原和三郎作詞・納所弁次郎作曲。もしもし、かめよ、かめさ

『中学唱歌』表紙

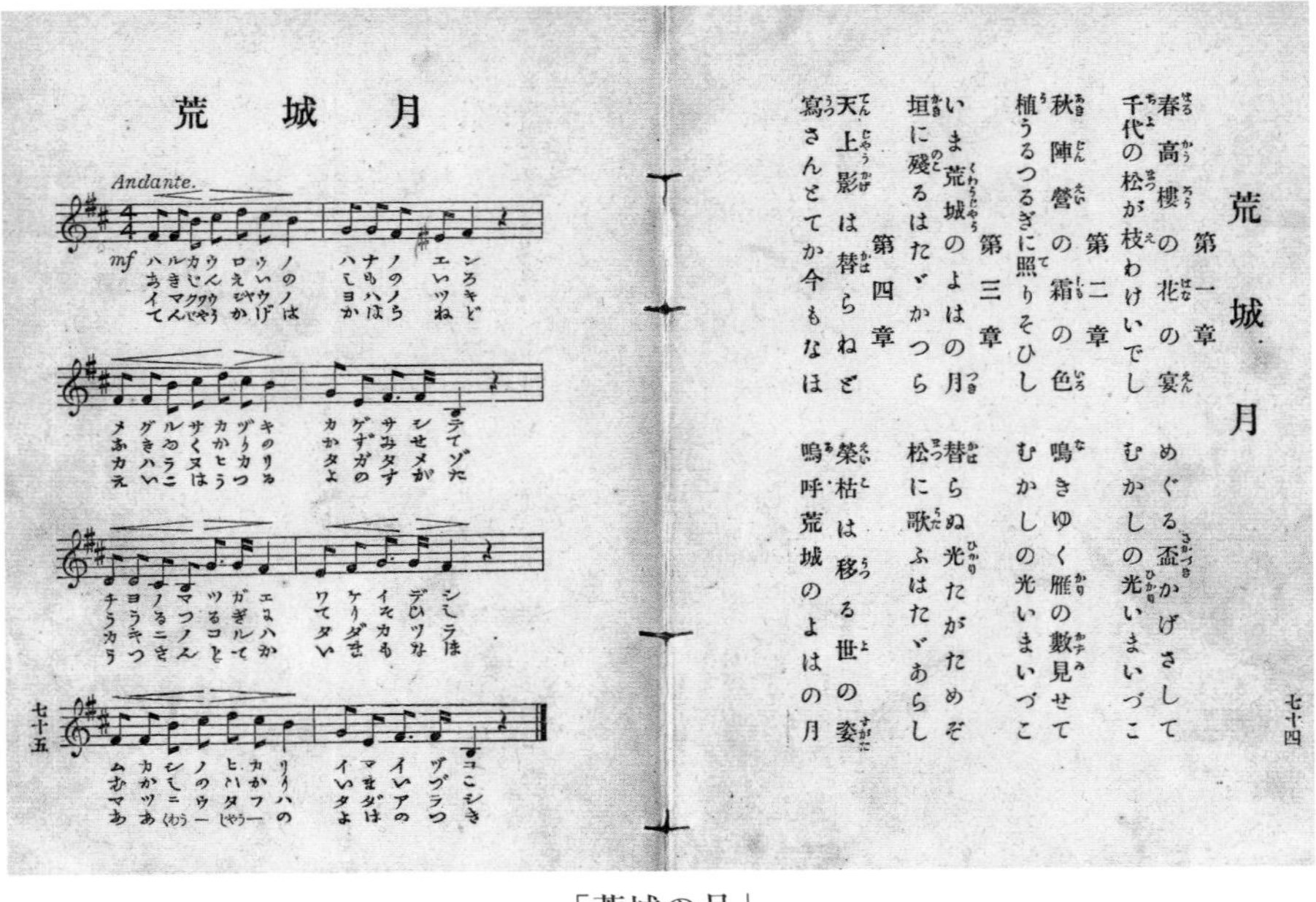

荒城月

第一章
春《はる》高《かう》樓《ろう》の花《はな》の宴《えん》　めぐる盃《さかづき》かげさして
千代《ちよ》の松《まつ》が枝《え》わけいでし　むかしの光《ひかり》いまいづこ

第二章
秋《あき》陣《じん》營《えい》の霜《しも》の色《いろ》　鳴《な》きゆく雁《かり》の數《かず》見《み》せて
植《う》うるつるぎに照《て》りそひし　むかしの光いまいづこ

第三章
いま荒《くわう》城《じやう》のよはの月《つき》　替《かは》らぬ光《ひかり》たがためぞ
垣《かき》に殘《のこ》るはたゞかつら　松《まつ》に歌《うた》ふはたゞあらし

第四章
天《てん》上《じやう》影《かげ》は替《かは》らねど　榮《えい》枯《こ》は移《うつ》る世《よ》の姿《すがた》
寫《うつ》さんとてか今もなほ　鳴《あ》呼荒城のよはの月

七十四

「荒城の月」

んよ、せかいのうちに、おまえほど。（典型的ヨナ抜き音階と弾むリズム。次も同じ。）**「おおえやま」**石原和三郎作詞・田村虎蔵作曲。むかし、たんばの、おおえやま、おにどもおおく、こもりいて。8月**『幼年唱歌　初ノ下』「はなさかぢぢい」**石原和三郎作詞・田村虎蔵作曲。うらのはたけで、ぽちがなく、しょうじきぢいさん、ほったれば。7月**『幼稚園唱歌』「鳩ぽっぽ」「お正月」**東くめ作詞・滝廉太郎作曲。

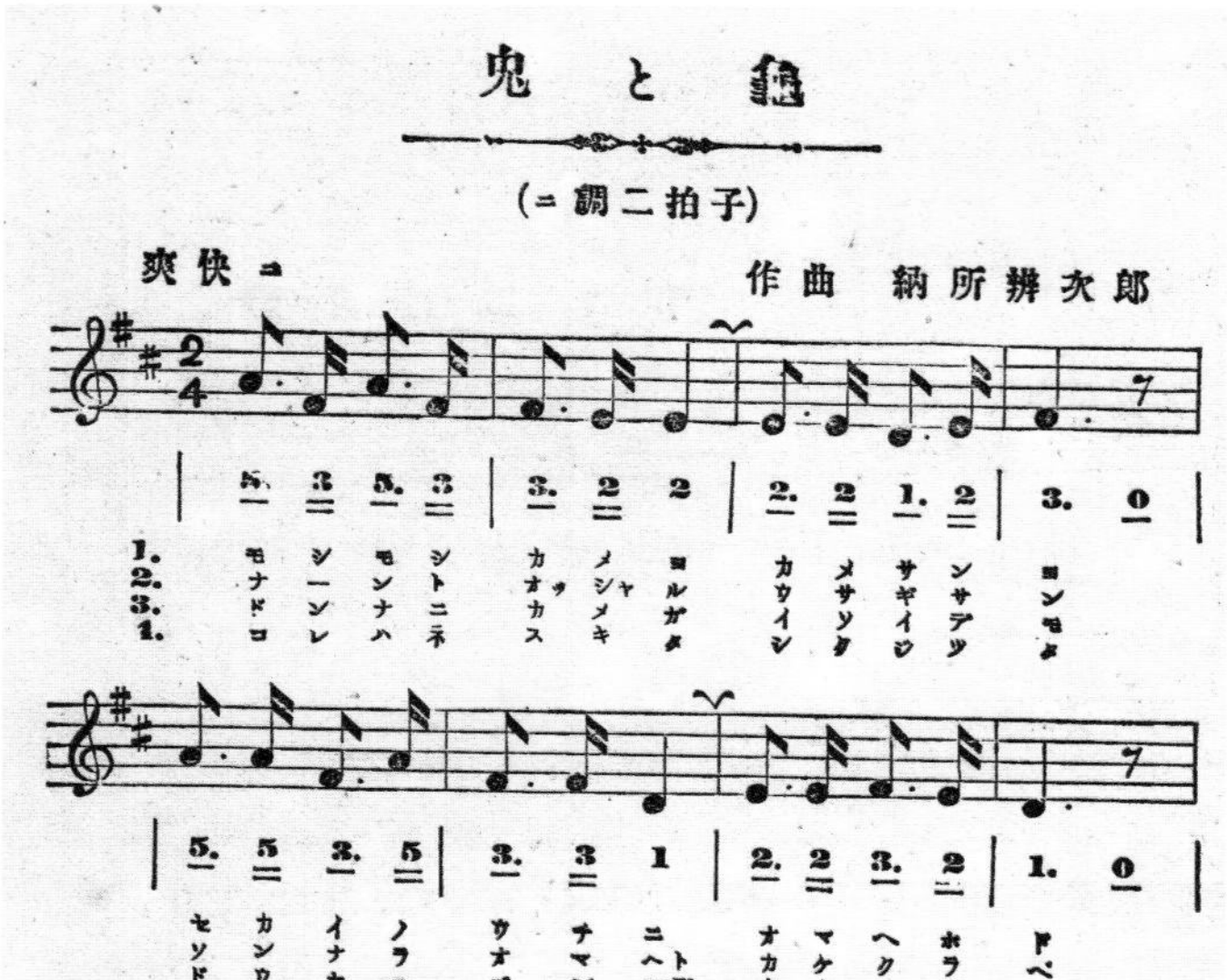

『幼年唱歌』より「兎と亀」

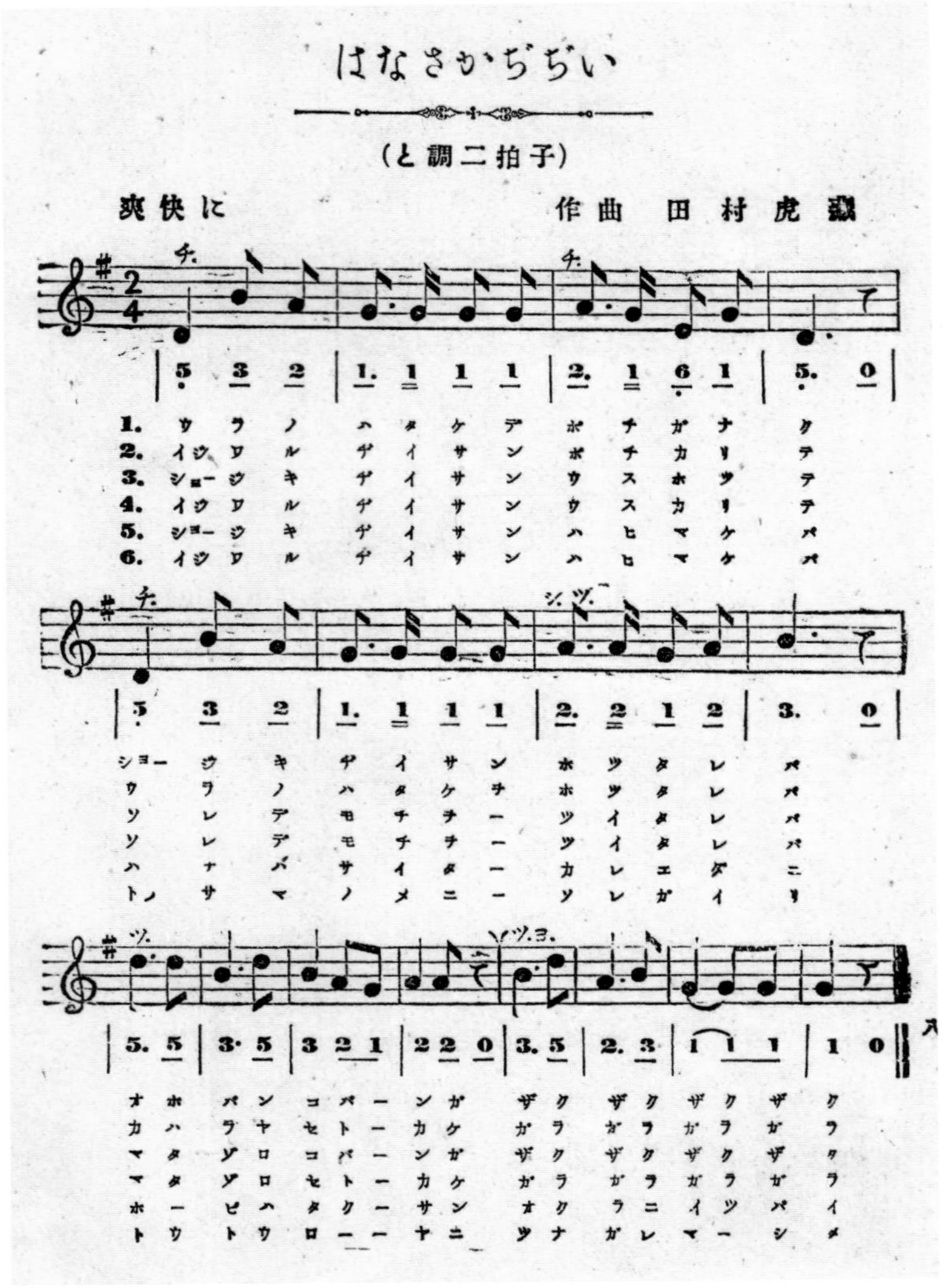

『幼年唱歌』より「はなさかぢぢい」

【寮歌の隆盛と長調・短調間の変化】

明治35年（１９０２）　**賢治**（６歳）　２月一高寮歌**「ああ玉杯に花うけて」**矢野勘治作詞、楠正一作曲。嗚呼玉杯に花うけて　緑酒に月の影宿し。（注）一般に短調で歌われるが、**本来は長調**。昭和十年に寮生たちの手で寮歌集の改訂版が発行され、それまでの略譜を五線譜に改めた際、当時歌われていた節に直した。現在寮歌集と言われるものは概ねこの改訂本であって、その譜は歌いくずされたほうの節である。（鷹野良宏『唱歌教材で辿る国民教育史』）

【読本唱歌の先駆】

４月**『国語読本唱歌　尋常巻の上』**帝国書籍株式会社編纂部編、明治35年４月帝国書籍株式会社発行。（注、文部省『尋常小学読本唱歌』明治43年７月刊より八年早い先駆的刊行）検定国語教科書巻二第十四**「しょーがつぢぢ」**しょーがつぢぢが　きました　たけうまにのって　たこをせなかにかついで　はごいたをこしに

ああ玉杯に花うけて

明治35年(1902)
『定本 日本の唱歌』堀内敬三著
ヨナ抜き短音階
矢野勘治 作詞　楠　正一 作曲
あ あぎょくは い に　は なう け て　りょくしゅにつ きの　か げや どし
ち あんのゆめに　ふ けり たる　え いが のち また　ひ くく みて
む こう がおかに　そ そりたつ　ごりょう のけ んじ　い きた かし
ヨナ抜き長調で歌われる場合
『明治大正昭和流行歌曲集』春秋社刊より
あ あぎょくはいに　は な う けて　りょくしゅにつ きの　か げや どし
etc.

寮歌「ああ玉杯に花うけて」短調と長調

さして　はねをみみにはさんで　にこにこわらってきました。（旋律は「日の丸」に近い唱歌調）酒井董美著『石見のわらべうた』所収「正月じいさん」の元歌。歌詞は部分的に省略され、旋律はわらべうた調に変化。

巻二第十七「うさぎとかめ」うさぎようさぎ　ねむるものはまける。旋律は「むすんでひらいて」J・J・ルソー曲に近い。

巻三第二十三「桃太郎」桃太郎さん　どこへお出なさるか　おにがしまへ　おにたいぢに。旋律はわらべうた調に近い。

『国語読本唱歌』尋常巻の上より　表紙

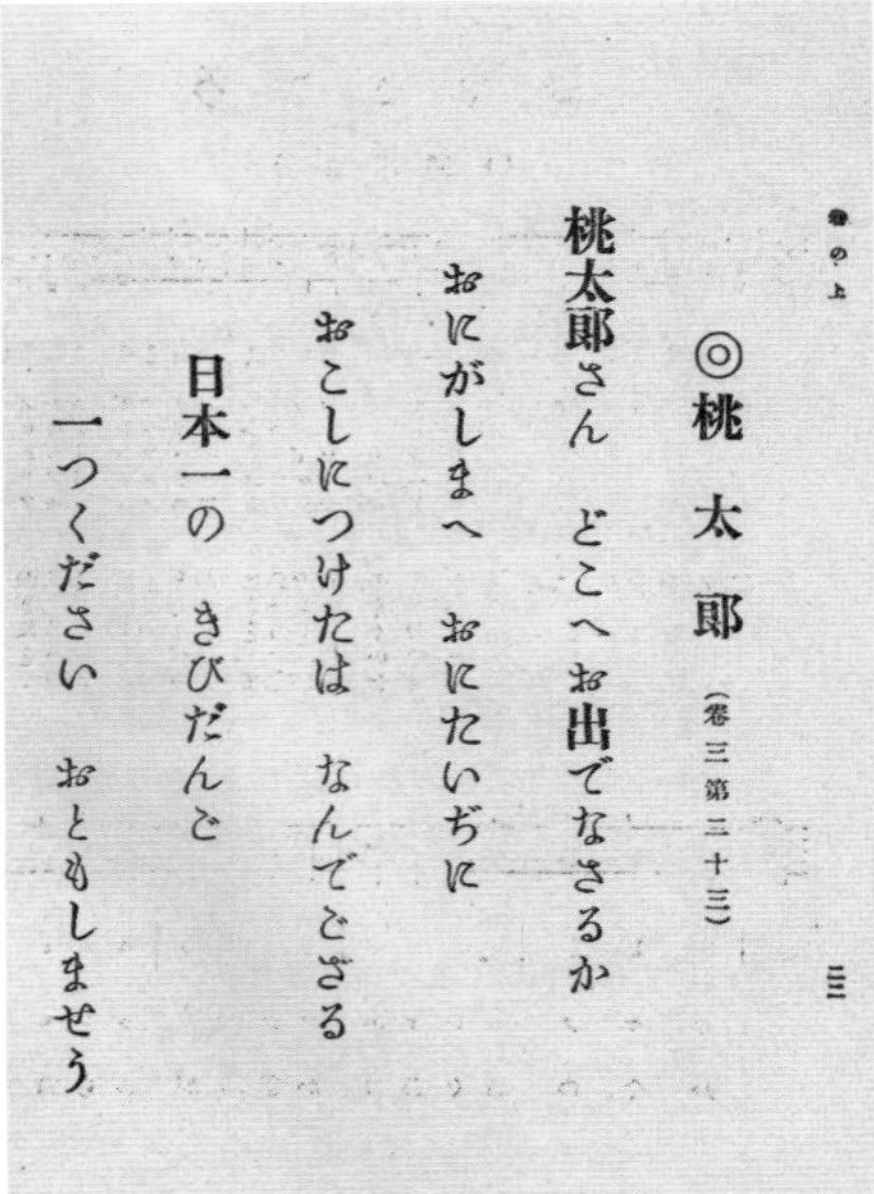

巻の上

◎桃太郎（巻三第二十三）

桃太郎さん　どこへお出でなさるか
おにがしまへ　おにたいぢに
おこしにつけたは　なんでござる
日本一の　きびだんご
一つください　おともしませう

三

「桃太郎」

【凶作の窮乏食】

7月8月寒さが続き9月の出穂に暴風雨となり、ついに凶作となった。岩手県下の米の減収は六割に近く、窮民は干葉がゆ（大根の茎や葉を干しかゆに煮たもの）、ナラの実でつくったもち、トコロ、ワラビ、山ごぼう、アザミの葉などで命をつないだ。

9月賢治、赤痢を病み隔離病舎に2週間入る。祖母キンの妹堀田ヤソにつきそわれ、話術にたけたヤソから昔コ（昔話）を聞く。

10月盛岡中学5年の啄木、成績奮わず、欠席も多く「家事上の都合」を理由に退学届けを提出し、上京。与謝野鉄幹、晶子夫妻に初対面。東京音楽学校にオペラ研究会発足、翌年グルック〈オルフェオ〉上演。花房柳外、洋式演劇と称してイプセン「社会の敵」を神田錦輝館で上演。

小・中学校時代の生活・文化・音楽環境

〈国定国語教科書と唱歌〉

明治36年（1903）**賢治**（**7歳**）4月**賢治** 花巻川口町立花巻川口尋常高等小学校入学。担任菊池竹次郎。最初の国語教科書は『尋常国語読本 乙種』巻一・二明治33年11月金港堂書籍株式会社発行。（『新校本宮澤賢治全集』巻十六下による）**小学校令改正**、国定教科書制度確立。7月歌舞伎映画「紅葉狩」大阪道頓堀中座で上映。（翌37年2月東京歌舞伎座で上映。）映画に〈弁士〉登場。

【国語と遊戯と唱歌の連携（一）】

8月第一期国定国語教科書『尋常小学読本』巻一～八 著作兼発行者文部省、明治36年8月博文館発行。『尋常小学読本』巻三 ダイ三「ナノハナ」 コレハ ナノハナデス。……チョーチョ。チョーチョ。ナノハナニトマレ。ナノハナニアイタラ、サクラニトマレ。 巻三 ダイ十一「ホタル」 ホー、ホー、ホタルコイ。アッチノミヅハニガイゾ。コッチノミヅハアマイゾ。ホー、ホー、ホタルコイ。コドモガ、ユウガタ、カウイフウタヲウタッテ、オモテヲトホリマシタ。（わらべうたを冒頭におき、ホタル狩りの話へ。）

賢治の小学校入学当初は花巻川口尋常高等小学校ではまだ科目に「唱歌」は入れられておらず、関連する「遊戯」があるのみ。「遊戯」は前章でもふれたように、低学年における「体操」に当たるリズム運動の科目として当初から重要視されてきた。唱歌と密接に関連し、みんなで唱歌などを歌いながらリズムに合わせて集団で運動する一種のダンスであり、舞踊兼唱歌表現の科目である。このように科目としての「唱歌」はなくても、遊戯のなかに唱歌がある程度加えられていた。一方、小学校令の改正によってこの年第2学期から新たに使用することとなった国定国語教科書の『尋常小学読本』には、上記のように一部に唱歌やわらべうたが繰り込まれていた。したがって当然国語の学習においても唱歌やわらべうたを読む、朗唱する、歌うという場面が生ずる。国語の時間にも「蝶々」の唱歌や「ほたるこい」のわらべうたを歌う子どもたちの声が聞こえていたのである。国語と唱歌の関連では、のちに明治43年（1910）2月、文部省により国語教科書に載る唱歌の詩に作曲した『尋常小学読本唱歌』が刊行され、さらに翌年の『尋常小学唱歌』へと展開していく。10月浅草電気館、初の映画常設館として開場。11月『さんびか』出版。讃美歌旧版第二百四十九番（昭和29年新版第三百二十番）メースン作曲「主よ、みもとに」。主よ、みもとに近づかん　のぼるみちは十字架に　ありともなど悲しむべき　主よ、みもとに近づかん。この讃美歌は9年後の　明治45年（1912）4月15日のタイタニック号沈没の際に楽団が奏したといわれ、賢治も「銀河鉄道の夜」の初期形第二次稿でこの歌詞を記す。

12月米国ライト兄弟、世界初の公認動力飛行成功。東京音楽学校歌劇研究会、グルックの歌劇〈オルフォイス〉上演。川上貞奴、明治座で「オセロ」（江見水蔭翻案）出演。（女優第一号）その後「ベニスの商人」「ハムレット」など上演。一高寮歌『緑もぞ濃き柏葉の』柴碩文作詞・楠正一作曲。（のち石川啄木「校友

主よ、みもとに

注）宮沢賢治『銀河鉄道の夜』九「ジョバンニの切符」中で歌われる合唱。旧版讃美歌249番。明治45年(1912)イギリスのタイタニック号が処女航海で氷山に衝突し沈没した際、船の楽団が最後までこの曲を演奏し続けたという、まさに悲劇的感動的な話が伝えられている。

讃美歌「主よ、みもとに」

歌」の旋律に用いる）この年、天賞堂、**平円盤（レコード）輸入**、軍楽隊の軍歌・マーチ、長唄・常磐津・義太夫、浪花節・芝居声色、薩摩・筑前琵琶、俗謡、端唄などを吹き込み発売。

明治37年（1904）賢治（8歳） 1月軍歌「日本海軍」大和田建樹作詞・小山作之助作曲。四面海もて囲まれし　わが敷島の秋津洲。　典型的なヨナ抜き音階と弾むリズム。（のち昭和になって水谷まさる詞「ぼくは軍人大好きよ」の替え歌でも歌われる。）

2月10日ロシアに宣戦布告、**日露戦争開戦**。

3月賢治、小学校1年成績、修身・国語・算術・**遊戯**・操行ともに**甲**。（注、当時の小学校の学習評価は十干からとった〈甲乙丙丁〉の四段階。ただし丁は事実上ないにひとしかった。）4月2年生担任、照井真臣乳《てるいまみじ》、クリスチャンで内村鑑三の高弟。弟**宮澤清六誕生**。6月**〈賢治初の戦争体験〉郷土部隊**、第八師団に動員令**くだる。賢治たちは兵隊を送りに停車場へ行く**。このような時必ず軍歌を高らかに歌って送った。

【豊沢川の子ども溺死事故】

8月豊沢川下流、北上川との合流点近くで賢治と同じ川口小の同級生を含む四人の子どもが徒歩で渡る際激しい水流に巻かれ、二人は魚釣りの人に助けられたが、**二人の子ども渦に巻き込まれ溺れる。夜に入っても探索の舟が出て、その灯りのぺかぺか光るさまを橋の上から見て、強い印象をうける**。（のちの「**銀河鉄道の夜**」に反映）

7月「**日本陸軍**」大和田建樹作詞・深沢登代吉作曲。天に代わりて不義を討つ。上記「日本海軍」同様、典型的なヨナ抜き音階と弾むリズム。9月与謝野晶子「君死にたまふこと勿れ」「明星」に発表。12月軍歌「**橘中佐**」鍵谷徳三郎作詞・安田俊高作曲。遼陽城頭夜は闌けて　有明月の影すごく。**13節の長編**で、のち賢治中学生時代の**愛唱歌の一つ**。賢治のバラード好きの一端。（注、バラードは故事・伝説などを題材とする近代の詩形。）

明治38年（1905）賢治（9歳） 小学校2年成績、

全甲。

【担任の童話に感銘】

3年生担任八木英三、童話を生徒に聞かせる。「太一の話」（「まだ見ぬ親」五来素川翻案、エクトル・マロ作「家なき子」）、民話「海に塩のあるわけ」など。八木は週3回作文を書かせた。四季の眺めをうたった七五調の長詩は、八木に賢治の詩才を強く印象づけた。日露戦争関係の絵葉書など集める。（収集趣味のめばえ）

【巌谷小波の「お伽噺」に熱中】

賢治、担任八木英三の童話に感銘をうけ、巌谷小波の「お伽噺」に熱中する。（注、巌谷小波編『日本お伽噺』『世界お伽話』など。）賢治は近くの佐藤金治たちとそろって学校へ行った、行きながら「むかしこ」をはなしてきかせた。「むかしこ」は「むかしむかし」の意味で、つまり「昔ばなし」のこと。巌谷小波の本を愛読していたので、よくそのはなしを友だちにきかせた。友だちははなしを聞きたさにのろのろとつらなって学校へいったのである。（『年譜宮澤賢治伝』）

のちに賢治が八木と偶然汽車のなかで会ったとき「私の詩は哲学的に、思想的に、また宗教的に考へたときに、非常に偉大なものだと自負してゐますが、思想の根底はすべて先生の童話から貰ったやうに思って感謝してゐます。」といふ一言があった。（八木英三「少年宮沢賢治」）

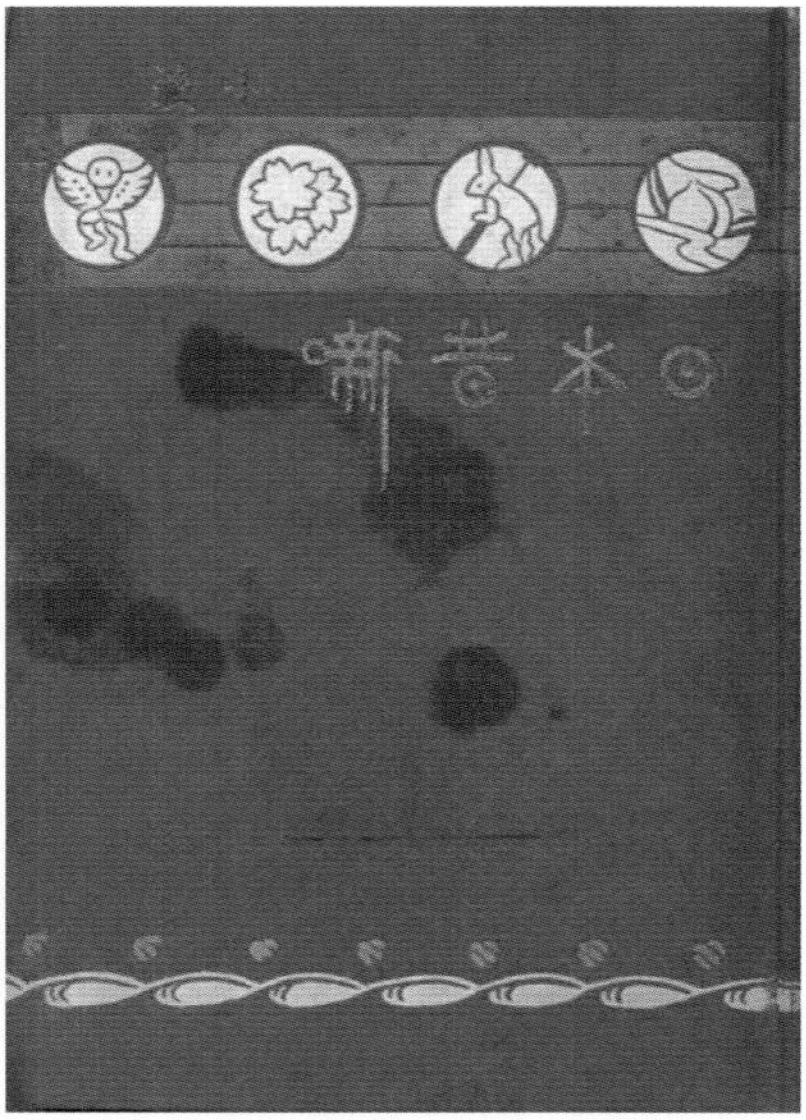

巌谷小波編『日本昔噺』
明治41年（1908）博文館

3月10日奉天占領。5月27日、日本海海戦。9月**「戦友」**真下飛泉作詞・三善和気作曲。ここはお国を何百里　離れて遠き満州の　赤い夕日に照らされて友は野末の石の下。『学校及家庭用言文一致叙事唱歌(三)』所収。作詞者は京都師範学校附属小学校訓導、作曲者は京都の中学校教員。**七五調14節の長編バラードで都節音階。のち賢治中学生時代の愛唱歌の一つ。日露講和条約調印。**戦死・戦傷者11万8000人。

【戦争勝利祝賀の裏　大凶作】

東北地方大凶作。7月下旬から冷雨におびやかされ、雨量平年の2倍、日照りはほとんどなく、三年前以上の大凶作となる。宮城・岩手・福島で平年作の1～3割台の収量。小学校にも、弁当をもたぬ子どもが多かった。農家の子は、ワラのフシのところをきざみ、洗ってウスでつく。するとわたのようにモヤモヤとなる。それを煮てモチのようにしたものをべんとうにした。ワラはあまみがあるので昔から救荒食料となっている。**盛岡市に初めて電灯がつく。**北村季晴「露営の夢」歌舞伎座で上演。10月**「美しき天然」**武島羽衣作詞・田中穂積作曲。空にさえずる鳥の声　峯より落つる滝の音。　短調のゆったりした3拍子が印象的で**〈日本人によって作られた最初のワルツ曲〉**といわれ、**大衆に好まれ、演歌やジンタにも用いられた。**11月**中山晋平上京、**島村抱月早稲田大学教授の書生となる。12月**花巻川口尋常高等小学校**から**花城尋常高等小学校**に校名変わり、新校舎に移る。この年、のむき山人詞・曲の「喇叭節」流行。

明治39年（1906）賢治（10歳）2月坪内逍遥・島村抱月ら文芸協会設立。演劇部第1回大会「ヴェニスの商人」などを歌舞伎座で上演。日本楽器製造会社設立。

【国語と遊戯と唱歌の連携（二）】

3月**『国定小学読本唱歌　適用遊戯法』**東京児童遊戯研究会編　明治39年3月博報堂書店発行。第一**「カラス」（元々堂発行曲による）**カー、カー、カラス。カラスガナイテイク。ドコヘ、ナイテイク。オミヤノ

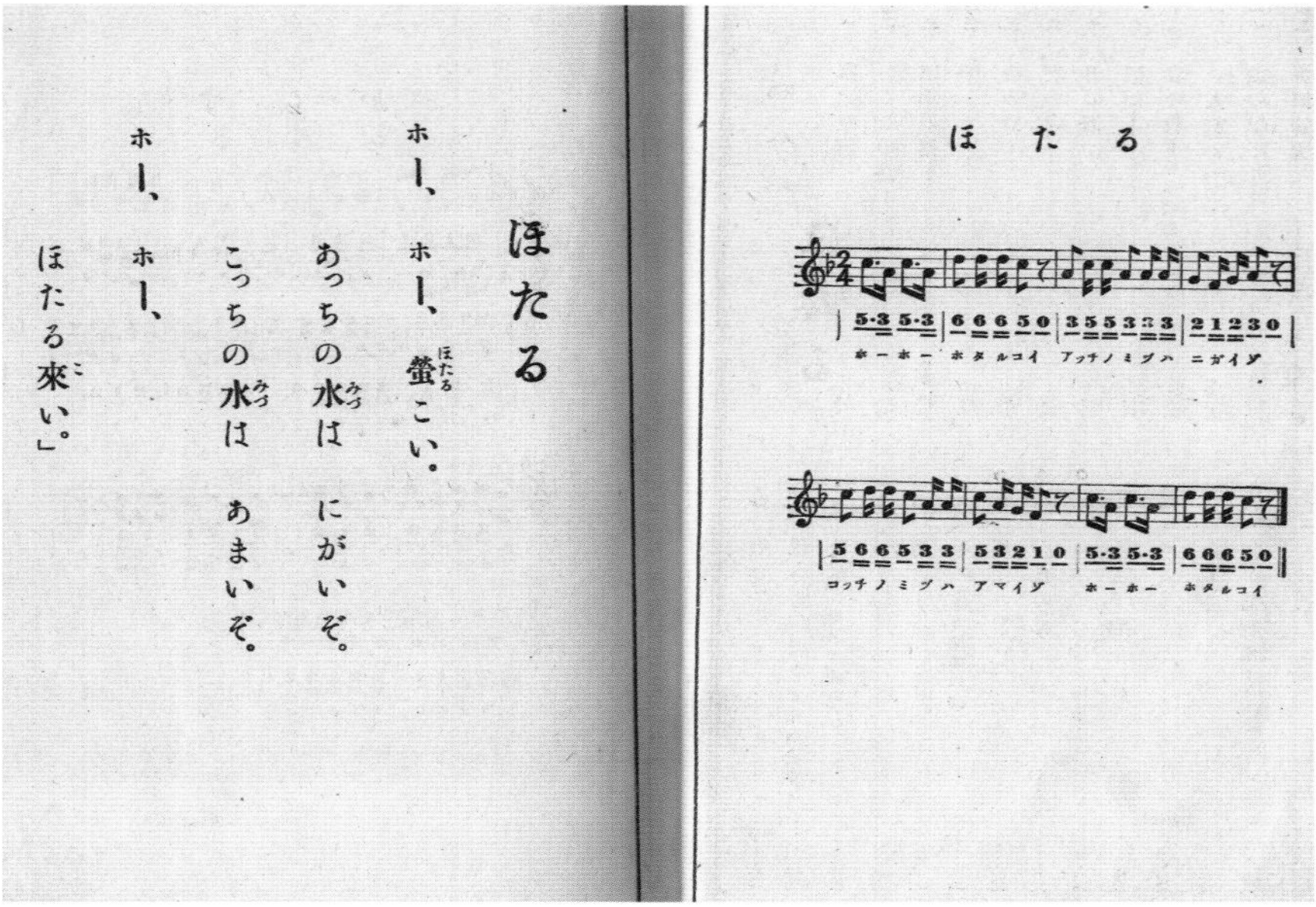
ほたる

ホー、ホー、螢《ほたる》こい。
あっちの水《みづ》は　にがいぞ。
こっちの水《みづ》は　あまいぞ。
ホー、ホー、
ほたる來《こ》い。」

ほたる

ホーホー ホタルコイ アッチノミヅハ ニガイゾ
コッチノミヅハ アマイゾ ホーホー ホタルコイ

からす

カー、カー、からす、
からすが　ないていく。
どこへ　ないていく。
おみやの　もりへ。
おてらの　やねへ。
カー、カー、からす、
からすが　ないていく。」

からす

カーカー カラス カラスガ ナイテイク
ドコヘ ナイテイク オミヤノ モリヘ
オテラノ ヤネヘ カーカー カラス
カラスガ ナイテイク

『新編教育唱歌集』第一集より「ほたる」「からす」

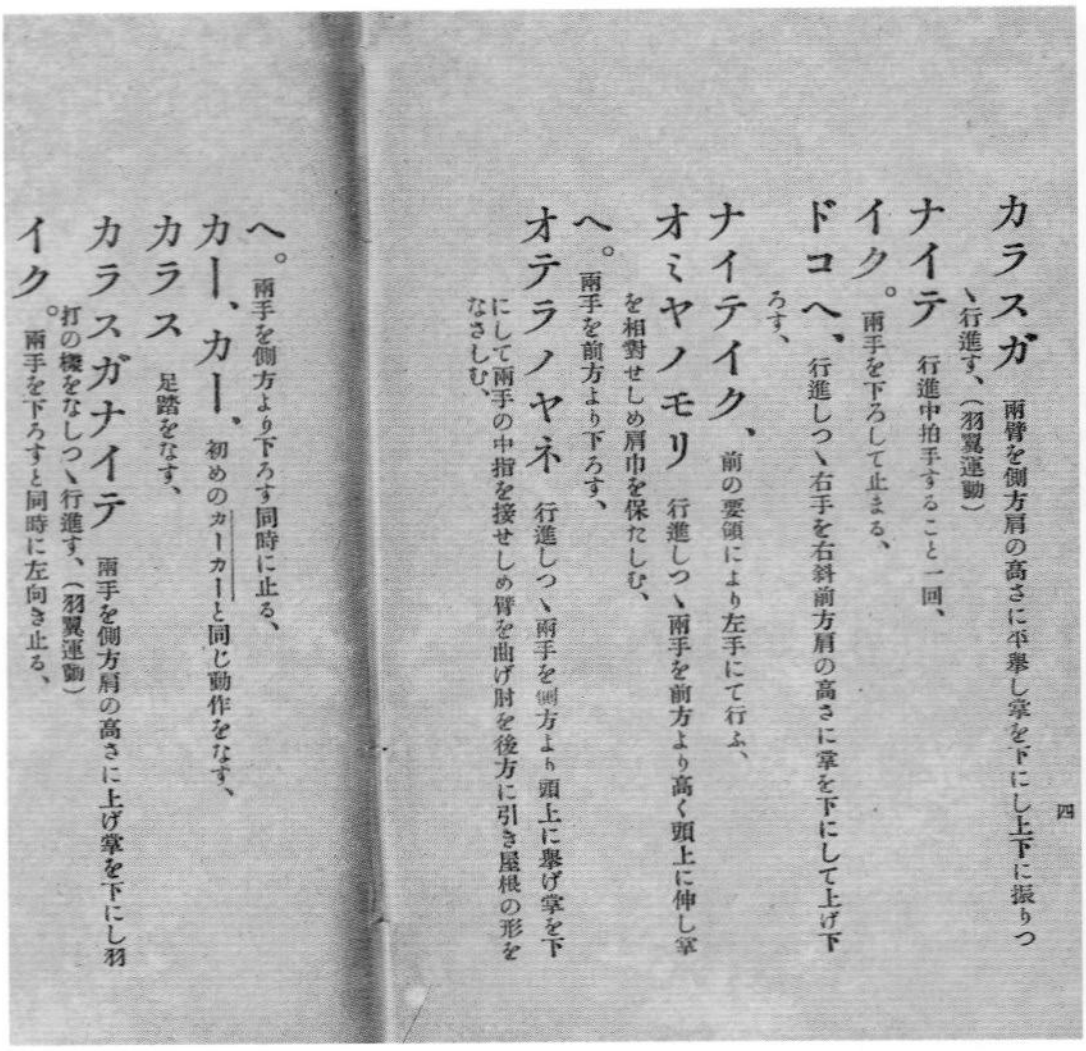

カラスガ 兩臂を側方肩の高さに平擧し掌を下にし上下に振りつゝ行進す、（羽翼運動）
ナイテ 行進中拍手すること一回、
イク。兩手を下ろして止まる、
ドコヘ、行進しつゝ右手を右斜前方肩の高さに掌を下にして上げ下ろす、
ナイテイク、前の要領により左手にて行ふ、
オミヤノモリ 行進しつゝ兩手を前方より高く頭上に伸し掌を相對せしめ肩巾を保たしむ、
ヘ。兩手を前方より下ろす、
オテラノヤネ 行進しつゝ兩手を側方より頭上に擧げ掌を下にして兩手の中指を接せしめ臂を曲げ肘を後方に引き屋根の形をなさしむ、

四

ヘ。兩手を側方より下ろす同時に止る、
カー、カー、初めのカーカーと同じ動作をなす、
カラス 足踏をなす、
カラスガナイテ 兩手を側方肩の高さに上げ掌を下にし羽打の樣をなしつゝ行進す、（羽翼運動）
イク。兩手を下ろすと同時に左向き止る、

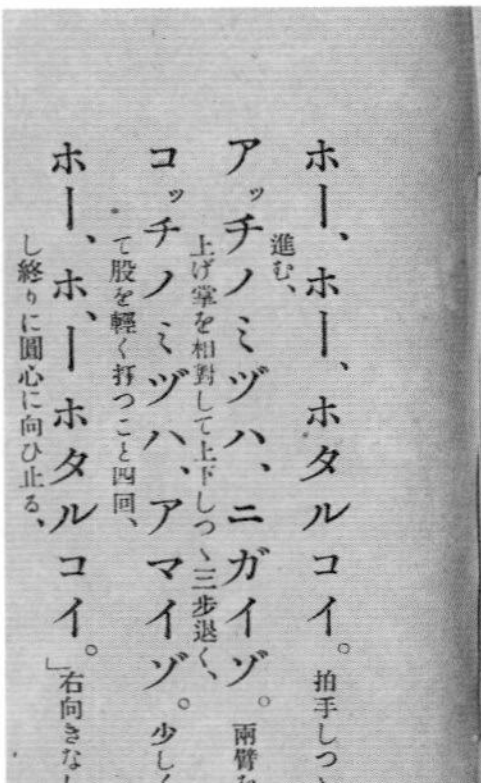

ホー、ホー、ホタルコイ。拍手しつゝ圓心に向ひ三步進む、
アッチノミヅハ、ニガイゾ。兩臂を前方肩の高さに上げ掌を相對して上下しつゝ三步退く、
コッチノミヅハ、アマイゾ。少しく膝を屈し兩掌にて股を輕く打つこと四回、
ホー、ホー、ホタルコイ。」右向きなし拍手しつゝ行進し終りに圓心に向ひ止る、

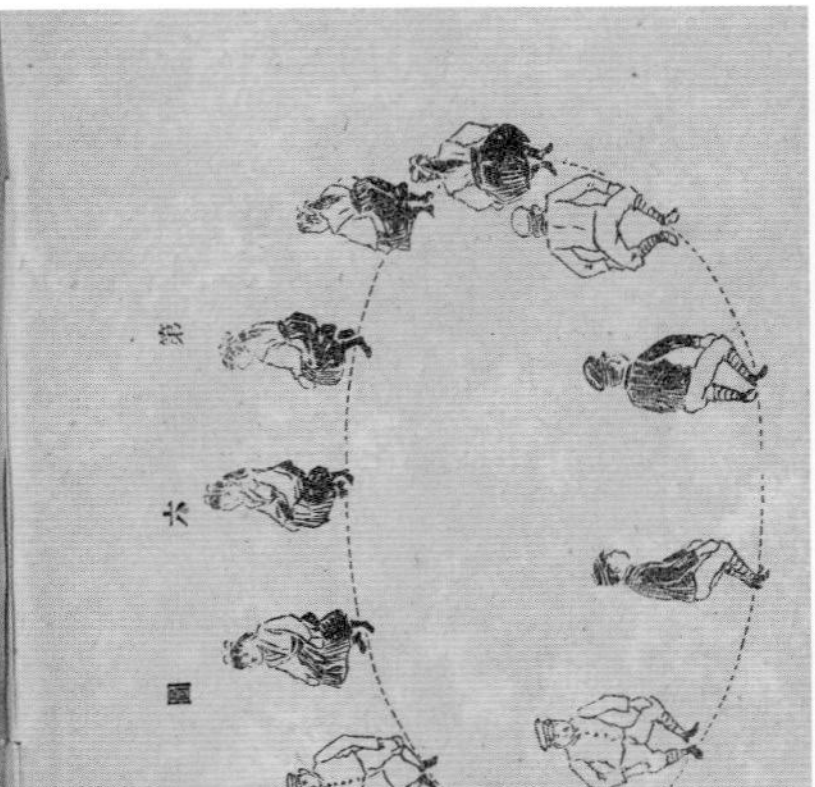

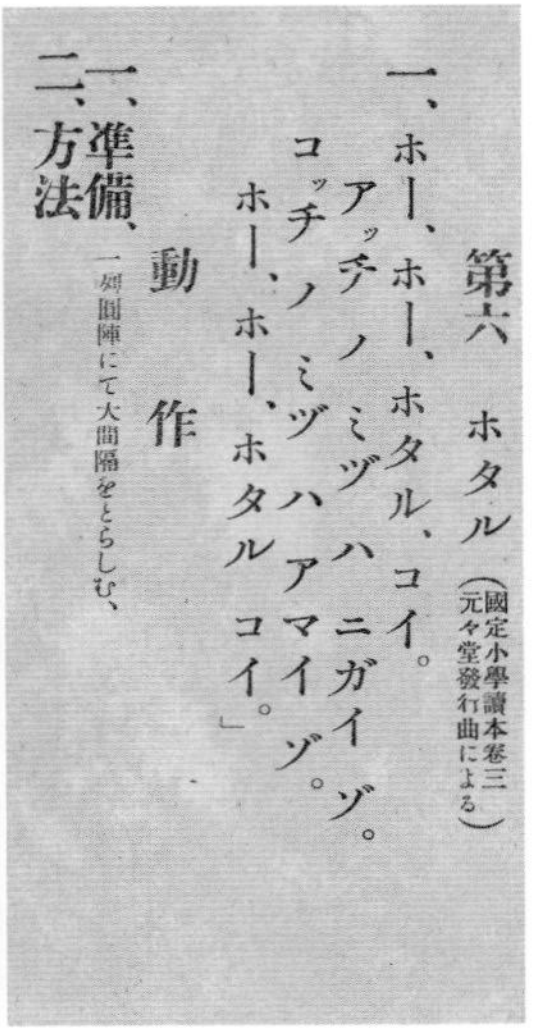

第六 ホタル（國定小學讀本卷三 元々堂發行曲による）

一、ホー、ホー、ホタル、コイ。
アッチノミヅハニガイゾ。
コッチノミヅハアマイゾ。
ホー、ホー、ホタルコイ。」

動作

一、準備、一列圓陣にて大間隔をとらしむ、
二、方法

国定小学読本唱歌『適用遊戯法』上編より表紙「からす」「ほたる」歌詞・遊戯法

モリヘ。オテラノヤネヘ。カー、カー、カラスガナイテイク。〈遊戯法解説〉第二「**オツキサマ**」第四「**ナノハナ**」〈遊戯法と図〉チョーチョ。チョーチョ。ナノハナニトマレ。　第六「**ホタル**」〈遊戯法と図〉ホー、ホー、ホタルコイ。アッチノミズハニガイゾ。コッチノミズハアマイゾ。ホー、ホー、ホタルコイ。第九「**のあそび**」〈遊戯法と図〉春がきた。春が来た。どこに、きた。(「のあそび」はのちの文部省唱歌「春が来た」の前作。歌詞がやや違い、曲は別。)

3月賢治、花城尋常高等小学校3年成績、修身・国語・算術・体操・操行ともに**甲**。4月、4年生担任引き続き**八木英三**。この年**石川啄木**母校の岩手県**渋民小学校で代用教員**を務める。

次は若き啄木の思想の一端。「余は余の理想の教育者である。**余は日本一の代用教員である**。(中略) 詩人のみが真の教育者である。」(明治39年4月28日の日記)「**教育の真の目的は、『人間』を作る事である**。決して、学者や、技師や、事務家や、教師や、商人や、農夫や、官吏などを作る事ではない。何処までも『人間』を作る事である。唯『人間』を作る事である。これで沢山だ。智識を授けるなどは、真の教育の一小部分に過ぎぬ。」(明治40年3月1日「盛岡中学校校友会雑誌」第9号「林中書」)

啄木には中学生時代に友人からヴァイオリンを借りたが、なかなか返さなかったという話があり、中学生のころからすでに西洋音楽やヴァイオリンにも趣味を広げていた。

【啄木にみる当時の唱歌事情】

「渋民小学校代用教員時代、啄木は家にヴァーグナーの写真を飾り、学校ではヴァイオリン、オルガンを弾き、児童に唱歌を教えていた。教え子角掛金助(岩手郡滝沢村、獣医)の思い出」「その代用教員時代、同僚の女教師上野さめ子はよく讃美歌を歌って彼に聞かせた。」(杉森久英『啄木の悲しき生涯』1968角川文庫)

一昨日も昨日も今日も、高等科の児童が遊びに来た。恐らくこれから毎日来ることであらう。一体自分はよく小児らに親まれる性と見える。そして自分も小児らと遊ぶのが非常に楽しい。自分がヰオリン（ヴァイオリン）をひいて、小児らが歌う。無論極めて無邪気な小学唱歌だ。（石川啄木『渋民日記』明治39・3）

当時の日記に「今日は一日ヰオリンの日」とある。啄木自筆の「唱歌帖」には「**鉄道唱歌**」（明治33）「**軍艦行進曲**」（明治30）、同じく自筆「ヰオリン　オルガン小曲黄鐘譜」に「**荒城の月**」（明治34）「**校友歌**」など、『小学唱歌』『中学唱歌』ほかからの数字譜が記されている。（中村洪介『西洋の音、日本の耳』１９８７春秋社）そのほか、卒業式に「**蛍の光**」を歌った時の想い（「渋民日記」明治39・３・23）、元旦に「**君が代**」を歌う感銘（「明治四十丁未歳日誌」）などが見られる。

7月1日啄木、渋民尋常高等小学校生徒のために作歌した「**校友歌**」**歌詞ならびに楽譜**（**数字譜**）を「**ヰオリン　オルガン小曲　黄鐘譜**」に書く。「**校友歌**」石川啄木作詞・一高寮歌原曲。文の林の浅緑　樹影しづけきこの庭に　桂の花の露むすび　望みの星を仰ぎ見て　春また春といそしめば　心の枝も若芽する。（一高寮歌「緑もぞ濃き柏葉の」柴碩文作詞・楠正一作曲の旋律を転用）。7月4日啄木、**小説**「**雲は天才である**」執筆。啄木は翌年の同小学校卒業式にも「**別れ**」（「荒城の月」の旋律）を作詞している。

【仏教唱歌を教わる】

8月夏期仏教講習会、講師**暁烏敏**《あけがらすはや》。賢治、侍童の**役を務める**。暁烏敏の日記に「**小児等に唱歌を教ふ。**（八月四日）」「**散歩し小童と唱歌をうたふ。夜童子と遊ぶ。**（八月八日）」等記す。暁烏敏（明治10年１８７７～昭和29年１９５４）は真宗大谷派僧侶、宗教家。初期の仏教唱歌には、明治23年の名古屋法雨協会刊「法雨玉滴」第24号所収「**法の深山**」土岐善静（本願寺派僧侶）作詞・「越天楽今様」旋律のほか、日曜学校同人作詞・野村成仁作曲の「蓮」「仏のみ光り」「御親の声」などがある。作曲の野村成仁は『**新撰儀式用唱歌集**』（明治33年刊、本書同年の項参照）『軍艦唱歌』（明治33年）などの作曲・編者の一人。

校　友　歌

啄木自筆数字譜を五線譜化した。
原曲は明治36年の一高寮歌
「緑もぞ濃き柏葉の」

渋民尋常高等小学校生徒の為に

明治３９年(1906)７月１日
石川啄木作詞 一高寮歌

（小音符は原曲。若干の相違がある。）

石川啄木作歌「校友歌」

別　れ

渋民小学校卒業式に歌へる

石川　啄木　作詞
滝　廉太郎 作曲
(「荒城の月」の譜)

別　れ

一　心は高し岩手山
　　思ひは長し北上や
　　こゝ渋民の学舎に
　　むつびし年の重りて

二　梅こそ咲かね風かほる
　　弥生二十日の春の昼
　　若き心の歌ごゑに
　　わかれのむしろ興たけぬ

三　あゝわが友よいざさらば
　　希望の海に帆をあげよ
　　思ひはつきぬ今日の日の
　　つどひを永久の思ひ出に

(明治四十年三月作)

出典：『啄木全集　第二巻』岩波書店1961

土井晩翠作詞、滝廉太郎作曲の「荒城の月」は明治３４年３月『中学唱歌』に載った。その旋律にのせて石川啄木が明治４３年３月、当時代用教員として勤める渋民小学校の卒業式のために作詞したもの。もと無伴奏の「荒城の月」、２小節目の♯は滝のオリジナルで、のちに山田耕筰により伴奏付きに編曲された際、♯を取り除いて今広く歌われている旋律に改めた。日本音階の都節音階（陰音階）の感覚に合う妥当な改訂といえる。

石川啄木作歌「別れ」

法の深山

浄土真宗『聖歌・讃歌集４』
2013年本願寺出版社 刊より

土岐 善静 作詞
「越天楽今様」旋律

法の深山

土岐 善静 作詞

法のみ山の さくら花
昔のままに 匂うなり
道の枝折の 跡とめて
さとりの高嶺の 春を見よ

法のみ山の ほととぎす
昔のままに 名のるなり
浮世は夢ぞ 短か夜と
驚きさます 声をきけ

法のみ山の 秋の月
昔のままに 照らすなり
教の風に 胸の雲
はらいて真如の 月を見よ

法のみ山の 白雪は
昔のままに 積るなり
身をも捨てたる 跡ふみて
深き教の 奥をとえ

仏教唱歌「法の深山」

○八、九歳の頃から、毎年大沢温泉で開かれた講習会に、父に伴われた賢治は幼い割合に熱心に聞き、殊に暁烏敏師のそばにいて離れなかったと言われている。（宮澤清六『兄のトランク』）

【石コ賢さんと七五調の長詩】

賢治この年鉱物採集、昆虫標本づくりに熱中し、家族から「**石コ賢さん**」というあだ名をつけられた。一方で担任の八木英三によると、綴り方の宿題に罫紙三枚半にわたる、四季の眺めをうたった「**七五調のすっかり整った長詩を物した**」といい、小学生にしてすでに将来の科学者と詩人への片鱗をのぞかせていたことがわかる。**東北地方大飢饉**。

【メーテルリンクの青い鳥】

メーテルリンク戯曲「**青い鳥**」作。（1908年モスクワ芸術座初演。1911年ノーベル文学賞受賞。）チルチルとミチル**二人の兄妹の登場人物**とともに、**幸せとは何か、あの世とこの世、生と死の世界の交流など、のちの宮澤賢治生涯のテーマと重なる点が多く、注目される**。「青葉の笛」大和田建樹詞・田村虎蔵曲（『尋常小学唱歌』）。

明治40年（1907）賢治（11歳）花城尋常高等小学校4年成績、修身・国語・算術・体操・操行ともに甲。

【小学校5年生から唱歌入る】

小学校令改正により**尋常小学校が6年、高等科を2～3年とし、義務教育年限を6年に延長**。4月5年生担任、**照井真臣乳**。花城小学校では5年生から教科に「**唱歌**」が加えられた。8月夏期仏教講習会、賢治講師**暁烏敏**の身辺の世話をする。日米蓄音機製造株式会社設立。11月盛岡侵礼（バプティスト）教会**タッピング宣教師夫人ジュネヴィーヴ**、盛岡市内丸の宣教師館で**私立盛岡幼稚園開設**。盛岡幼稚園は、ミセス・タッピングと長岡栄子（女優長岡輝子の母）が開園したもの。のちに賢治は盛岡高等農林学校入学後、その教会で聖書講座を受講、聖書の理解を深めるとともに、タッピング一家と交流、讃美歌や音楽を身近に体験する。「ああ金の世」添田唖蝉坊詞・曲。この年「松の声」ああ夢の夜や、流行。(「抜刀隊」の変形。さらにわらべうた「一番始めは」にも変化。**楽譜「抜刀隊」の流れ**参照。)

【義太夫を耳にして】

○明治四十年ごろはまだ蓄音機が珍しかったころで、私の家では祖父も叔母も両親も義太夫が好きだったので、勢いレコードも越路太夫とか豊竹呂昇などの吹き込んだものしかわつぃの耳に入らなかった。(中略)そのために**私は小学校に入る前に二三十枚あった義太夫の題名と節まわしを知らず知らずのうちに覚えてしまったのだ**が、内容はよくわからないことばかりなので、だんだん兄も私も義太夫には興味をなくしてしまい、暫らくの間私達はレコードに縁がなくなったのであった。(宮澤清六『兄のトランク』)

○明治40年代から大正初期への懸け橋となる**活動写真**は、撮影技術の革新、それに**常設館の進出**などによって、新しい活動の時代へむかった。(略)全国主要都市から地方都市の盛り場を中心に年次を追う毎に活動常設館が増設され、その日本活動写真の上映に日本伝統の和楽が伴奏音楽として演奏されてきた。(大森盛太郎『日本の洋楽』)

明治41年(1908)賢治(12歳)

【唱歌の成績も甲】

3月 小学校5年成績、修身・国語・算術・日本歴史・地理・理科・図画・**唱歌**・体操・操行ともに〈**甲**〉。**5年生からは唱歌も科目に加わり、その成績も「甲」で、賢治は唱歌もよくできたことがわかる**。4月6年生担任、谷藤源吉。

5月**盛岡中学校校歌制定**。伊藤九万一作詞・佐香次郎付曲。曲は瀬戸口藤吉作曲「**軍艦行進曲**」による。これは2年前、啄木が自作の渋民小学校「校友歌」の旋律に一高寮歌「緑もぞ濃き柏葉の」の旋律を、さらに翌年に同校卒業式に「**別れ**」を作って「荒城の月」の旋律で歌わせたことと符合する。このように既存の曲に合わせて別な歌詞を作り、しかもそれを校歌に、応援歌に、軍歌に、はやり唄にと、生徒や学生や兵士や民衆一般が公然と歌うことがある種時代の流れであり、創作の一手段として、曲の著作者の権利などあまり意に介さずに行われたのであった。前述のごとく、すでに明治32年に著作権法は公布されてはいたが、一般にはまだ著作の権利には無頓着であり、法の施行も特に音楽面では曖昧な点が多かったというのが現実であったかと思われる。

9月川上貞奴〈帝国女優養成所〉設立、藤沢浅二郎〈東京俳優学校〉を開設。

【屋根の上で星を眺める】

この頃盛岡には電燈がついていたが、花巻にはまだつかず、日が暮れると暗い夜空に満天の星が輝いていたと思われる。そんなとき賢治は屋根に上がって、心ゆくまで星を眺め、星座の物語や宇宙の神秘に想いをはせていた。それはやがては「イーハトーブ」と「銀河」を結ぶ壮大な賢治童話の世界へ結実することとなる。

○兄は屋根に上るのが大好きでした。（略）お空にはいつか大きな星、小さな星が数知れぬ星空になっています。早く降りましょうと誘っても降りない兄を残してお夕飯の席に座りましたが、席にいない兄を父が怒っているんだなと私はヒヤヒヤしながら気が気でなく御飯を済ませるのでした。何べんか「風邪を引いたらどうする」と注意されても屋根に上って大空の星を眺める兄のくせはなおりませんでした。（岩田シゲ『宮沢賢治妹・岩田シゲ回想録　屋根の上が好きな兄と私』）

この年メーテルリンク戯曲「**青い鳥**」モスクワ芸術座初演。（刊行は翌年）4月**啄木上京**。文学で身を立てようとするが、収入はなく、借金はかさみ、生活苦にあえぐこととなる。

明治42年（1909）　**賢治**（**13歳**）　1月賢治の国語綴方帳より「一月一日」。「朝起きてから御飯を食べて四方拝の式があるので学校に来ました。遊んでをる中に笛がなって、御真影の御倉の前にならんで御真影を御迎しました。それから式場に入って私共が**君が代**を歌ったり勅語を校長さんがお読みになったり校長さんのお話があったりして式が終りまた御真影を御送りして家に帰りました。（略）」（ちくま文庫・全集10）

3月花城尋常高等小学校尋常科卒業。小学校6年成績、唱歌を含む全科目〈甲〉。

4月岩手県立盛岡中学校入学、寄宿舎自彊寮に入る。同中学は盛岡市内丸にあり、白亜城、寄宿舎は黒壁城と呼ばれた。（のち大正6年に同市上田に移転）校歌は前年制定、旋律の原曲は「軍艦行進曲」。寮生活では、起床、食事、消灯の合図をラッパ手がいてラッパで号令したというから、当時の中学校の軍隊式の雰囲気を感じとることができる。それは当然生徒たちの愛唱歌にも反映し、賢治も軍歌を愛唱した。それらはのちの賢治の童話のなかの歌や農学校の「精神歌」「応援歌」などの創作に潜在的に反映し影響を与えていると考えられる。

短歌自筆本『歌稿』に歌作開始（「明治四十二年四月より」と書かれている）。金槌を愛用、岩手山・南昌山・鞍掛山など盛岡周辺の山々をめぐり鉱物採集、一方星座に夢中になる。

9月『日本民謡大全』童謡研究会・橋本繁編、春陽堂発行。そのなかに、〈凧揚の歌〉「風ァどーと吹いてこ、豆けるァ、風どーと吹いてこ、海の隅から風ァどーと吹いてこ。」（陸中国九戸郡）〈雪渡りの歌〉「堅雪かんこ、しみ雪しんこ、しもどのこ嫁ァほしいほしい。」（陸中国九戸郡）の記載がある。後年賢治はこの資料を見ていたと思われ、「雪渡り」や「風の又三郎」などの作品の重要な背景となったと考えられるとともに、国民高等学校で担当した「農民芸術」の講座でも紹介している。

旧制盛岡中学校校歌

歌詞は明治４１年(1908)作、同４５年改訂。
（賢治は明治４２年入学）

伊藤 九万一 作詞　瀬戸口藤吉 原曲作曲
（軍艦行進曲旋律による）尾原昭夫 採譜

注）原曲楽譜および盛岡第一高等学校＜在京四八会＞サイト「白亜歌集」を参考として採譜した。

旧制盛岡中学校校歌

【薩摩琵琶と軍歌を愛好】

11月有馬薩摩琵琶精神会頭来校、**薩摩琵琶弾奏**。12月冬休みに帰省、**家族に軍歌「戦友」を歌い聞かせた。**

○兄は声が良かったかも知れません。それとも或る感情を込めて歌う節まわしが良かったのでしょうか。何か引き付けられる歌い方でした。中学生になった始め頃、冬休みに帰省した時、祖父や両親や私たち姉妹が久しぶりの兄を囲んで炬燵に当たっていました。兄は「**軍歌を歌うっか。**」と言い、初めに歌ったのが「**戦友**」です。ここはお国を何百里　離れて遠き満州の……あの歌でした。皆んなシーンとして聞きました。途中でおじいさんはタラタラ涙をこぼしました。（岩田シゲ『宮沢賢治妹・岩田シゲ回想録　屋根の上が好きな兄と私』）

「**戦友**」は真下飛泉作詞・三善和気作曲。ここはお国を何百里　離れて遠き満州の　赤い夕日に照らされて友は野末の石の下。明治38年9月『学校及家庭用言文一致叙事唱歌（三）』所収。七五調14節の長編バラード。同じく軍歌「**橘中佐**」（明治37年、長編13節）や土井晩翠の長編「**星落秋風五丈原**《ほしおつしゅうふうごじょうげん》」（最初の数節が作曲者不詳の軍歌にうたわれた）も**賢治中学生時代の愛唱歌であった**。このように**賢治も確かに日清・日露戦争後の〈時代の子〉にちがいなかった。**

○中学校二年生の兄から、私は**土井晩翠の「秋風五丈原」**を教えられたことがあって、今もその難しい曲と長い歌詞をかなり正確に覚えている。これは美声**だった体操教師が生徒にうたわせた軍歌を、賢治がよくおぼえて来て私たちに教えた**のであった。また**薩摩琵琶で勝海舟作の**「**城山**」**などを得意としてい**たことからも、**兄が晩翠や勝海舟などの詩を暗誦したことは明らか**である。（宮澤清六『兄のトランク』）

戦　友

真下飛泉作詞 三喜和気作曲

『学校及家庭用言文一致叙事唱歌』三　明治38年(1905) 京都 五車楼書店刊より。
作詞の真下飛泉（ましもひせん）は当時京都師範学校附属小学校訓導、
作曲の三善和気（みよしわき）も中学校教諭。
日本音階の都節音階（陰音階）と西洋音階の短調をミックスした旋律が、戦場で戦友の死に遭遇する悲愁に満ちた場面にじつにぴったりで、広く愛唱された。

軍歌「戦友」

石童丸

薩摩琵琶

四竃 訥治 作
永田錦心 演奏
尾原昭夫 採譜

日本コロムビア『「琵琶」その音楽の系譜』1975より採譜（部分）

薩摩琵琶「石童丸」（部分）

「星落秋風五丈原」は**土井晩翠**（明治4年1871〜昭和27年1952）の第一詩集**『天地友情』**明治32（1899）博文館刊に収載。中国『三国志演義』に登場する**諸葛亮孔明**の生涯を主題とする全七章にわたる巨大長編叙事詩。第一章で孔明の劇的な死と蜀漢の悲運を、第二章以降は英雄の半生を回顧する。特に第一章は**軍歌**にも採り入れられ、作曲者不詳の旋律で歌われた。これら**賢治の中学生時代の愛唱歌**から、どちらかといえば**悲劇的な内容のバラードが好き**、といっ**た文学青年らしい傾向をうかがい知ることができる。なお編者はこの軍歌の旋律を、賢治作の童話『北守将軍と三人兄弟の医者』に登場する軍歌「みそかの晩と」「雪の降る日は」に用いた。**（姉妹書：尾原昭夫編著『賢治童話の歌をうたう』参照）

「星落秋風五丈原」　土井晩翠　（抜粋）

祁山《きざん》悲秋の　風更《ふ》けて　陣雲暗し　五丈原《ごじょうげん》
零露《れいろ》の文《あや》は　繁《しげ》くして　草枯れ馬は　肥ゆれども
蜀軍の旗　光無く　鼓角《こかく》の音も　今しづか
丞相《じょうしょう》病　あつかりき。
清渭《せいい》の流れ　水やせて　むせぶ非情の　秋の声《こえ》
夜《よ》は関山《かんざん》の　風泣いて　暗《やみ》に迷ふか　かりがねは
令風霜の　威もすごく　守る諸營《とりで》の　垣の外
丞相病　あつかりき。
夢寐《むび》に忘れぬ　君王《くんのう》の　いまわの御《み》こと　畏《かしこ》みて
心を焦《こ》がし　身をつくす　暴露のつとめ　幾とせか
今落葉《らくよう》の　雨の音　大樹《たいき》ひとたび　倒れなば
漢室の運　はたいかに
丞相病　あつかりき。
四海の波瀾　収まらで　民は苦み　天は泣き
いつかは見なん　太平の　心のどけき　春の夢
群雄立ちて　ことごとく　中原鹿《ちゅうげんしか》を　争ふも
たれか王者の　師を学ぶ
丞相病　あつかりき。

「星落秋風五丈原」の旋律にはリズムの違いから二様あり、次にその楽譜を示す。

星落秋風五丈原

[一]

土井晩翠 作詞　作曲者不詳
尾原昭夫 採譜

軍歌「星落秋風五丈原」〔一〕

星落秋風五丈原
［二］

土井晩翠 作詞　作曲者不詳
尾原昭夫 採譜

ゆっくりと

軍歌「星落秋風五丈原」〔二〕

【和洋両様式の音楽感覚】

11月に校内で薩摩琵琶の生演奏に接し、しかも寮生活のなかで賢治自身もそれを愛唱できるようになったことも重要である。唱歌や軍歌が西洋音階で、4小節、8小節単位の整然とした歌謡形式によるのに対し、薩摩琵琶は、遠く平家琵琶に淵源を発する日本の伝統的な物語形式の音楽である。いわゆる〈語り物〉に属し、音階はもちろん日本音階であるが、どちらかといえば文学に重きをおいて、感情表現にともなう言葉の抑揚や自由なリズムによって「語る」もの、西洋の歌謡とは大きく様式を異にする。このように、幼くして経典の唱誦を行い、伝統的な子守唄や義太夫、鹿踊《しし》りや鬼剣舞《おにけんばい》などを耳にして育ち、学齢にいたって唱歌・軍歌をうたい、かつ最も感受性の敏感な中学生時代に再び伝統の薩摩琵琶も語れたという、和洋二様の歌謡を体験し身につけたことは、賢治の生涯にとって音楽的にじつに大きな収穫であったといわなければならない。またそれを受容できた賢治の音楽的感性も並ではなかった証ともいえよう。

【映画の普及とお伽歌劇の登場】

11月「野ばら」近藤朔風詞・ヴェルナー曲。「ローレライ」近藤朔風詞・ジルヘル曲（『女声唱歌』）。本居長世、**お伽歌劇「月の園」**発表。小山内薫・2世市川左団次ら自由劇場創立。東京市内に**映画常設館70**を越え、浅草六区・本所・深川などで盛況、その**観客の7割が小学生**であったという。この年**盛岡高等農林学校校歌制定**。校友会文芸部作歌・三浦波治作曲。（4年後の大正2年に依頼により旋律が別人に新作される）

明治43年（1910）　賢治（14歳）盛岡中学校2年生。

【国語と遊戯と唱歌の連携（三）】

2月第二期国定国語教科書『尋常小学読本』一～十二　著作兼発行者文部省、明治43年2月日本書籍株式会社発行。〔新国定国語教科書から唱歌関連教材〕巻一「**カラス**」カアカア、カラスガナイテイク。カラスカラス、ドコヘイク。オミヤノモリヘ、オテラノヤネヘ、カアカア、カラスガナイテイク。巻二「**ツキ**」デタデタ、ツキガ。マルイマルイ、「**タコノウタ**」タコタコアガレ。カゼヨクウケテ、「**ハナサカヂヂイ**」など。**巻三**「**こうま**」はいしい、はいしい、あゆめよ、小馬。「**ウラシマノハナシ**」一・二など。**巻四**（天長節に）「**君がよ**」をうたう。「**ふじの山**」あたまを雲の上に出し、「**白ウサギ**」（因幡の白兎神話）。**巻五**「**春が来た**」春が来た、春が来た、どこに来た。「**うめぼし**」二月・三月花ざかり、うぐいす鳴いた春の日の、たのしい時もゆめのうち。（遠野での編者の採集では「鉄道唱歌」の節でうたった）「**虫のこえ**」あれ、松虫が鳴いている。など。**巻七**「**いなかの四季**」道をはさんで畠一面に、麦はほが出る、菜は花盛り。**巻十**「**水師営の会見**」旅順開城約成りて　敵の将軍ステッセル乃木大将と会見の　所はいづこ水師営。（七五調9節の長編唱歌）など。**巻十一**「**我は海の子**」我は海の子白浪の　さわぐいそべの松原に（七五調7節の長編唱歌）など。**巻十二**「**鎌倉**」七里が濱のいそ伝い、稲村が崎、名将の、（七五調8節の長編唱歌）など。

4月**軽便鉄道法公布**。以後**各地に軽便鉄道建設盛んになる**。

5月19日ハレー彗星通過。この時、のちに盛岡高等農林学校で賢治の親友となる**保阪嘉内**は山梨県の甲府中学校1年生で、「**ハーリー彗星之図**」をスケッチ。南アルプス、鳳凰三山から甲斐駒ヶ岳につらなる山並の上空に長い尾をひくハレー彗星を描き、「**銀漢ヲ行ク彗星ハ　夜行列車ノ様ニニテ　遥カ虚空ニ消エニケリ**」と記す。（アザリア記念会『花園農村の理想をかかげて』）銀河をゆく彗星を夜汽車に見立て七五調で記録するなど、若き保坂の才のひらめきを感じさせるとともに、それがのちの賢治の『**銀河鉄道の夜**』の発想に似るところが注目される。

6月19日**植物採集岩手登山隊**80名で**初めて岩手山**（2040・5m）**登山**。

盛岡市内より秀麗岩手山（朝と昼）

【『尋常小学読本唱歌』刊行】

7月『尋常小学読本唱歌』著作兼発行者文部省、明治43年7月国定教科書共同販売所発行。上記2月の『尋常小学読本』所収の唱歌に、作曲を小学校唱歌教科書編纂委員に依頼、伝承曲の「数え歌」以外はすべて邦人の作品。「カラス」「ツキ」「春が来た」「われは海の子」「虫のこえ」「水師営の会見」など。

（注）賢治は明治42年（1909）3月尋常小学校を卒業しこの本を使うことはなかった。ただし、妹や弟たちが使用し家庭でも歌うのを聞いたことは当然考えられ、またこれらの唱歌のなかにはのちの世まで全国的に広く愛唱されたものも多い。国民的に影響の大きかったことを考慮し、以下参考資料としてなお唱歌の考証も続けていく。

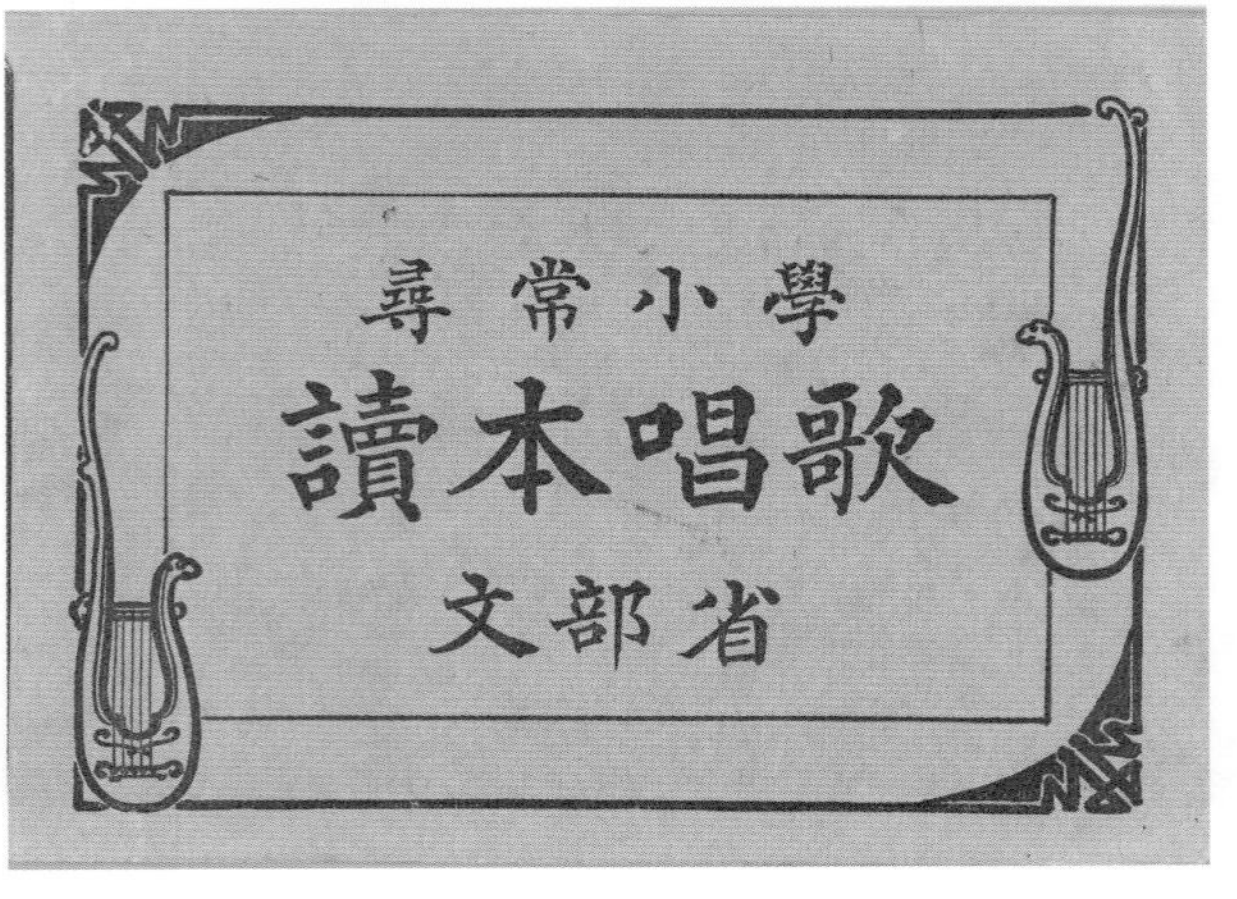

『尋常小学読本唱歌』　表紙

『尋常小学読本唱歌』「カラス」「ツキ」「タコノウタ」

【岩手山登山】

9月英語教師と有志11名で再度岩手山に登る。**以後ひとりで登山するようになり、中学時代8回、学生時代を通し80回登山。**クラス一の体育苦手の賢治も山登りには別人のように健脚ぶりを示す。両度の登山にいっしょだった同級生の**阿部孝**は「それにしてもふしぎでならないのは、あの初登山の際における賢治のさっそうたる健脚ぶりであった。ふだんは色のなまっ白い、へなへなの坊ちゃんで、体操の時間などは、クラスの中で一番の劣等者だった彼が、一度山に組みつくと、別人のような勇者であり、英雄であったのである。」と回顧する。（新修宮澤賢治全集別巻・年譜）

（注）阿部孝（明治28年～昭和61年＝1895－1986）は花巻川口町の鍍幣神社宮司の子で盛岡中学の同期生。東京帝大に進み英文学専攻。のちに高知大学学長。鍍幣《いたちっぺい》は現花巻市若葉町の地名。

○初めて岩手山に登り友人を置いてきぼりにする健脚ぶりで驚かせた。しかし、体操の時間となると「運動神経のにぶさにかけては、いつもクラスの筆頭」であり「軍人あがりの体操教師の、かっこうななぶりものであった」「謙遜で内気ではあったが、しかし彼はけっして卑屈で陰気な少年ではなかった。人前では**むしろおませで、おしゃべりで、そして、自慢ののどで小鳥のようによく歌った。**後年におけるあの話術の巧みさやユーモアの豊かさを、少年時代の彼はすでにりっぱにそなえていた。」（阿部孝「中学生の頃」『四次元』１００号）

○級友たちは「宮沢の友達は岩手山なんだから、人間の友達はいらないんだ」と評した。（佐藤隆房『宮沢賢治―素顔のわが友』）

9月賢治、島地默雷の法話を聞く。（注）島地默雷は明治3年（１８７０）西本願寺の参政。岩倉使節団に同行、外遊。明治25年（１８９２）盛岡市北山願教寺住職。『漢和対照　妙法蓮華経』の編者島地大等はその養嗣子。

10月3年生以上は煙山付近で**発火演習**、陣ヶ岡に野営。（注）「発火演習」とは銃砲に火薬だけつめて、実弾を入れずに撃つこと。ここでは野外での軍事演習をいう。

1・2年生も石鳥谷、日詰付近で演習に参加。11月第八師団**観兵式参観**。

この年2月「**七里ヶ浜の哀歌**」三角錫子詞・ガードン曲。5月**メーテルリンク**「**青い鳥**」金星草訳「スバル」に発表。6月柳田國男『**遠野物語**』。12月**石川啄木**『**一握の砂**』東雲堂刊。**啄木の短歌は三行詩として革命的な書きわけを行った。ちなみに賢治も先輩啄木を尊敬し、その短歌の影響をうけて、より自由な行分けを行っている**。東京代々木練兵場において徳川好敏大尉、日野熊蔵大尉ともに初飛行成功。鈴木米次郎、東京フィルハーモニー会組織。

明治44年（**1911**）　**賢治**（**15歳**）　**盛岡中学校3年生**。4月**県立花巻高等女学校開校**、**妹トシ入学**。

【国定『尋常小学唱歌』刊行】

国定教科書『尋常小学唱歌』第一学年用　著作権者文部省　明治44年5月～　**第六学年用**　大正3年（1914）6月発行　大日本図書株式会社発行。（明治14年『小学唱歌集』以来の文部省著作唱歌集）

『**尋常小学唱歌**』第一学年用　著作権者文部省　明治44年（1911）5月「**かたつむり**」でんでん虫々かたつむり。「**牛若丸**」京の五条の橋の上。「**犬**」外へ出る時とんで来て、追っても追っても附いて来る。「**人形**」わたしの人形はよい人形。「**桃太郎**」桃太郎さん桃太郎さん、お腰につけた黍団子。「**日の丸の旗**」白地に赤く　日の丸染めて。「**鳩**」ぽっぽっぽ、鳩ぽっぽ。など。第三学年用（明治45年3月）「**春が来た**」など。第四学年用（大正元年12月）。第五学年用（大正2年5月）「**鯉のぼり**」「**海**」など。第六学年用（大正3年6月）「**朧月夜**」「**故郷**」など。

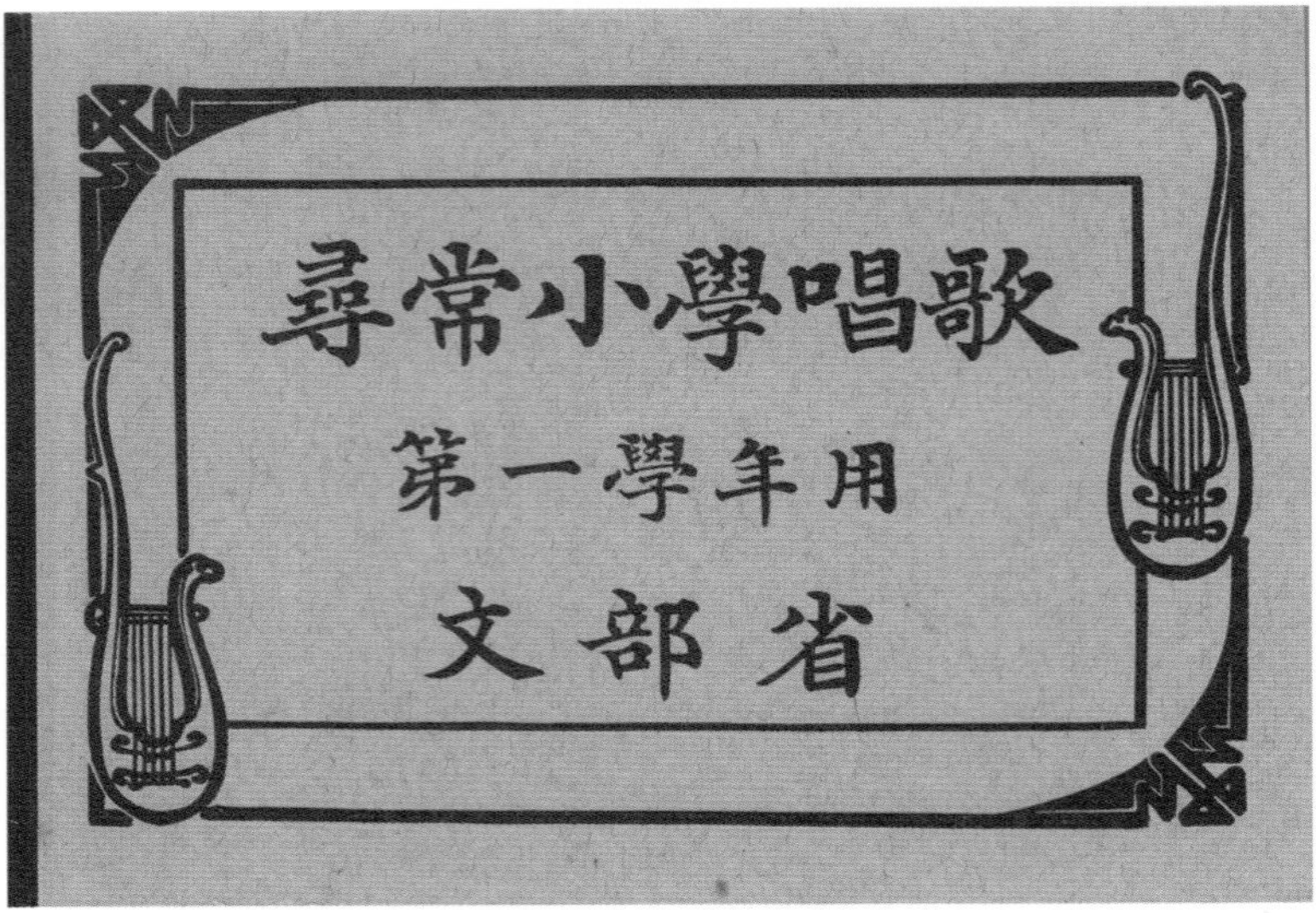

『尋常小学唱歌』　表紙

「かたつむり」

牛若丸
♩=92
牛若丸
一 キ ヤ ウ ノ ゴ デ ウ ノ ハ シ ノ ウ ヘ
二 う し わ か ま る は ― と び の い て
三 マ ― ヘ ヤ ウ シ ロ ヤ ミ ギ ヒ ダ リ
ダ イ ノ ヲ ト コ ノ ベ ン ケ イ ハ
も つ た あ ふ ぎ を な げ つ け て
コ コ ト オ モ ヘ バ マ タ ア チ ラ
ナ ガ イ ナ ギ ナ タ フ リ ア ゲ テ
こ い こ い こ ― い と ら ん か ん の
ツ バ メ ノ ヤ ウ ― ナ ハ ヤ ワ ザ ニ
一四
ウ シ ワ カ メ ガ ケ テ キ リ カ カ ル
う ― へ へ あ が つ て て を た た く
オ ― ニ ノ ベ ン ケ イ ア ヤ マ ツ タ

鳩
♩=96
鳩
一 ポツ ポツ ポ ハ ト ポツ ポ
二 ― ― ― ― ― ― ―
マ メ ガ ホ シ イ カ ソ ラ ヤ ル ゾ
ま め は う ま い か た べ た な ら
四
ミ ン ナ デ ナ カ ヨ ク タ ベ ニ コ イ
い ち ど に そ ろ つ て と ん で い け

「牛若丸」「鳩」

5月賢治小岩井農場遠足。この頃岩手山単独登山。

小岩井農場から岩手山を望む（中景の森左端が童話の狼森《オイノもり》）

賢治も見たサイロ

【薩摩琵琶を覚える】

12月**寄宿舎で薩摩琵琶流行**。

○明治44年（1911）年末　寄宿舎で薩摩琵琶が大流行し、夜食堂で唸りあう。賢治もうなった。「**石童丸**」や「**城山**」などを帰省してきかせ、老人連中に涙をながさせたという。（堀尾青史『年譜　宮澤賢治伝』）

○兄が中学四年生の時、おばあさんが亡くなりましたが、その一周忌のときだったでしょうか。法事の済んだ膳椀の後片付けが終わって、皆んなでお茶を一服というとき、花巻のおばあさんが「賢つぁん、**薩摩琵琶**を聞かせてくなんせ」と言い出しました。涙をこぼして聞きましたが、一体琵琶の語りなど、いつどこで覚えたものでしょう。（岩田シゲ『宮沢賢治妹・岩田シゲ回想録　屋根の上が好きな兄と私』）

【賢治の歌声について】

賢治の歌声については、下記のような親交のあった人たちによる証言によって、おおよその推察をすることができる。そのなかでのちに賢治の無二の親友となり音楽の専門家でもあった藤原草郎（筆名）こと**藤原嘉藤治**の指摘が最も適切と考えられる。〈バリトン〉は男声のテノールとバスの中間。

○「**自慢ののどで小鳥のようによくうたった。**」（阿部孝「中学生の頃」「四次元」一〇〇号）

○**賢治の美声は、少年のころから、自他ともに許していたもの**で、中学時代によく一緒にうたった歌曲のなかで、賢治のうまい節回しが今だに耳に残っているものには、当時青少年に愛唱された**土井晩翠作「星落秋風五丈原」**や、一時全国を風靡した**永田錦心流薩摩琵琶の「石童丸」**のサワリや、それから**軍歌「橘大隊長」**などがある。（阿部孝：新校本全集第十六巻下）

○宮澤は農学校長の再三の懇望を入れて大正十年末この農学校に就任すると、翌年早々、校歌を作詞して友人に作曲を依頼し、農学生の精神昂揚につとめたのであった。（注、「精神歌」のこと）当時僕はこっそりと女学校のベビーオルガンを持出して行って、校歌を教へるのに手伝った。**僕がオルガンを弾き出すと、彼は誦経で鍛へた、すばらしいバリトンで、生徒と一緒になって歌って、踊り出さんばかりに喜んでゐた。**（藤原草郎「宮澤賢治と女性」１９４１『新女苑』第五号第八号）

○「**優しくて魅力ある声**」新馬町の大洋軒で、一番よい洋定食をおごられたときは、食事の合間合間に、自作の唱歌や、自作の校歌（ことばも曲も）を、すくっと立って、歌って聞かせてくれた。バスではなくて、テノールのようなものかナと思ったりした。優しくて、上品な歌い方で、声に、何とも言えない魅力があった。「チャーミングな声」と言うものだと、照井栄三さんから教わったことがあった。まったく、賢治の声は、どこかキンキンしたところがあったが、優しくて、やわらかなところもあり、ひとことでは言えない声であった。（森荘己池『森荘己池ノート』）

○賢治の声は立派なものでした。自作の唱歌など歌うときよりも、**経を読誦する時の声**はなんとたとへていいか類はありません。観世宗家の謡を聞きましたがあんな声にもっと力と艶をもたせた声とでも云ったらいいか、とにかく凛々として底の方から魂をゆすぶるものでした。**清浄無類で声に深みがあり、よくやうがあり力がこもる**と云ふわけですから感動したものは勿論私だけではありますまい。（関登久也「賢治素描（一）」）

【芸事の好きな家族】

父政次郎の妹、岩田**ヤス叔母さんも芸事が好きで**、『岩田シゲ回想録』に「**三味線**はその分かりのいいこと、驚くばかりでした。」「（母たちの京阪旅行のとき）或る日は近江の琵琶湖から夜にかけて淀川を下った時の話は本当に感に耐えなかった話でした。琵琶湖から船頭さんを雇って漕いで貰った時の話です。ちょうど月が出て、辺りの景色は絵のようでした。そしたら岩田の叔母さんが三味線を取り出して、デデンデンと始めたもんだ。皆んなすっかり嬉しくなって**三味線に合**

わせて「壺阪」のサワリを語る始末。船頭もすっかり感心してしまって「ヘェー」と驚くばかりだったとか。」とある。妹トシは女学校時代にヴァイオリンを習っていたし、賢治もトシも讃美歌が好きで兄弟姉妹で合唱したりしていた。

この年**帝国劇場**（旧）完成。日本初の完全洋式大劇場。以後世界的オペラ・バレー・ソリストを紹介、また**歌劇部**を設け、洋楽・洋舞を振興した。**北村季晴**、昔話「桃太郎」をオペラ化した「**ドンブラコ**」作（大正2年に宝塚少女歌劇団により初演）。以後**本居長世**、**巌谷小波**らが教育的**お伽歌劇**を制作。6月有楽座にてバンドマン・**コミック・オペラ**「ゼ・メリー・ウイドー」など三日間公演。8月メーテルリンク著・島田元麿、東草水訳「**青い鳥**」実業之日本社刊。

12月東京児童体育研究会編『**新定文部省発刊尋常小学唱歌　適用遊技**』三友書院より発行。

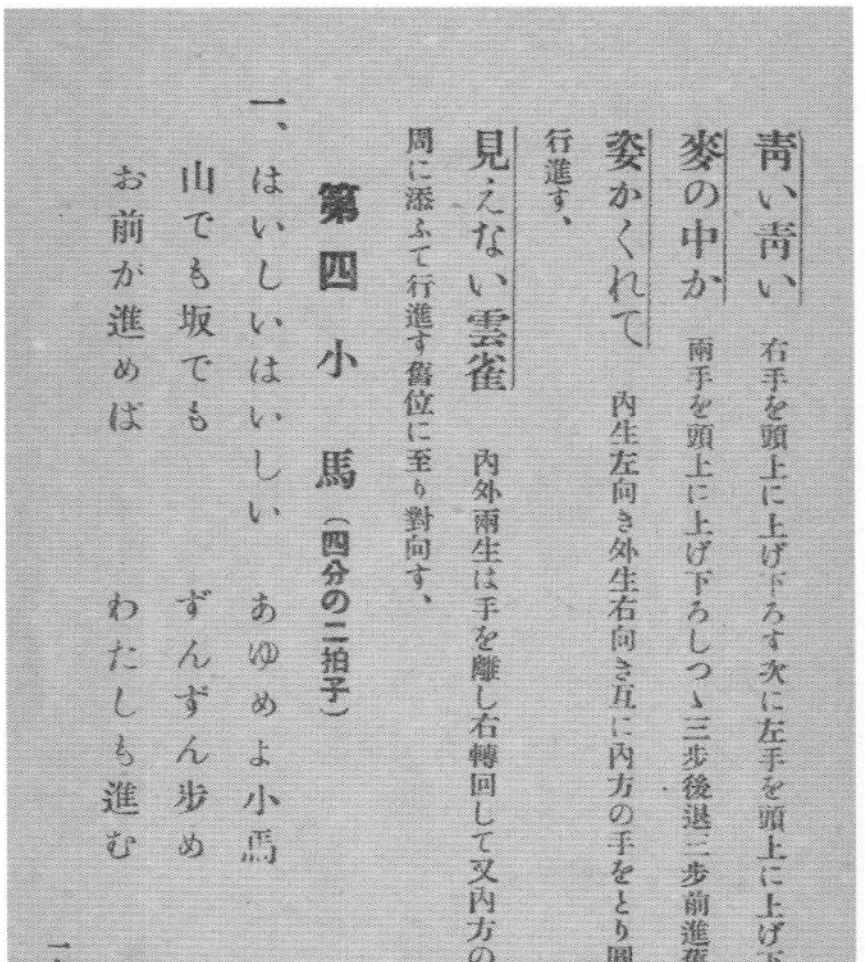

『新定文部省発刊尋常小学唱歌　適用遊技』表紙　「小馬」

青い青い　右手を頭上に上げ下ろす次に左手を頭上に上げ下ろす、
麥の中か　兩手を頭上に上げ下ろしつゝ三歩後退三歩前進舊位に復す、
姿かくれて　内生左向き外生右向き互に内方の手をとり圓周に添ふて行進す、
見えない雲雀　内外兩生は手を離し右轉回して又内方の手をとり圓周に添ふて行進す舊位に至り對向す、

第四　小馬　(四分の二拍子)

一、はいしいはいしい　あゆめよ小馬
山でも坂でも　ずんずん歩め
お前が進めば　わたしも進む

一七

二、ぱか〱〱〱　走れよ小馬
　　けれども急いで　つまづくまいぞ
　　お前が轉べば　わたしも轉ぶ
　　走れよ走れよ　轉ばぬ樣に
　　歩めよ歩めよ　足音たかく

一、準備　一列内面向圓陣を作りて二の番號を附す

二、方法

一、はいしい、はいしい　各兒童足踏しつゝ體前にて拍手四回をなす、
あゆめよ、小馬　前項の終りに直ちに右轉向をして、右足より圓周に添ふて行進すること三歩にて停止す、

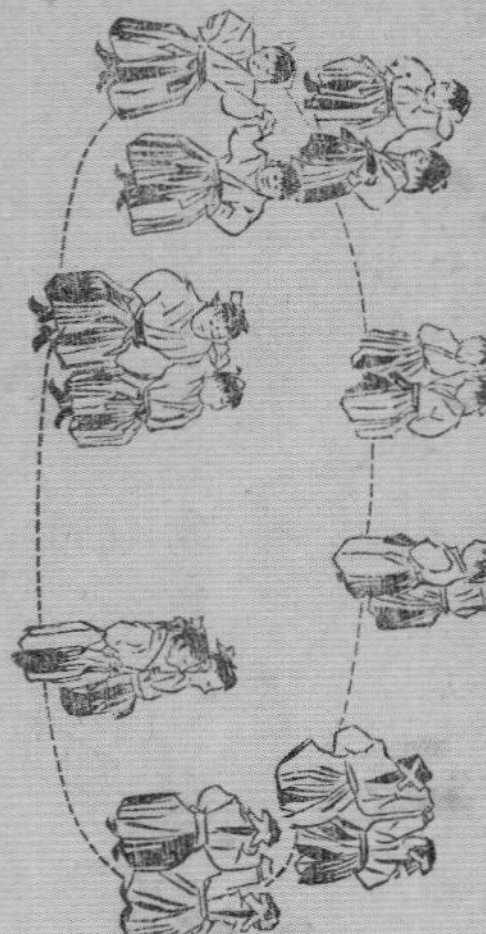

第四圖

山でも　各生兩手を兩側方にとりて、半上屈臂、而して斜上方に伸ばす、
さかでも　にて半上屈臂而して下垂す、
ずんずん、歩め　全圓生圓周に添ふて行進して左轉向して止る、
お前が、進めば、　全圓生の一番生三歩圓の中心に向つて左足より前進して、右足を靜かに左足の踵に附けて止る、此の間二番生は足踏をなす
わたしも、進む　全圓生二番生左足より前進すること三歩にて一番生の間に入る、此の間一番生は足踏をなす、
歩めよ、歩めよ　全圓生兩手をとり、二拍子の跳歩にて右足より三歩後退して舊位置に歸る、
足音、たかく　全圓生兩手を腰にとり高く足踏をなす、

二、ぱか、ぱか、ぱか、ぱか　全圓生足踏しつゝ體前にて拍子四回をなす、但し初めの二呼は右拳にて左拳を拍ち 次の二呼は反對になす、
走れよ、小馬　全圓生駈歩足踏しつゝ右轉向して止る、
けれども、急いで　各兒童下翼姿勢のまゝ左足より三歩圓周に添ふて行進す、
つまづくまいぞ　兩踵を擧げ下ろすこと二回、
お前が轉べば　全圓生屈膝すると同時に、臂の側擧、而して起立の後臂を下垂す、
わたしも、轉ぶ　前項の動作尙一回行ふ、
走れよ、走れよ　全圓生圓周に添ふて三歩行進す、

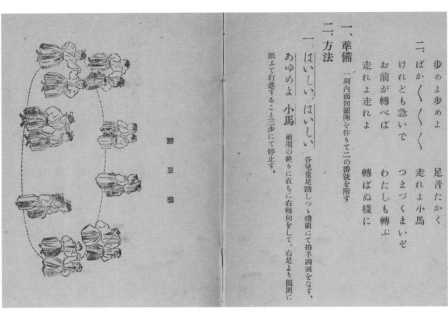

明治45（1912）・大正元年（1912）　賢治（16歳）**盛岡中学校4年生。**５月修学旅行〈石巻・松島・塩釜・仙台・平泉〉初めて海を見る。８月盛岡仏教夏期講習会、**島地大等**の講話を聞く。11月盛岡中学雨天体操場で**永田錦心の薩摩琵琶演奏を聴く**。かねてから賢治は薩摩琵琶の校内での流行で「城山」「石童丸」などをおぼえて愛好し、帰省時に家族に聞かせたりもしていたから、ここで当時の薩摩琵琶の大家、永田錦心による生の演唱を聴くという機会を得た、その感動は大きかったと思われる。

【仏教に傾倒】

○父宛て手紙「**小生はすでに道を得候。歎異抄の第一頁を以て小生の全信仰と致し候。念仏も唱え居り候。仏の御前には命をも落すべき準備充分に候。幽霊も恐ろしく之れ夭候。何となれば念仏者には仏様といふ味方が影の如くに添ひてこれを御守り下さるものと承り候へば報恩寺の羅漢堂をも回るべし、岩手山の頂上に一人夜登ること又何の恐ろしき事かあらんと存じ候。**」

【タイタニック号沈没】

４月14日北大西洋上で処女航海のタイタニック号沈没。（のちに賢治の『銀河鉄道の夜』に関連）

「都ぞ弥生の」横山芳介詞・赤木顕次曲（北大寮歌）。５月吉丸一昌著**『新作唱歌』**刊。大正４年まで10冊刊行。文芸協会　**松井須磨子**「人形の家」ノラ役で活躍。帝劇、イタリー人ローシーを招聘、訓練と喜歌劇風作品の演出に当る。白木屋で**少女歌劇**上演。「奈良丸くずし」添田唖蝉坊詞・曲、流行。

大正２年（1913）　**賢治**（17歳）**盛岡中学校５年生。**１月帝劇プッチーニ歌劇「蝶々夫人」第二幕第一場上演。２月「**早春賦**」吉丸一昌詞・中田章曲。帝劇フンパーディンク「ヘンゼルとグレーテル」を「夜の森」と改題、短縮し上演。３月**新舎監排斥運動の結果4・5年生全員退寮処分**となり、賢治は北山の曹洞宗清養院下宿。さらに下宿を浄土真宗徳玄寺に移す。**願教寺では島地大等の法話を聞くなど仏教に傾倒。**４月中勘助「**銀の匙**」東京朝日新聞に連載開始（６月４日まで）。５月修学旅行〈函館・小樽・札幌・白老・室蘭・大沼・青森〉。**７月第一次世界大戦勃発（１９１４－１８）**。文芸協会、帝国劇場「ジュリアス・シーザー」を最後に解散。**島村抱月・松井須磨子芸術座新設**。帝劇、**歌劇〈魔笛〉**上演。８月日本、**ドイツに宣戦布告**。９月発火演習。賢治、曹洞宗報恩寺にて尾崎文英について参禅、**頭を剃る**。中里介山「大菩薩峠」連載開始。賢治、ツルゲーネフなどロシア文学を読む。**東北・北海道地方大凶作**、**農家は悲惨を極める**。**盛岡高等農林学校校歌**、**旋律改訂**。校友会文芸部撰歌、**楠美恩三郎作曲**。作曲者楠美恩三郎（１８６８－１９２７）は青森県弘前市生れ、東京音楽学校助教授。『尋常小学唱歌』『尋常小学読本唱歌』編纂に従事。各地学校校歌の作曲も手がけた。（**賢治は2年後の大正4年に盛岡高農に入学するから**、**この改定校歌をうたうこととなる**）。10月田中智学、日蓮主義の在家仏教教団・**国柱会設立**。宝塚〈少女歌劇養成所〉設立。以後多くの女優・歌手を輩出。**日活映画**「**カチューシャ**」大当たり。（原作トルストイ「復活」。女形・弁士の語り）

【お伽歌劇の隆盛】

この年東京蓄音器株式会社（東京れこをど）設立。**佐々紅華**、同社文芸部長に就任。第一歩として、子ども向けのオペラのレコードを出すことを企画し、まず**お伽歌劇**『**目無し達磨**』を作った。これが爆発的人気となる。「目無し達磨」で花子と歌子が歌う「**だんだん達磨さん**」で始まる歌の旋律は、１曲通してわらべうたの音階（民謡音階から後半に都節音階に転調）。お伽歌劇について、佐々紅華は譜本の扉「父兄または先生へ」で次のように述べている。「この童話唱歌はお伽風の物語または教育的説話を簡単なる歌曲、対話および動作をもって演ずべく仕組み、かつこれに適当なる絵画を配ったもので、児童をして不断の興味のうちに唱歌、話術、表情などを習得せしむるやう編纂したものである。」続いて『**茶目子の一日**』『**毬ちゃんの絵本**』などのお伽歌劇を作る。**いずれも大人気**。**そ**

目無し達磨

お伽歌劇

花子・歌子
佐々紅華 作詞 作曲
だん だん だん だん だ るまさ ん　お まえ は ねんじゅうこ わいか お
だん だん だん だん だ るまさ ん　お まえにゃおててもあ しもな い
めだまくりくり ひげぼう ぼう　なにがそんなに きにいら ぬ
そのくせころべば すぐおき る　ころんでもころんでも またおき る (中略)
だ るまさんは だ るまさんは だ るまさんはだるまさん わたしは これから
だ るまさんは だ るまさんは だ るまさんはだるまさん ようきが よいので
と うきょう め ぐり ぎ んざ の カ フェーで よ うしょく た べて
た なか ら お りて に かい の こ まど で ひ ーな た ぼ っこ
か えりにゃ か つど う み よう と おもったが お あし が な いの で
ポッカポッカ あったまって い ねむ る と たん に にかいから こ ろり と
み あわ せ た お や つ まら な い た (後略)
ちゅ うが え り お や お どろ い

清島利典著『日本ミュージカル事始めー佐々紅華と浅草オペレッター』より

大正２年(1913)東京蓄音器株式会社（東京れこをど）設立。文芸部長に就任した佐々紅華が、子ども向けのオペラのレコード＜お伽歌劇＞「目無し達磨」を第１作として出した。その冒頭の花子と歌子の歌。わらべうた調の旋律で始まるのが特徴。

お伽歌劇「目無し達磨」より

『日本ミュージカル事始め』清島利典著 1982 刊行社より

れらは子どもだけでなく大人にも受けていく。12月本居長世、創作**小歌劇**「夢」、創作**お伽歌劇**「月の国」白木屋演劇場で上演。

大正３年（１９１４）**賢治**（18歳）１月「文語詩篇」ノートに「一月　疾ム」と記す。咽頭痛く、頭も重い。３月**盛岡中学校卒業**。４月盛岡市岩手病院に入院、肥厚性鼻炎の手術。**看護婦に片恋**をする。ある夜、岩手山の山神に腹を刺された夢をみたあと、奇態に熱が下がる。「まっ白なひげをはやし、白いきものをきた岩手サンがお出でなったす。手にもった剣でおれは腹をうんと刺されたもす」と母に告げた。５月中旬退院。進学もかなえられず、家業の店番、母の養蚕の手伝いなどする。９月家業への嫌悪がつのり、盛岡高等農林学校への進学を強く希望、父もついに許し、受験準備に励む。

【『妙法蓮華経』に深く感動】

９月父政次郎に法友高橋勘太郎から贈られてきた大正３年（１９１４）８月明治書院刊、**島地大等編『漢和対照　妙法蓮華経』**を読み深く感動する。特に「如来寿量品第十六」に感動、「驚喜して身体がふるえて止まらなかった」という。以後賢治はこれを生涯常に座右におき離さなかった。

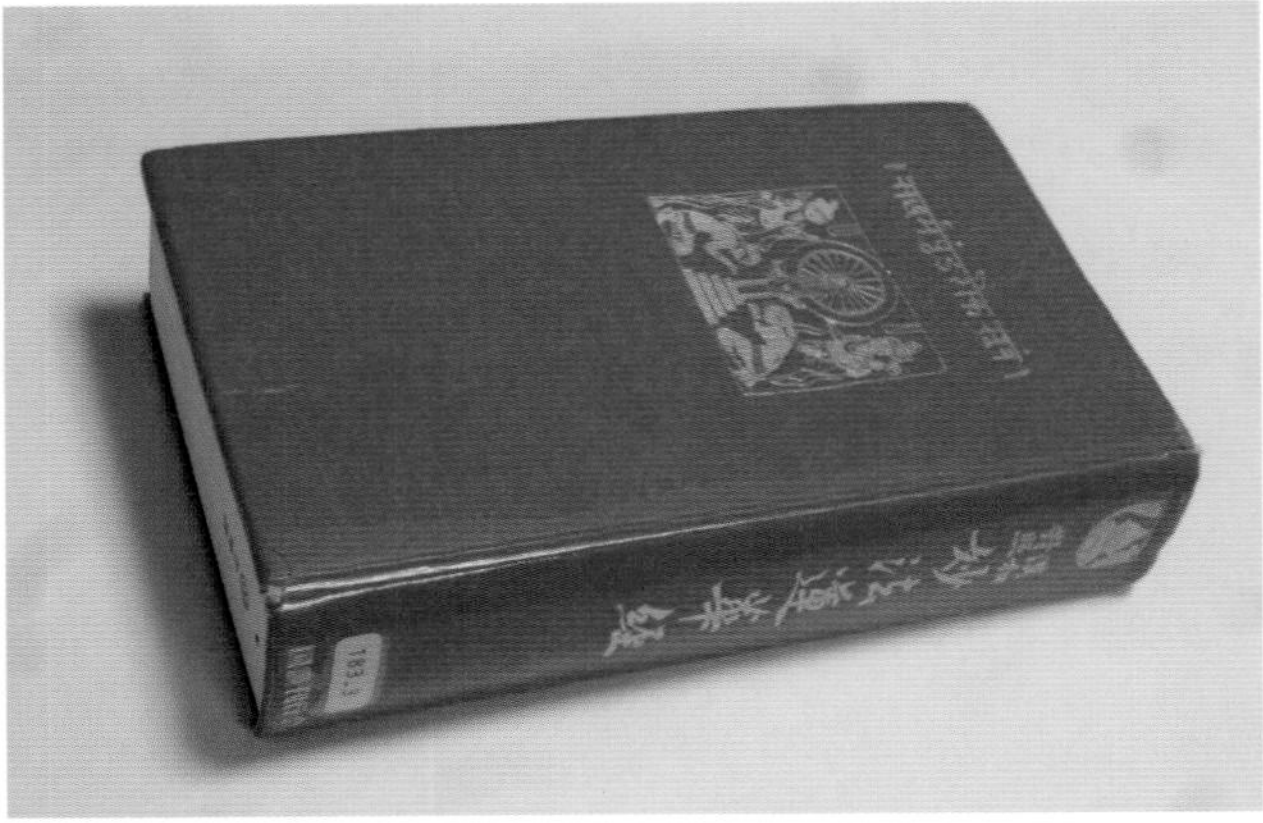

『漢和対照 妙法蓮華経』島地大等編（国書刊行会　復刻）

高等農林学校時代の生活・文化・音楽環境

旧制盛岡高等農林学校本館

現岩手大学内庭園（奥に高農旧校舎と自啓寮があった）

大正4年（1915）賢治（19歳） 北山の教浄寺に下宿、受験勉強に励む。4月**盛岡高等農林学校農学科第二部首席入学**。入学宣誓式に総代として誓文を朗読。部長、**関豊太郎教授**。**盛岡高等農林は、凶作にあえぐ農民の実態が問題となる東北振興策として国が設置した国内初の農業専門学校。**

盛岡高等農林学校校歌

校友会文芸部撰歌・楠美恩三郎作曲（楽譜参照）

国のみ中に鎮まれる、富士の高嶺は空にして、久遠の雪を含みたり、大和島根のますらをは、此の気を受けて生れつつ、昔ながらの道ふめり。

明治42年（1909）選定の詞・曲に対し、制定4年後の大正2年（1913）に旋律を改訂。新たな曲の作曲者楠美恩三郎（1868-1927）は青森県弘前市出身で東京音楽学校助教授。『尋常小学唱歌』『尋常小学読本唱歌』の編纂にも従事し、各地の校歌の作曲も行った。

農学科第二部部長の関教授は東北大凶作の明治38年（1905）に着任。ヤマセや潮流と冷害の関係を解明し、ドイツ、フランスにも留学。帰国後、同校農学科第二部部長となる。賢治の才能と能力を高く評価した理解者で、あだ名は**〈ライオン先生〉**、**「グスコーブドリの伝記」のクーボー大博士のモデル**ともいわれる。**岩手県の酸性土壌の改良には石灰岩の利用が有効であることを強調、のちの賢治の農業指導や東北砕石工場技師就任の理論的根拠を与えた。** 学友の高橋秀松や中嶋信の話として、賢治は入学当初から土曜日の午後から日曜の夕方まで、泊りがけで鉱物等の標本採集に出かけ、持ち物は五万分の一の地図、星座表、コンパス、手帳、懐中電灯、ハンマー、食料はビスケットといった状況であったという。**妹トシ日本女子大学家政学部予科入学。**

盛岡高等農林学校校歌

（第 二）

大正2年(1913) 改訂

校友会文芸部撰歌　楠美恩三郎作曲

♩= 100

校歌制定から４年後に旋律改訂。楠美恩三郎(弘前出身1868-1927)は東京音楽学校助教授。『尋常小学唱歌』『尋常小学読本唱歌』の編纂にも従事。各地学校校歌の作曲も手掛けた。明治から大正へ、曲調に第一曲が明治の気概、豪快素朴の感があるに対し、第二曲は大正の進取、颯爽気鋭の感があって好対照をなす。『校友会誌』より楽譜制作 2018.11 尾原

盛岡高等農林学校校歌

【多様な宗教への探求心】

この頃賢治は毎朝法華経を読経。８月願教寺仏教夏期講習会、島地大等（『漢和対照妙法蓮華経』編者）の歎異抄講話を一週間聞く。遠野を歩く。この年盛岡浸礼（バプテスト）教会の聖書講座受講。牧師ヘンリー・タピング（１８５３－１９４２）とも知り合う。家庭では兄弟姉妹で讃美歌を合唱し、教会の聖書講座を受講、一方で浄土真宗の歎異抄講話を聴く。すでに幼い時から家族ぐるみで浄土真宗に深く関わり、歎異

現在の盛岡バプテスト教会

やさしいまなざしで今も語りかける賢治
宮澤賢治像（宇野 務 作、盛岡市材木町）

抄なども耽読してその教理も身につけていた賢治が、新たに法華経に接して体の震えが止まらないほどに感動し共感を覚え、さらに同時進行でキリスト教会にも通って聖書の講座を受講する。**賢治の多様な宗教へのとどまるところを知らぬ探求心には驚きを禁じ得ない。それがやがて農民を救うための大目標に身をもって挑戦し、さらに世界全体の人類はじめ、生きとし生けるものすべてに愛と幸せと平和をもたらしたいという、じつに壮大な仏教的願望・祈りへと発展、作品に結実させていく、そこに稀有な天才の精神的成長への重要な過程と蓄積をかいまみる思いがする。**

○夏休みには小学生のわたしたちも一しょに、姉から教えられた讃美歌などを合唱したりもした。（宮澤清六『兄のトランク』）

○三人の妹と清六さんを相手に、夕方など縁側に集まって合唱することもありました。**賢治は特に讃美歌など好きで、**五人集まって合唱が始まると、そのころ中風のおばあさんは布団を縁側近くもち出させて、孫達の歌うのを楽しそうに聞いていたものです。その合唱の中心はとし子であり、**とし子は随分音楽の好きな人でした。**その頃の賢治は、生涯の中であるいは一番楽しかった時ではないでしょうか。（関登久也『宮沢賢治物語』）

この年４月中山晋平、芸術座「その前夜」**劇中歌「ゴンドラの唄」**作曲・上演。吉井勇作詞・松井須磨子歌。いのち短かし、恋せよ乙女、紅き唇、あせぬ間に。**（ニッポノホン・レコード）**。９月「恋はやさし」「ベアトリ姉ちゃん」小林愛雄詞・スッペ曲（喜歌劇『ボッカチオ』）流行。東京フィルハーモニー会、管弦楽団組織、帝劇で日本最初の交響楽定期演奏会。山田耕筰指揮。

【映画常設館に管弦楽団】

大正４年のころには、主だった常設映画館には**映画の伴奏のためのオーケストラ**が編成されるようになり、やがて伴奏に限らず〈休憩音楽〉として歌劇の序曲や抜粋曲などの演奏も行うようになる。それがのちに**賢治の「セロ弾きのゴーシュ」の背景となる。**掲載

映画伴奏曲集　シンフォニー楽譜出版社

浅草六区の興業街　大正 10 年頃
（『浅草細見』浅草観光連盟刊より）

の『**映画伴奏曲集**』は時代劇向きの日本の伝統曲、長唄のサワリや俗曲の一節などを集めたもので、昭和２年（１９２７）シンフォニー楽譜出版社刊。写真は、映画や軽演劇で賑わう浅草六区興業街で、大正10年頃（１９２１）のもの。（『浅草細見』１９７６浅草観光連盟刊より）

11月岩手軽便鉄道全通。この年小松浩輔・梁田貞ほか『**大正幼年唱歌**』童心的唱歌、大正７年にかけ12冊刊行。

【岩手軽便鉄道全通】

前掲のように、明治43年（１９１０）に**軽便鉄道法**が公布され、全国各地で軽便鉄道の建設が盛んになった。岩手県でも三陸海岸への連絡の必要性から、すでに開通していた東北本線花巻と、釜石から大橋までの釜石鉱山鉄道を結ぶ鉄道開通を目的として、大正元年（１９１２）に**岩手軽便鉄道**の建設が開始され、途中豪雨の災害に見舞われるなど難航しながらも大正４年（１９１５）11月ついに花巻と仙人峠間、全線が開通した。ただ、終点の仙人峠と釜石側の大橋との間は約4キロ、その標高差がほぼ３００メートルもあって、その区間は徒歩で移動するというのが実情であった。かくして岩手軽便鉄道は、岩手県のほぼ中央部を東西に太平洋沿岸に通ずる重要な鉄道として活躍することとなる。**それがのちに宮澤賢治の童話「シグナルとシグナレス」や「月夜のでんしんばしら」、さらに「銀河鉄道の夜」などの作品の背景ともなって、この鉄道の賢治文学に寄与したところの大きかったことはいうまでもない。**

ちなみに、この軽便鉄道も昭和11年（１９３６）には日本国有鉄道（国鉄）に釜石線として移管され廃止されることになる。そのとき、花巻共立病院院長で賢治の主治医でもあった佐藤隆房が監督・記録した昭和10年（１９３５）頃撮影の16ミリ映画が存在した。その再編版の『懐かしの岩手軽便鉄道』（ＶＨＳ花巻観光協会）によれば、軽便鉄道花巻駅を発車する機関車の情景、当時の各駅や沿線の情景、また仙人峠から大橋までの徒歩区間を昔ながらの駕籠で行く情景などが写っていて、賢治在世時代に近い動画記録としてひじょうに貴重でかつ興味深い。軽便鉄道のイメージは、明治5年（１８７２）の新橋～横浜間のわが国最初の鉄道開通のころと重なり、元治元年（１８６４）浅草生まれで明治22年（１８８９）に26歳にして夭折した井上安治の残した版画「高縄鉄道」がじつに印象的で、賢治の童話のイメージにも近いのでここに参考として挙げておきたい。（『明治東京名所絵』井上安治画、木下龍也編１９８１角川書店より）

明治初期の鉄道 井上安治画
（版画「高縄鉄道」部分）
『明治東京名所絵』木下龍也編
1981 角川書店より

旧軽鉄矢沢駅付近より
賢治の愛した胡四王山

旧軽鉄の橋脚が残るめがね橋（現釜石線宮守駅付近）

大正5年（1916）賢治（20歳）盛岡高等農林2年生　3月賢治特待生に選ばれ授業料を免除される。
修学旅行〈東京・興津・京都・奈良・伊勢・鳥羽・蒲郡・三島・箱根〉

【保阪嘉内と戯曲「人間のもだえ」】

４月**毎朝寮で法華経の読経**。新入生に**保阪嘉内**。５月自啓寮懇親会で登場人物に同室者をあてはめて作られた**保阪の戯曲「人間のもだえ」を上演**。保阪は全能の神アグニ、賢治は全智の神ダークネスの役。７月**保阪嘉内と岩手山登山**。盛岡付近地質見学調査。高橋秀松と姫神山に登る。**８月１日～30日上京、ドイツ語夏期講習会参加**。**浮世絵収集**。９月埼玉県秩父・長瀞三峰地方土性地質調査見学。10月**ローシー**、**オペラコミック**一座結成、赤坂ローヤル館で**オペレッタ**を始める。第１回「**天国と地獄**」以後喜歌劇を続々上演。

「**真白き富士の嶺**」〈七里ガ浜の哀歌〉流行。

大正６年（**１９１７**）**賢治**（**21歳**）**盛岡高等農林３年生**　１月　賢治、父の商用のため**上京**、明治座で「**阿波鳴門どんどろ大師門前**」を観劇。

【弟清六と下の橋際に下宿】

４月高農３年　弟清六盛岡中学校入学。盛岡市内丸、中津川にかかる下の橋際の玉井郷方家に弟清六、二人の従兄妹と下宿。弟・従兄妹らと岩手山麓に野宿。

賢治下宿近くの下の橋（左端は教会、右に盛岡城跡）

【ちゃんがちゃがうまこ】

6月連作方言短歌「ちゃんがちゃがうまこ」

夜明げには　まだ間あるのに　下のはし
ちゃんがちゃがうまこ出はたひと。
いしょけめに　ちゃがちゃがうまこはせでげば
夜明げの為が　泣くだぁぃよな気もす。

【『青い鳥』のテーマとの共通性】

チルチルの短歌457「雲とざすきりやまだけの柏ばらチルチルの声かすかにきたり」（日付は大正6年4月）。『青い鳥』の翻訳が発表されたのは明治43年（1910）5月。**幸せとは何か、あの世とこの世、生と死の世界の交流など宮澤賢治生涯のテーマと、また登場人物に共通点が多い。**賢治研究家の原子朗は次のように解説する。「〈チルチル〉青い鳥（幸福）を獲得したら死なねばならないという、死を賭けた試みであるという点、森の中での柏を中心とした木々の大胆な会話、兄と妹の同士的結合（→チュンセ）、幸福は日常生活のそばにあるといった主張等、賢治童話のテーマや意匠と非常によく似た内容を持った作品である。賢治文学の大きな影響源の一つ。」（原子朗『宮澤賢治語彙辞典』）

チャグチャグ馬っこ（滝沢市鬼越蒼前神社前）

【同人雑誌「アザリア」発刊】

7月**同人雑誌「アザリア」**第一号（アザリアは洋ツツジの名。ガリ版刷り）。同人12人のうち中心になったのは**小菅健吉**（栃木県）・**宮沢賢治**・**保阪嘉内**（山梨県）・**河本義行**（鳥取県）の四人。賢治、短歌「みふゆのひのき」「**ちゃんがちゃがうまこ**」短編『「旅人のはなし」から』発表。7月7日夜、同人集まり終了後、深夜の零時過ぎから四人で秋田街道を春木場まで歩く。（短編「秋田海道」）「アザリア」第二輯発行。短歌「夜のそらにふとあらわれて」「校友会会報」三四号発行。短歌「箱ガ森七つ森等」「黎明のうた」発表。

【種山ヶ原と原体剣舞】

8月～9月**江刺郡地質調査**。江刺郡伊手村・阿原山・種山ヶ原・物見山・米里村人首・田原村原体など調査。〈上伊手剣舞〉や〈原体剣舞〉を見る。

剣舞の　赤ひたたれは　きらめきて　うす月しめる
地にひるがへる（上伊手剣舞連）
白雲のはせ来るときは　この原の　草穂ひとしく茎
たわむなれ
みちのくの　種山ヶ原に燃ゆる火の　なかばは雲に
とざされにけり（種山ヶ原）

10月「アザリア」第三輯発行。短歌「心と物象」「種山ヶ原」「原体剣舞連」「中秋十五夜」ほか発表。

（注）大正10年（1921）童話「種山ヶ原」の項、および姉妹編、尾原昭夫編著『賢治童話の歌をうたう』参照。

この当時の賢治の下宿生活について、弟清六は次のように追憶をたどる。

○「兄の机の上にはいつも**化学本論上下**と、**国訳法華経**が載っていて、どれほどこの本を大切にしたかしれなかった。」「休日には私どもを連れて山に行ったり、水泳ぎにも行ったし、時々**近所の教会**にも行ったものだ。」「朝早く**ちゃぐちゃぐ馬コ**を見に出たりした。」「ある時は屋根の上で**星座**をながめて、いつまでも下りてこなかったし、あるときは音楽会や映画を見にも行った。」（宮澤清六『兄のトランク』）

【浅草オペラの興隆と影響】

この年1月**浅草常盤座**、**伊庭孝**作喜歌劇『**女軍出征**』上演、劇中歌「**ダブリンベー**」「**ティペラリー**」（第一次大戦当時のアイルランド兵士の俗謡）流行。6月ローシー、ローヤル館で、**オッフェンバック作曲**、**オペレッタ**「**ジェロルスティン大公妃殿下**」（**ブン大将**）上演。10月佐々紅華・石井漠ら**東京歌劇座開設**、新築の**浅草日本館**で活動開始、浅草オペラの常設館となる。座長清水金太郎・**田谷力三**ら。その旗揚げ公演が佐々紅華作のミュージカル『**カフェーの夜**』で、以後「ボッカチオ」「リゴレット」「**カルメン**」「天国と地獄」「**ブン大将**」などと続く。なお、『**カフェーの夜**』でうたわれる佐々紅華作詞・編曲、ハリー・ウイリアムス作曲「**飲ん兵衛の歌**」は、上記「ティペラリー」の旋律を借り、さらにのちの宮澤賢治の劇（コミック・オペレット）『**饑餓陣営**』の開幕前のプロローグ「**私は五連隊の古参の軍曹**」の旋律にも用いられる。

ちなみに、オペレッタは小さいオペラの意で「喜歌劇」「軽歌劇」などと訳し、劇の進行は台詞《せりふ》が主で、そこに歌や舞踊が入る。クラシックの格式にこだわることなく、大衆向けに娯楽に重きをおいた浅草オペラは、多くの学生や庶民に受けて一気に人気が高まり、主題歌もたちまち流行した。**中山晋平**「**さすらいの唄**」（北原白秋作詞）「**船頭小唄**」（野口雨情作詞）作曲。

飲ん兵衛の歌

大正６年(1917)１０月浅草公園にオペラを常打ちとする日本館が開場、佐々紅華がプロジューサー兼マネージャーになり、東京歌劇座を組織。その旗揚げ公演が佐々紅華作ミュージカルプレイ『カフェーの夜』であった。
宮沢賢治は自作『饑餓陣営』の開幕前のプロローグ「私は五連隊の古参の軍曹」にこの旋律を用いている。

飲ん兵衛の歌　『日本ミュージカル事始め』清島利典著 1982 刊行社より

11月文部省第三期国定国語教科書**『尋常小学国語読本』**巻一　著作兼発行者文部省、日本書籍株式会社発行。以後順次巻十二まで発行。**ロシア革命、ソビエト政権樹立**。12月頃、盛岡市に**太田クヮルテット誕生**、演奏会を開く。

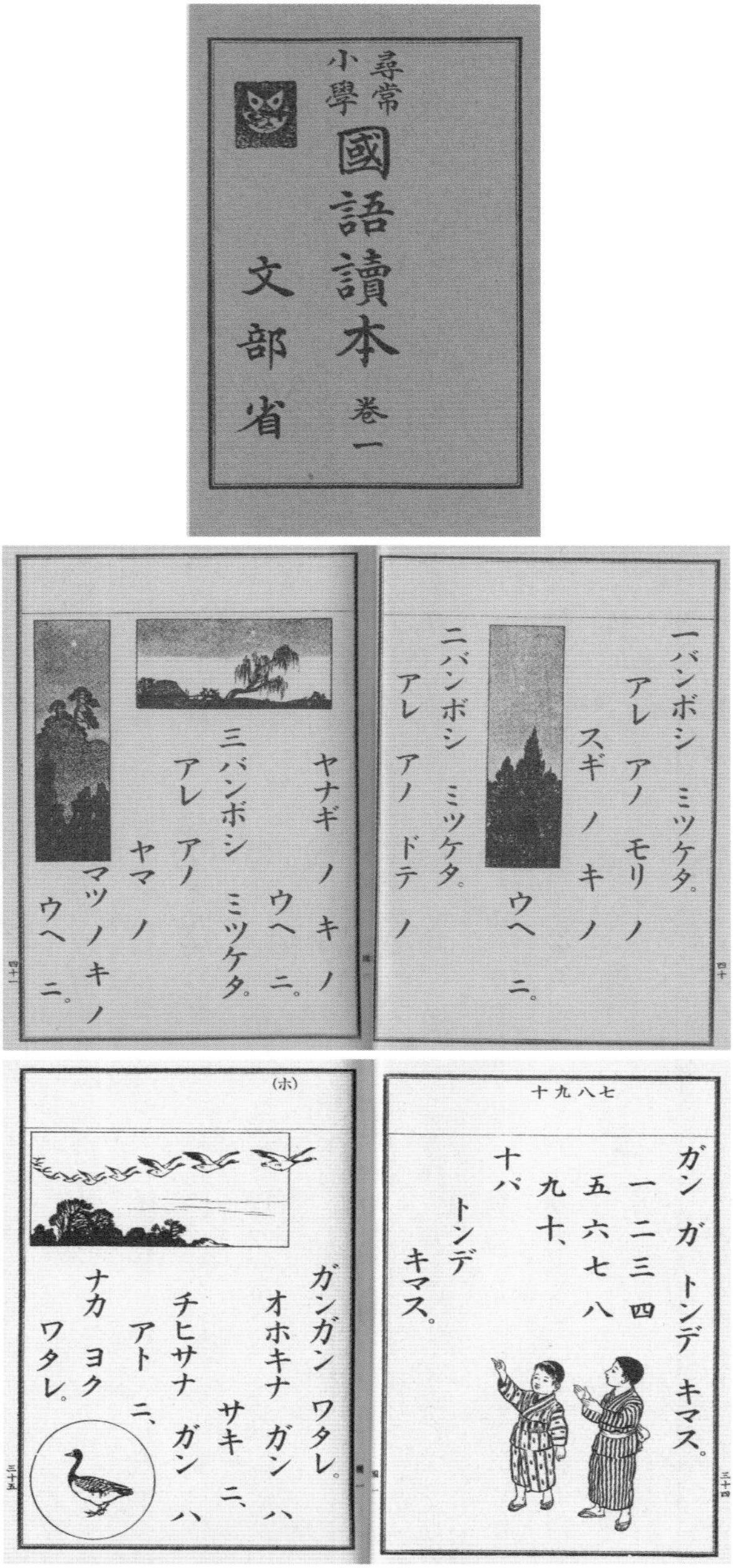

「尋常小学国語読本」巻一　表紙と唱歌教材　「一バンボシ」「ガン」

【オペレッタ「ジェロルスティン大公妃殿下」（ブン大将）】

賢治はのち大正11年（1922）6月に、**コミックオペレット『生産体操』**（のちの『**饑餓陣営**』）いわゆる「**バナナン大将**」）を作り農学校生徒に指導上演させるが、その創作に多大な影響を与えたと思われるのがオペレッタ「**ジェロルスティン大公妃殿下**」（通称「**ブン大将**」）であり、ここで簡単にそのオペレッタについてふれておきたい。

作曲はオペレッタ『天国と地獄』や「ホフマンの舟歌」で知られるオペラ『ホフマン物語』の作曲家**オッフェンバック**（**1819－1880**）、初演は**1867年（慶応3）**4月パリ、ヴァリエテ座。わが国では大正4年（1915）に「**戦争と平和**」のタイトルで帝国劇場歌劇部が上演。以後『**ブム大将**』『**女公と兵士**』『**女公妃殿下**』のち多くは「**ブン大将**」など、さまざまなタイトルで各歌劇団により多くの劇場で上演が続けられた人気のオペレッタである。恋あり、名誉欲あり、陰謀あり、政治家や軍人の堕落を軽妙に風刺した娯楽的作品。

〈**おもな登場人物とあらすじ**〉

ジェロルスティン大公国の美しい**大公妃殿下**。尊大で間抜けの道化役**ブン大将**。政治家で策略家の**パック男爵**。腕利きの外交官**グロッグ男爵**。大公妃殿下の婚約者、隣国の**ポール殿下**。新兵で妃殿下が心惹かれる**フリッツ**。フリッツの恋人で許嫁の**ワンダ**。

〔第一幕〕妃殿下に婿君が決まればそれぞれ立場がそがれるのを恐れる**パック男爵**と**ポール殿下**は、**妃殿下**の気をそらせるため戦争を起そうと**ブン大将**と打ち合わせる。ところが**妃殿下**は観兵式の最中、新兵の**フリッツ**に心惹かれ二等兵から伍長に進級させる。それを喜ぶ**ワンダ**を見た妃殿下は彼女を引き離すため**フリッツ**を中尉、大尉と昇進させ自らの護衛士官に任命。観兵式終了後の隣国との戦略研究において、**ブン大将**と**フリッツ大尉**が対立、フリッツの戦略を支持する妃殿下はたちまちフリッツを大将に昇進させ伯爵の位まで授ける。そこで**ブン大将**、**パック男爵**、**ポール殿下**

の三人は、**フリッツ新大将**打倒の陰謀を企てる。しかし、**フリッツ大将**は**妃殿下**から神聖な剣を授けられ大合唱のうちに幕が下りる。

〔第二幕〕**フリッツ大将**は大勝利のうちに凱旋する。**妃殿下**は**フリッツ**に自分の想いを告白するが、フリッツはワンダを想い耳をかさない。すっかり自負心を傷つけられた**妃殿下**は、逆に**ブン大将**、**パック男爵**、**ポール殿下**と**フリッツ**暗殺計画に参画する。

〔第三幕〕**妃殿下**は今度は**グロッグ男爵**の男ぶりに魅かれ、彼と結婚しようと決意。**フリッツ**暗殺をやめ**ワンダ**との結婚を許可する。三人は落胆、**ブン大将**は突然敵が来襲してきたと偽り、**フリッツ**を戦場へ送り出す。**妃殿下**婚約の夜会の最中、**ブン大将**の指示で待ち伏せしていた者どもにさんざんな目に合わされた**フリッツ**が意気消沈して帰ってくる。**妃殿下**は**フリッツ**の大将の位を**グロッグ男爵**に与えようとするが、じつは男爵に妻子があることを知るにおよび、一度免職されていた**ブン大将**に再びそれを授け**パック男爵**を名誉ある神聖な剣の守護役に、そして**妃殿下**は結局**ポール殿下**と結婚するということになり、一同喜びの合唱のうちに幕となる。（太田黒元雄『オペレッタ解説』1952音楽之友社刊より要約）

つぎは小林愛雄訳から**ブン大将**の台詞と歌の一節。

（台詞）我輩はブン大将閣下である。ブーン。（歌）いつでも戦に出たその時にゃ　野でも山でも　みんなドンドン乗り越えて　敵に負けたことはないのだ　敵はわしを見れば　ドンドン逃げ出すぞ　わしを見ればドンドン逃げ出すぞ　ブーン！

一方、時を同じくして人気を博していたのが伊庭孝作、喜歌劇「**女軍出征**」、その中で歌われる「**ダブリンベー**」「**ティペラリー**」（**ハリー・ウィリアムス作曲**）が浅草オペラ・ファンの間で流行したこと、また**賢治が『饑餓陣営』の開幕前のプロローグ「私は五連隊の古参の軍曹」**に「**ティペラリー**」の**旋律**を転用することについては前述のとおり。

大正7年（１９１８）**賢治**（**22歳**）**盛岡高等農林学校卒業・研究生1年**　2月得業（**卒業**）論文「**腐植質中ノ無機成分ノ植物ニ対スル価値**」。父政次郎は研究生として残り徴兵検査を延期するよう勧めるが賢治は拒否。「アザリア」第五号刊行。３月盛岡高等農林学校卒業。研究生となる。保阪嘉内除籍処分。理由は「アザリア」第五号発表の「社会と自分」の一節、「おれは皇帝だ。おれは神様だ。おい今だ、今だ、帝室をくつがえすの時は、ナイヒリズム」による。賢治は教授会に抗議したが通らなかった。戯曲『カルメン』劇中歌「煙草のめのめ」「酒場の唄」「恋の鳥」北原白秋

歌劇カルメンハバネラの歌

「ハバネラ」の表紙　大正６年　セノオ楽譜

酒場の唄

戯曲『カルメン』

北原白秋 作詞　中山晋平 作曲

ダンスしましょうか　カルタ
きりましょか　ラランララ　ラランラ
ラララ　あかいさけでものみましょか

大正7年(1918) 作
楽譜は『明治・大正・昭和流行歌曲集』堀内敬三・町田嘉章編 昭和6年(1931) 春秋社刊による。
「カルメン」の劇中歌で大正8年(1919)1月「煙草のめのめ」「恋の鳥」「別れの唄」とともに有楽座で上演された。その五日目1月5日の舞台をすませたあと主演の松井須磨子は32歳の若さで自ら命を断った。　（堀内敬三『音楽五十年史』）

注）宮沢賢治の童話「双子の星」の賢治作詞・作曲「星めぐりの歌」と旋律・リズム構成ともに類似点がある。賢治の当時のオペラへの関心は、『饑餓陣営（バナナン大将）』とオペレッタ『ブン大将』との関連でも指摘されており、旋律面でも影響を受けたと考えても不自然なことではない。なお、この点に関してはすでに中村節也氏が指摘されていた。

（中村節也著『宮沢賢治の宇宙音感』 2017 コールサック社参照）

作詞・中山晋平作曲。（のち〈カルメンの唄〉として出版）

（注）『**カルメン**』の**劇中歌**「**恋の鳥**」とらよとすればその手から（原曲の「ハバネラ」の部分）は、賢治の『**春と修羅**』「**習作**」の「**とらよとすればその手からことりはそらへとんで行く**」に関連する。

4月**稗貫郡土性調査**始まる。賢治**徴兵検査**の結果、**第二乙種。兵役免除**。5月**高農実験指導補助の嘱託**。富国強兵の当時の社会情勢から推して、〈兵役免除〉ということは男子として大きな恥辱であり自尊心を大いに傷つけられるところであったことは間違いない。それがおそらく賢治のその後の人生に多大な影響を与えたのではないか、それを逆にバネとして生きることを賢治は内心強く決意したと編者は考える。

【初の童話創作】

春、童話「**双子の星**」「**蜘蛛となめくじと狸**」作。賢治のまさに青春の情熱の産物。まだ学生でありながら最初の童話創作でいきなり傑作を生んだ賢治の幸先がいかに希望に満ちたものであったか。賢治は作ったばかりの童話を、夏休みに弟や妹たちに自作自演で読んで聞かせた。その中には自ら作曲もした「**星めぐりの歌**」が含まれる。弟の清六は当時の思い出をつぎのように記述する。

○この夏に、私は兄から**童話**「**蜘蛛となめくじと狸**」と「**双子の星**」を読んで聞かせられたことをその口調まではっきりおぼえている。処女作の童話を、まっさきに私ども家族に読んできかせた得意さは察するに余りあるもので、赤黒く日焼けした顔を輝かし、目をきらきらさせながら、これからの人生にどんな素晴らしいことが待っているかを予期していたような当時の兄が見えるようである。」「〈**星めぐりの歌**〉は童話「双子の星」のなかに出てくるうたで、その頃**兄が自分で曲をつけて歌っていた**ので、それからもう四十年もの永い年月が過ぎ去っていることに、今更に驚くばかりである。」（宮澤清六『兄のトランク』）

【「星めぐりの歌」】

　ここで注目されるのが、童話『双子の星』の「星めぐりの歌」の旋律やリズムが上記『カルメン』の「酒場の唄」の旋律と似ていることである。編者も気づいていたが、この点についてはすでに中村節也氏が『宮沢賢治の宇宙音感』２０１７コールサック社刊で指摘されていた。賢治がなかば即興的にうたったであろう旋律が、潜在的に、無意識的に前者の影響をうけたとも考えられる。とはいえ、たとえ譜面上では似ていても、その歌詞と曲想はまったく別物であり、一方が艶歌的で一時的に流行したとしても、百年を経過してすでに歌の生命はほとんど失われているにひとしいのに対し、賢治の作は童話の歌らしく清純・清澄、しかも壮大な宇宙的発想と詩情をもち、なお現代に受け継がれ愛されて、ますます広がりと輝きを増しているという事実に注目しなければならない。

【「双子の星」のわらべうた】

「双子の星」には星のわらべうたが登場する。賢治は童話を創作するにあたって〈わらべうた〉に注目、作中にいくつかとりあげている。もちろん地元岩手の唄に材を求めつつも、視野を広げ文献にも目を通す。「一つ星めつけた。長者になあれ。」は編者の推定では、童謡研究会編『**日本民謡大全**』明治42年（１９０９）春陽堂刊に記載の「一ツ星めつけた、長者になアれ」（東京）などを参考にしたふしがうかがえる。同様の唄は江戸の太田全斎『諺苑』寛政９年（１７９７）に「一星《ヒトツボシ》ヲ見ツケタラ、長者ニナラウナ。」と見え、釈行智の『**童謡集**』文政３年（１８２０）にも同文が載る古くからの伝承である（尾原昭夫『近世童謡童遊集』参照）。次の「星さん星さん一つの星で出ぬもんだ。千も万もでるもんだ。」は大和田建樹編『日本歌謡類聚下』明治31年（１８９８）博文館刊の伊勢国上野町に「星さん独りぼしで出ぬもんぢゃ、千も万も出るもんぢゃ。」と類歌が見える。参考までに拙著

星のわらべうた

尾原昭夫『日本のわらべうた 歳事季節歌編』より

一番星

（東　京）

一つ星

（東京）千代田区

一番星

（京都）北桑田郡美山町

お星っさん

（大阪）高槻市

星のわらべうた「一つ星」ほか

一　番　星

（大　阪）

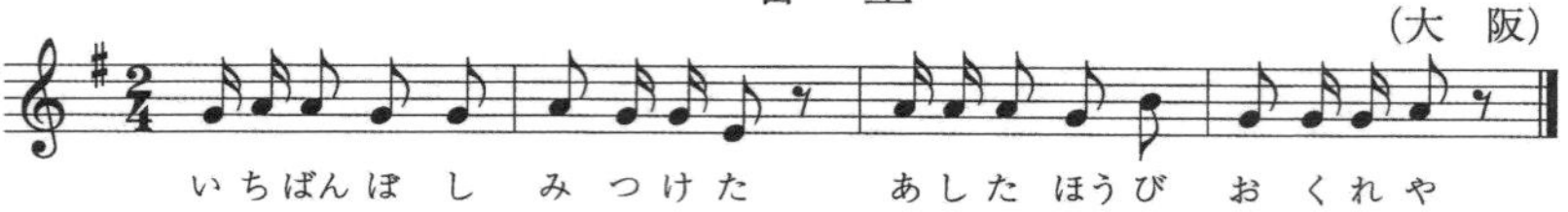
いちばんぼし　みつけた　あしたほうび　おくれや

三つ星さま

（群馬）邑楽郡千代田町

みつぼしさまさえ　にいぼしさまに
ほれて　あとあとついてった

天の川原の

（山口）山口市

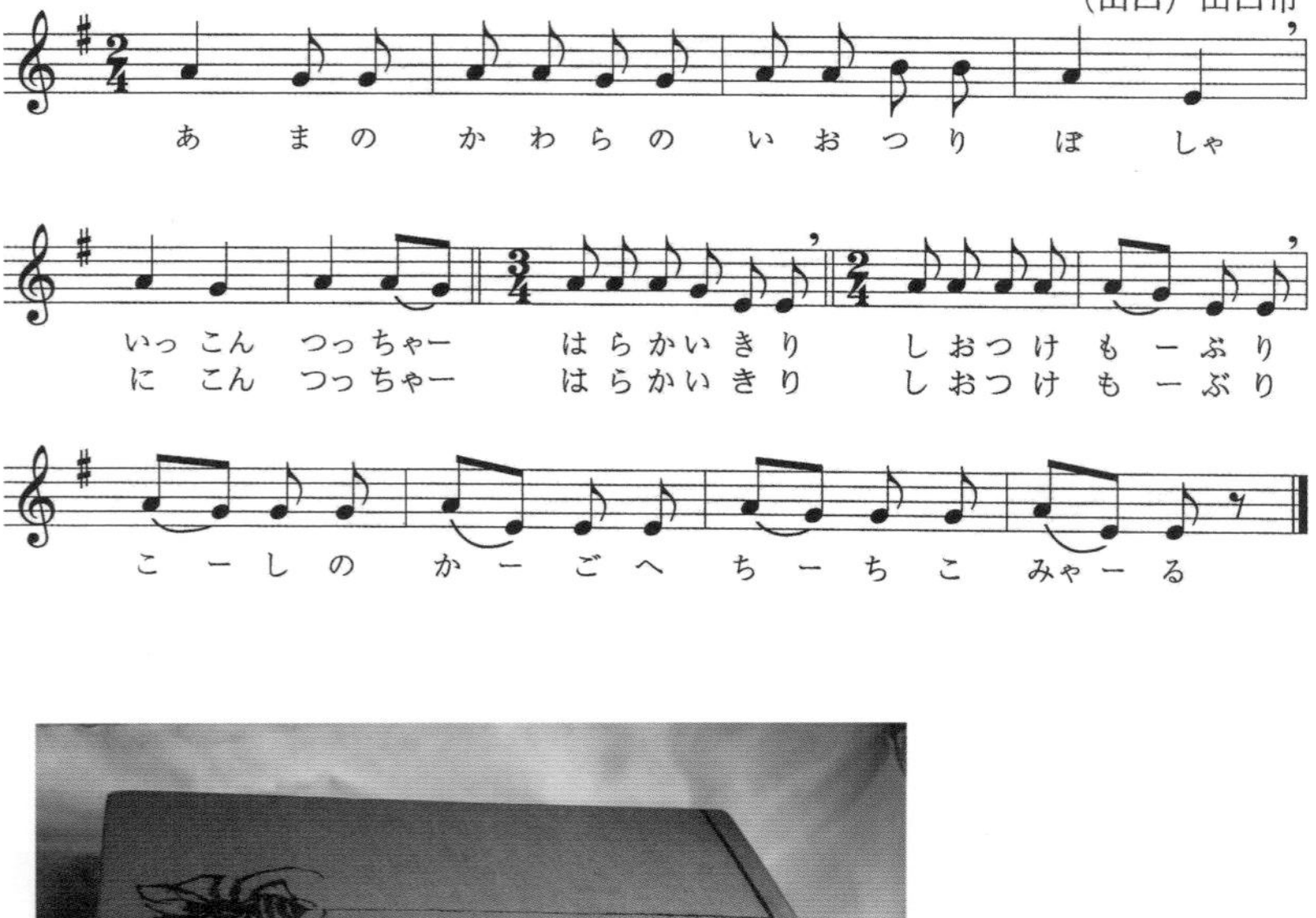
あまのかわらの　いおつりぼしゃ
いっこん　つっちゃー　はらかいきり　しおつけもーぶり
にこん　つっちゃー　はらかいきり　しおつけもーぶり
こーしのかーごへ　ちーちこみゃーる

『日本民謡大全』明治42年春陽堂刊

『日本のわらべうた歳事季節歌編』２００９文元社刊から星をうたう類歌の楽譜の例をあげる。京都美山町の「一番星」は高橋美智子、大阪高槻市の「お星っさん」は右田伊佐雄、群馬千代田町の「三つ星さま」は酒井正保、山口市の「天の川原の」は河北邦子各氏の採譜、ほかは編者の採譜である。

ちなみに、わらべうた以外の歌で、**五七五七七**の**短歌調**、あるいは**七七七五**の**近世民謡調**の伝統的な形式を守ったものが多いことを指摘できる。そのなかで「星めぐりの歌」のみ**七三連続**という型破りな語調をとる。なお、ほぼ同時期に書かれた「**蜘蛛となめくじと狸**」では、芝居や盆踊りでおなじみの**七五連続**の**口説き調**の**巡礼歌**が登場し、賢治の伝統尊重と創造性両面の姿勢を示している。

（姉妹編、尾原昭夫『賢治童話の歌をうたう』童話「双子の星」「蜘蛛となめくじと狸」参照）

【闘病の始まり】

６月岩手病院で**肋膜炎の診断**。「アザリア」第六号発行。（終刊号となる）７月花巻に帰省する際、見送りに来た河本義行に「**私の命もあと十五年はありません**」と語ったという。夏「**貝の火**」を弟妹に読みきかせる。12月アンデルセンの「絵のない絵本」をドイツ語で読む。12月26日**妹トシの発病・入院のため賢治、母イチと上京**。雑司ヶ谷の雲台館に滞在。母は翌年１月15日に帰郷し、賢治は**３月３日まで約２か月間在京し献身看病する**。

この年ころから菜食を続け、法華経の道行に励むとともに、父に改宗をすすめて口論することが多くなる。

【「赤い鳥」の創刊】

７月「**赤い鳥**」**創刊**。**鈴木三重吉**（１８８２－１９３６）編集の童話・童謡雑誌。童謡運動勃興。「**子どもには子どもの歌を**」文部省唱歌などの堅苦しい形式・内容に反発、また、低俗化する少年少女の読み物に対して、芸術性をもち、美的情操を高める作品の必要性を痛感。泉鏡花、芥川龍之介、菊池寛、北原白秋、西條八十、ほかの文壇の巨匠および作曲家に呼びかけ賛同を得、童話・童謡の数多くの名作が発表された。当然賢治もすでに「**双子の星**」と「**蜘蛛となめくじと狸**」ふたつの童話を書いた矢先であり、「赤い鳥」には強い関心を寄せていたはずである。

　この年賢治、**童話**「**鳥の北斗七星**」作。4月原信子歌劇団が**オッフェンバック作曲**「**ジェロルスティン大公妃殿下**」を『**女公妃殿下**』の題名で観音劇場で上演。10月東京歌劇座が『**戦争と平和**』の題名で（ブン大将）日本館で上演。11月5日島村抱月没。武者小路実篤ら「**新しき村**」を宮崎県児湯郡木城村に建設。このころ**浅草オペラ全盛**。「コロッケの唄」流行。初の女優出演映画「生の輝き」製作。**スペイン風邪大流行**。第一次世界大戦休戦条約成立。三浦環、メトロポリタン歌劇場で〈蝶々夫人〉主演。宝塚少女歌劇、帝劇で東京初公演。**シベリア出兵**。ロシア革命への干渉として出兵。「**テッペラリー**」（原曲ハリー・ウィリアムス作曲）東京レコード発売、独唱三條いと子。「**ダブリンベー**」とともに学生に愛唱される。

『赤い鳥』と童謡集

【クラシックレコード・マニアに】

この年賢治、花巻上町の従兄岩田豊蔵（１８９８－１９７６）（のちに妹シゲが嫁ぐ）の岩田洋物店の蓄音機とレコードで**クラシック音楽を聴く**。これをきっかけとして賢治の内的音楽世界は、一躍グローバルな世界へ、それは法華経の仏教的音楽観にもつながる壮大な宇宙観へと発展を遂げることとなる。記録によると当時収集したレコードの主なものはつぎのとおり。リムスキー・コルサコフ「シエラザード」、ベートーヴェン「レオノーレ」「エグモント」、交響曲「第四」、「第五〈運命〉」「第六〈田園〉」「第九〈合唱〉」「弥撒（ミサ）」「ピアノ・ソナタ〈月光〉」、ハイドン弦楽四重奏曲「雲雀」、シューベルト交響曲「〈未完成〉」リヒアルト・シュトラウス交響詩「ドン・ファン」、ドビュッシー「牧神の午後」など。

大正８年（**１９１９**）　**賢治**（**23歳**）**盛岡高等農林学校研究生２年**　**賢治妹トシ入院中で在京**。上野図書館・日比谷図書館に頻繁に通うほか、オペラなども観劇したと思われる。　国柱会・田中智学の講演を聞く。1月15日母イチ帰郷。賢治、トシの検温、食べ物、便の始末など献身的に看病に努める。東京に鉱物合成・宝石製造の職と開業を考える。東京有楽座、芸術座「**カルメン**」公演、松井須磨子主演。１月５日舞台終演後、松井須磨子自殺。抱月急死と須磨子自殺により芸術座終焉。同月東京歌劇座と原信子歌劇団合同で、オッフェンバック作曲「**ジェロルスティン大公妃殿下**」（ブム大将）。

２月下旬**トシ退院**。３月トシとともに**花巻に帰宅**。**トシ日本女子大学校卒業**。３月金龍館で「ブム大将」を七声歌劇団が、６月朝日座で新生歌劇座が同じ演目を上演。５月、北原白秋作詞・中山晋平作曲「**恋の鳥**」「**酒場の唄**」「**煙草のめのめ**」**レコード化**。７月トシ、西鉛温泉にて保養、**賢治の短歌を浄書し**一冊の歌集とする。10月日本館で東京歌劇座が「**戦争と平和**」（ブン大将）上演。『**赤い鳥童謡集**』第一集～第八集刊行。ニッポノホン・富士山印・飛行機印など、**童謡のレコード吹き込み**が盛んに行われた。以後昭和初期にかけて、雑誌社、作詞・作曲者、レコード会社などが提携、**童謡の黄金時代**を築く。12月**保阪嘉内、近衛輜重兵大隊に入営**。この年、賢治は浮世絵収集に熱中。ベートーヴェン〈田園〉音楽学校で初演。帝劇でロシア歌劇団〈ボリスゴドノフ〉〈アイーダ〉〈カルメン〉〈トスカ〉初演。「東京節」添田唖蝉坊詞（ジョージア・マーチの旋律）流行。「浜千鳥」鹿島鳴秋詞・弘田竜太郎曲。森垣二郎（日本蓄音機商会）野口雨情ら民謡調査の旅。

大正9年（1920）**賢治**（**24歳**）2月9日妹トシ**「宮沢トシ自省録」**筆録完成。終わりの日付に「大正九年二月九日」とある。書名は甥の宮沢淳郎《あつお》による。淳郎の母クニ（賢治の末の妹）の遺品のなかから発見された姉トシの形見分けらしい筆録。（宮沢淳郎『伯父は賢治』1989八重岳書房）トシが療養中「過去の自分を冷静に批判する」ために書いたもの。特に女学校時代の音楽教師への恋愛に関わることを、卒業を前にある新聞のゴシップ記事に暴露された問題による自分自身と家族に与えた大きな精神的痛手と苦痛、それに対し宗教的思索と将来への希望によって解決を見出そうとする。

【佐々木喜善『奥州のザシキワラシの話』】

2月「炉辺叢書」として佐々木喜善**『奥州のザシキワラシの話』**、柳田國男・早川孝太郎**『おとら狐の話』**二冊刊行。賢治の**「ざしき童子のはなし」「とっこべとら子」**はこれに触発されて書かれたと推測される。5月**盛岡高等農林学校研究生終了。関教授からの助教授推薦辞退**。「かなりや」西條八十作詞・成田為三作曲（『赤い鳥童謡曲集』）。9月**妹トシ母校花巻高等女学校教諭心得**。

【法華経信仰と修業】

10月賢治、**国柱会入会。法華経の輪読会**。12月**花巻町内を太鼓をたたき題目を唱えながら歩く**。寒修行の前後、風呂場で水垢離三杯とったといわれる。本居長世・宮城道雄〈新日本音楽大演奏会〉を東京有楽座で開く。この年、金龍座「天国と地獄」4回、**「ジェロ**

ルスティン大公妃殿下」5回上演。浅草常盤座などで「おけさ節」「大島節」「安来節」「鴨緑江節」など**民謡流行**。また添田唖蝉坊など「新トンヤレ節」「新大漁節」「新ノーエ節」など古い俚謡に新しい歌詞をつけた演歌流行。第1次世界大戦**戦後恐慌**始まる。

大正10年（1921）賢治（25歳）1月23日賢治、突如無断上京、国柱会訪問。本郷菊坂に下宿。東大赤門前の謄写刷印刷の**文信社**に勤務。日・祭日は図書館に通う。2月根岸歌劇団、金龍館で「ブン大将」上演。

【国柱会と創作への姿勢】

次は賢治が最初に国柱会を訪れた時に面談した高知尾智耀のきわめて重要な証言。

○私が田中智学先生から平素教えられている、末法における法華経修業のあり方について、熱心に話したと思う。すなわちいわゆる**出家して僧侶となり仏道に専注するのが唯一の途ではない、農家は鋤鍬をもって、商人はソロバンをもって、文学者はペンをもって、各々その人に最も適した道において法華経を身によみ、世に弘むるというのが、末法における法華経の正しい修業のあり方である。詩歌文学の上に純粋の信仰がにじみ出るようでなければならぬ、**ということを話したように思う。（高知尾智耀『わが信仰わが安心』真世界社）

以後猛然と創作に熱中し童話を書く。一カ月の間に三千枚も書いたという。

［関連］後年賢治は「雨ニモマケズ手帳」にも次のように記す。「◎高知尾氏ノ奨メニヨリ　1、**法華文学ノ創作　名ヲアラハザズ　報ヲウケズ　貢高ノ心ヲハナレ**」

4月父上京。父子で関西、伊勢・京都・奈良旅行。7月18日賢治、保阪嘉内と面会、宗教上の対立からか以後決別。

【トシの病気で帰郷】

8月賢治、童話**「かしはばやしの夜」**を書く。**トシ喀血。**トシ病気の電報を受け、上京中に書いた童話の原稿を大きなトランクにいっぱいつめこんで帰郷。9

月雑誌「愛国婦人」九月号に童謡**「あまの川」**発表。「あまのがは　岸の小砂利も見いえるぞ。　底のすなごも見いえるぞ。　いつまで見ても、　見えないものは、水ばかり。」のちに「**銀河鉄道の夜**」の初期形第二次稿では、男の子がジョバンニの向うの窓をのぞいて叫ぶ場面で、一部を変えてこの童謡が登場する。「あまの川、　底のすなごも見ぃえるぞ　かはらの石も見ぃえるぞ。　いつまで見ても、　見えないものは水ばかり。」童話**「月夜のでんしんばしら」「鹿踊りのはじまり」「どんぐりと山猫」**を書く。（姉妹編：尾原昭夫『賢治童話の歌をうたう』「かしわばやしの夜」「月夜のでんしんばしら」「鹿踊りのはじまり」参照）

【祭りの日の鹿踊りから】

詩稿「こっちの顔と」（略）秋の祭りのひるすぎだった　この人は鹿踊りの仲間といっしょに　例ののばかまとわらぢをはいて　長い割竹や角のついた、面のしたから顔を出して　踊りももうあきたといふやうに、　ばちをもった片手はちょこんと太鼓の上に置き　悠々と豊沢町を通って行った（略）そこでこれからおれは稲の肥料をはなし　向ふは鹿踊りの式や作法をはなし　夕方吹雪が桃いろにひかるまで　交換教授をやるといふのは　まことに愉快なことである（「春と修羅」詩稿補遺）

妹シゲはその回想録において、祭りの晩に見た鹿《しし》踊りの一場面が、賢治の作品「**鹿踊りのはじまり**」の発想の原点ではないかとみて、そのときの状況を詳しく記している。ひじょうに重要な記録であるので次に引用する。

○確か兄は、二十二、三歳だったでしょう。（略）午後三時頃かに、お旅所をお発ちになったお神輿様は各町内の氏子総代のお家でゆっくりお休みになりながら花巻ばやしに拍子木の音と共に徐々に徐々に徐々に進んで来ていたわけです。それにつれて、近在からの鹿踊りの幾組みかも各戸の店先に「ジャジャン・ジャクモク・ジャンジャン」と踊りながら少しづつお供の列の方向に進んで行っているわけだったのでしょう。夜の七時八時頃は一番人出が多く、豊沢町は比較的お旅所に近かったので、今が一番位賑やかな時だったかも知れません。（略）二、三軒先の方から鹿踊りが近づいて来た気配です。それにも五十銭かのお包みを幾つかこしらえて待っているのでした。（略）「鹿踊りでがんす」と慇懃に入ってきました。兄は用意の包みを渡したようでした。「ジャン・ジャン・ジャジャジャジャ・ジャクモク・ジャンジャン」島さんを済ました鹿踊りの人たちがいよいよ私の家に廻ってきました。どうしたことか、三人ばかり人数を減らして五人位の少人数で始めました。踊りから外れた三人は**顔の前の布をまくりあげて、**はちまきを締めた顔を出して人だかりの中で、扇子で煽いでいる人もおります。踊りの様子が変わっています。第一あの高い音の太鼓を全くたたかず、**踊りの真中によじったような手拭を置いて、ぐるりの鹿たちは**「カッカカッカッカ・カカカカカッカ」**と低く太鼓の縁で調子をとるだけです。一匹の鹿が、静かに真中に近づいて首を低く下げて、真中の物を窺《うかが》う様子。**「カッカカッカカラカッカッカ」**鹿は静かに片手を後に廻し、片手を低く構えて、爪たてて少し少し近づいてはビクつくように後退《あとずさ》りしながら、真中の物を嗅ぐような仕草をします。**こんな鹿踊りは見たことがありません。「カッカラカッカッカラカッカッカ」代わりの鹿が出て見た**り、また代わりの鹿が出て見たり、そして最後の勇気を鼓した鹿が真中の物をくわえて皆の所へ帰って来たとき、**「ジャンジャンジャン」と初めていつも**の鹿踊りの太鼓が強く鳴って「ジャンジャン・ジャンコ・ジャンジャン」と踊りが終わりました。**（略）パチパチパチパチパチ。兄が高く拍手を打ちました。あ、拍手なんかして恥ずかしいな、と私は思いました。店に腰掛けて踊りを見ていた方たちの中に奥稲荷の別当様もおいでだったようです。その息子様は兄のお友達だったのでしょう。兄がご挨拶していたようでした。**その時の印象が「鹿踊りのはじまり」になったのではないでしょうか。**（岩田シゲ『屋根の上が好きな兄と私 宮沢賢治妹・岩田シゲ回想録』）

【鹿踊りが大好き】

○芸事の好きな人でした。興にのってくると、先にたって、「それ、神楽やれ。」の「それ、しばいやるべし。」だのと賑やかなものでした。御自身も「ししおどり」が大好きだったしまたお上手でした。ダンスコ　ダンスコ　ダン／ダンダンスコ　ダン／ダンスコダンスコ　ダン　と、はやして、うたって、踊ったものです。「唄って踊って太鼓もたたく。この三つが一緒にやれるものはそうあるものでなく、ごく上等なものです。」と、ふだんも云って居られました。（高橋光一からの聞き書き：飛田三郎「肥料設計と羅須地人協会」四二年版全集「研究」）

○賢治先生について印象に残っているのは、次のように無類の祭り好きだったということだ。明治から大正にかけて山車を出した町内は、鍛冶町、上町、豊沢町、下町だけでした。祭りになると豊沢町は「お旅屋」が近いので露店の店には客が群がり、山車や鹿踊りの見物客で賑わったものです。賢治先生は、よく弟の清六さんと一緒に見ていました。リズミカルな鹿踊りや権現舞いが好きで、そばに来ると何か云いながら、楽しそうにはしゃいでいました。（『マコトノ草ノ種マケリ 師父賢治先生回顧』花農九十周年記念誌抄・大内喜助の証言）

【「鹿踊り」の歌と踊り】

童話『**鹿踊りのはじまり**』には二種類の歌がある。最初は嘉十が置き忘れた手拭のまわりを、鹿たちが廻りながらうたう「のはらのまん中の　めっけもの」で、全体が**七五調**で続く。あとはだんだんに西に傾いてゆくお日様の輝きを背景にうたう歌、それは**短歌調**。編者は花巻近辺の鹿踊りの歌をいろいろと検討しているうち、大迫地方のわらべうた「**まわれ水車**」に目がとまった。「**まわれまわれ　水車　どこでまわるナ　堰でとまるナ　おくや深山の　秋鹿は　生まれておちれば　親に似て　頭《かしら》振ってくる　かしら振ってくる**」（『東北民謡集　岩手県』１９６７日本放送協会刊）

江戸時代後期の民俗学者、菅江真澄（１７５４－１

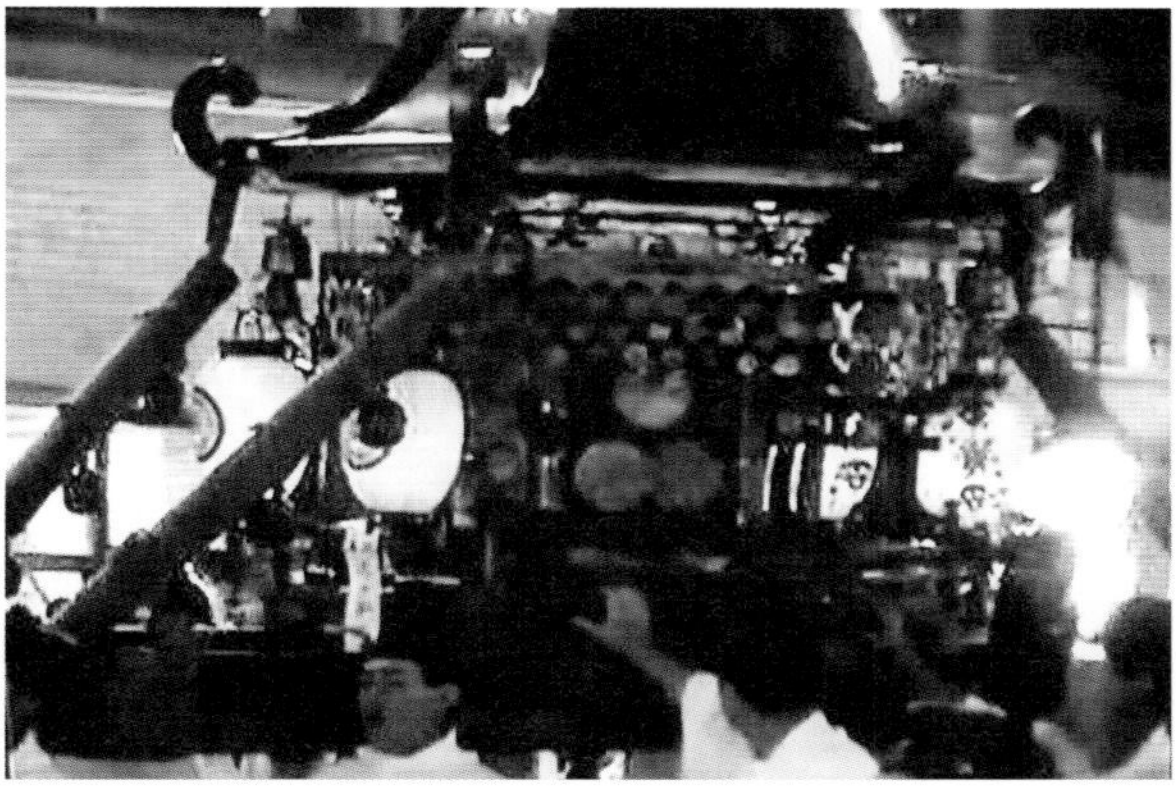

花巻祭り　鳥谷崎神社神輿渡御　華麗な花巻囃子　鹿と人ともに群舞
（花巻糠塚鹿踊りから）

まわれ水車

『東北民謡集 岩手県』　　花巻市大迫地方 武田忠一郎採譜

まわれ ーまわれ ーみずぐ る まーー
どこで まーわる ー せきでとん まる
ナおくや みやまの ーあきし か はーー
うまれて おちれば ーおやに にーて
か しらふっ て く る か しらふっ て く る

「まわれ水車」

鹿踊りレリーフ（宮沢賢治童話村前）

829）の『ひなの一ふし』に、秋田郡の鹿踊の歌「廻れや廻れ水車、細く廻れや堰とめる」、同じく津軽の鹿踊の歌「奥の深山のめじし子は、生れて落るとかしらふる」（『続日本歌謡集成巻三』1961東京堂出版部刊。下記影印本参照）と見えるように、まさに七五調（終句反復）の名歌で、おそらくはまず鹿踊りにうたわれ、しだいに神楽にもわらべうたにもうたわれるようになったと考えられる。じつにみやびな格調ある歌詞と旋律で、賢治の童話の歌の背景にこうした歌があることが考えられる。同じ発想の歌が短歌調になって「鹿の子は　生まれて落つれば　山を廻り　われらを廻り　庭を廻るぞ　庭を廻るぞ」（終句反復）のようにうたわれる所もある。花巻の〈糠塚鹿子踊〉の「仲立ちや　腰にさしたる　枝垂れ柳　枝折りそろえ　腰を休めろ　腰を休めろ」（『花巻市文化財調査報告書第三十一集』2005市教育委員会刊）も同形式。次の花巻湯本の鹿踊りの歌など、その鹿と人と一体化した豊かな抒情性におどろく。「この庭に　遊び上手の　あると聞く　遊びながらも　心はずかし　心はずかし」「白鷺は　立つとは思い　立ちかねて　跡ににごして　立つや白鷺　立つや白鷺」。糠塚鹿踊りは〈幕踊系〉の鹿踊りであるが、八頭の鹿に頬かむりをした仲立が一人。仲立ちを中心に輪をえがくように左右に廻りながら踊る様は、まさに鹿と人とがともに踊りともに楽しむといった賢治の『鹿踊りのはじまり』を彷彿とさせる芸能であるように思う。（糠塚鹿踊り写真参照）

【菅江真澄の鹿踊り記録】

さきに江戸後期、菅江真澄の歌謡記録『ひなの一ふし』から秋田郡と津軽の鹿踊りの歌をあげたが、同じ真澄の秋田から岩手にかけての旅日誌『けふのせばの』から、偶然にも「鹿踊りのはじまり」と重なるような不思議な話が実話として記録されているので、ここに書きとめておきたい。

天明五年（1785）九月四日の日付。

○日たかう曲田といふ邑に宿つきたり。夕附行ころ、雨は晴たるに露いとふかう、外山の鹿の声高くなけば、やのわらは窓にかしらさしいだし、あの山にて、かのし、がさかぶことよといへば、男ら、鹿は世におもしろきもの也。何がしの神の夜みやありつるに、こもりあかしたるあした、笛つゞみの声にうかれて、放ちたる野がひの馬にまじりて、角ふりたてておどり〳〵めぐるを、この小童《ガキ》めがさかびしまま、木山の中にみなとび入ぬ。われ、かや野にかくろひありて見しをりの楽しさとかたるを、ねぶり〳〵聞ゐたる翁あくびうちして、さるゆへ世中に在る獅子舞は、鹿踊を見てはじめたるといふが誠ならんとかたる。（内田武志・宮本常一編『菅江真澄全集第一巻』1971未来社刊）

11月賢治、童話**「注文の多い料理店」「狼森と笊森、盗森」**を書く。（姉妹編：尾原昭夫『賢治童話の歌をうたう』「狼森と笊森、盗森」参照）

12月雑誌**「愛国婦人」**12月号に童話**「雪渡り〈一〉」**発表。原稿料5円。これが生前得た唯一の原稿料とされる。

「狼森と笊森、盗森」の狼森《オイノもり》

姥屋敷付近からの岩手山
（近辺に黒坂森・盗森がある）

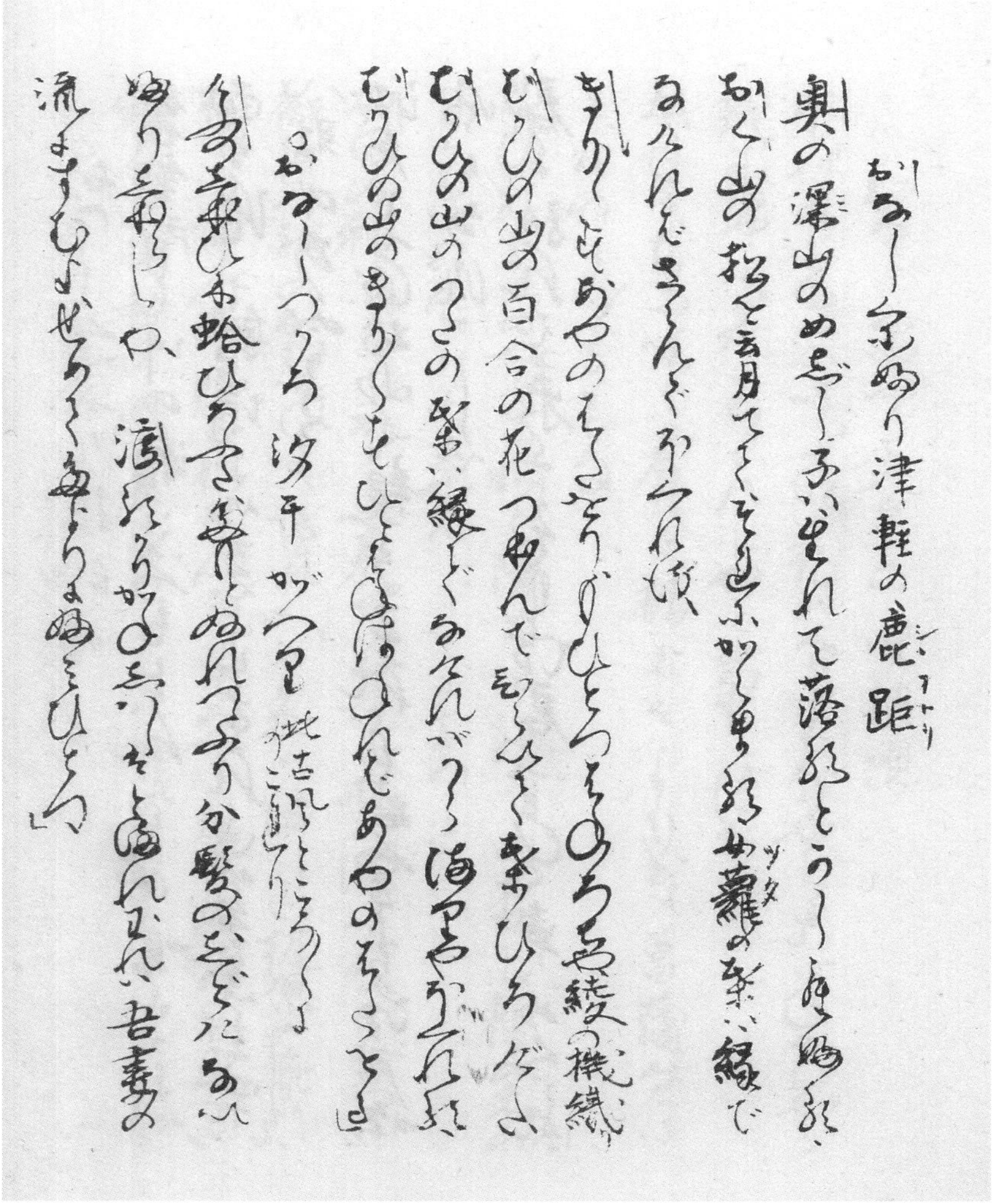

菅江真澄自筆『鄙《ひな》廼《の》一曲《ひとふし》』から津軽の鹿踊（郷土研究社 1930 影印本）

【「雪渡り」のわらべうた】

「雪渡り」では、わらべうた**「堅雪かんこ、しみ雪しんこ。」**で始まり、主人公の〈四郎〉と〈かん子〉の名前もそこからとる。それがまるで変奏曲のテーマとなり、全編にわたってさまざまに形を変えてうたわれ、童話全体を支えている。賢治はのちに大正15年（1926）の**岩手国民高等学校開校**の時の講座「**農民芸術**」のなかで**岩手県の童歌**として「**かた雪かんこ凍み雪しんこ　しもどの子ぁ嫁いほしいほしい**　（堅雪渡）」と紹介している。

その根拠となったと思われるのが、「双子の星」でも紹介した童謡研究会編『日本民謡大全』明治42年（1909）春陽堂刊の次の記載である。

陸中国、雪渡りの歌（九戸郡）

堅雪かんこ、しみ雪しんこ、しもどのこ嫁ァほしいほしい。

同類の「雪渡り」のわらべうたの譜例を『東北民謡集　岩手県』1967日本放送協会刊の武田忠一郎採譜と『青森のわらべ歌』1984柳原書店刊の工藤健一採譜により紹介する。（姉妹編：尾原昭夫『賢治童話の歌をうたう』「雪渡り」参照）

秋　**「蛙のゴム靴」「ひのきとひなげし」「マリヴロンと少女」**初期形執筆か（推定）。12月**「烏の北斗七星」**初稿。「アラビアンナイト」英語原書を読む。この年**「カイロ団長」「気のいい火山弾」「種山ヶ原」「よだかの星」**執筆か（推定）。（姉妹編：尾原昭夫『賢治童話の歌をうたう』「カイロ団長」「気のいい火山弾」「種山ヶ原」参照）

堅雪渡りのわらべうた

雪渡りカンコ

『東北民謡集岩手県』　花巻市大迫町地方　武田忠一郎 採譜より

かだ雪かんこ [一]

『青森のわらべ歌』　青森県三沢市　工藤健一 採譜

かだ雪かんこ [二]

『青森のわらべ歌』　青森県北津軽郡鶴田町　工藤健一 採譜

堅雪渡りのわらべうた

【「気のいい火山弾」関連〈べご〉のわらべうた】

べごべご

『日本童謡民謡曲集』
盛岡地方わらべうた　武田忠一郎 採譜

［類歌］○べいご　べいご　つんべいご　あアとのべいごに　まアけんな（遠野地方）
○べいご　べいご　赤いべいごに　負アげんな　黒いべいごに　負アげんな（同）
『東北の童謡』岩手県

注）「べご」方言ベコの濁音化。牛。「つ」は唾の意で、牛がよだれを垂らすところからか。
宮沢賢治「気のいい火山弾」に「べご」というあだ名の大きな黒石が登場する。

べごべご（盛岡地方わらべうた）

人首丸《ひとかべまる》レリーフ
人首町人首橋

種山ヶ原　遠景中央が物見山

【童話「種山ヶ原」の剣舞の歌】

童話「**種山ヶ原**」で、達二が「夏休み中で一番面白かったもの」の一つとしてあげるのは〈剣舞《けんばい》〉である。「刀がほんたうにカチカチぶつかる位」に激しく踊る剣舞には、「**ダー、ダー、ダースコ、ダー、ダー**」と表現される笛・太鼓の囃子につれてうたう歌がつく。「むかし達谷《たっこく》の悪路王、まっくらぁくらの二里の洞《ほら》、」で始まる**七五七五七五七七**の語調をもつ古調をたたえる歌で、それは前述の【鹿踊りの歌】の形式とも重なり、歌詞のうえでは共通するところがある。つづく「夜風さかまき　ひのきはみだれ」は**七七調**である。これらの歌は**詩「原体剣舞連」**（こんや異装のげん月のした）から**童話「種山ヶ原」**そして**劇「種山ヶ原の夜」**と連関して登場する。そもそもこれら一連の作品は、盛岡高等農林3年のときの大正6年8月から9月にかけて行った江刺郡地質調査で、**伊手村**・阿原山・**種山ヶ原**・物見山・米里村人首《ひとかべ》・**田原村原体**《はらたい》などを訪れたのをきっかけとする。賢治は種山ヶ原のまさに宇宙空間につながる広大な自然の息吹きにふれ、深く感動するとともに、さらに、調査がたまたま盂蘭盆の時期と重なって、山麓の村人たちの演ずる〈**上伊手剣舞**〉や〈**原体剣舞**〉を見る、まさに天の配剤というか、天運による絶好の機会を得、都会地から離れた山間の地に住む人たちが、老若つどってしっかりと守り伝える伝統の芸能、〈農民芸術〉に強烈な印象と感銘をうけたのである。それが一連の短歌、詩、童話、劇の創作へとつながっていく。そのときの賢治の詠から。

うす月に　かゞやきいでし踊り子の　異形を見れば
こゝろ泣かゆも　（上伊手剣舞連）

若者の　青仮面《めん》の下につくといき　深み行く夜を
出でし弦月　（原体剣舞連）

「剣舞の歌」の歌詞のなかの「達谷の悪路王」とは、平泉の西北にある達谷窟《たっこくのいわや》にちなむ伝説の人物。平安初期の8世紀末、坂上田村麻呂の蝦夷征討の際この窟を根城に戦ったが敗れ、その子人首丸《ひとかべまる》も種山付近に逃れ討ち死にしたと伝えられ、現奥州市の人首町、人首川の地名として名を残す。

ここで〈原体剣舞〉の芸能について概略を紹介するが、賢治の作品との関わりについては、その芸能の直接的な表現ではなく、自分自身の鹿踊りや神楽などの体験が基調にあって、そのうえに上伊手剣舞も原体剣舞もほかの鬼剣舞も、また背景の天体、気象や動植物など大自然の動向と、いろいろな要素からなる印象や想いが織り重なり、まさに〈心象スケッチ〉として賢治独自の創造の世界に昇華されていくのであって、現実の芸能の説明と賢治の作品とは必ずしも結びつかないことを理解しておかなくてはならない。

【原体剣舞について】

〈原体剣舞〉は岩手県奥州市田原地区原体に伝わる民俗芸能である。編者が平成30年（２０１８）夏にうかがった保存会事務局長、菊地隆一氏からの解説と映像や、鷹觜洋一著『岩手の民俗芸能の音楽』１９８０熊谷印刷出版部刊の解説などを総合し要点のみ記しておく。

まず剣舞の由来について、慶応元年十月の日付のある巻物によれば、釈迦の高弟、目蓮の母が餓鬼道に陥ったので天変地異が起こり、平和な世界が一変して地獄に化したといわれ、目蓮は釈迦の教えに従って先祖の供養として踊ったのが盂蘭盆であり剣舞の初めであるという。大地を強く踏んで悪霊を鎮める反閇《へんばい》の呪法と、念仏の法力を信奉する浄土信仰が結合して舞踊化したものと考えられ、初盆の家や墓地、寺などで踊る。「亡者」とされる踊り手は男児で、鶏毛の〈采《ざい》〉を頭につけ白鉢巻をしめ仮面を腰につける。腰の背後に牡丹に唐獅子を描いた大口（緒口とも）をつけ、刀と赤い布をかぶせためん棒（金剛杖）をさし、手に扇をもつ。ほかに「信坊子」（スボコ・スンボウとも）と呼ばれる男児一人が目蓮尊者とされ、黒面をかぶり軍配をもつ。また「信者」とされる女児が饅頭笠をかぶり、鉦をたたき、ササラ（編木）を鳴らして踊る。囃子方は大人で丸笠をかぶり、笛と太鼓を演奏する。

ここに地元岩手県の民俗音楽研究に多大な業績を残された鷹觜洋一氏の労作の一部、〈原体剣舞〉の採譜から「**太刀入り剣舞**」の部分を参考に掲げる。２ページ目の太鼓に、賢治作品中の dah-dah- とか、dah-sko-dah-dah を思わせるフレーズの片りんを見ることができる。

〈原体剣舞〉太刀入り剣舞より

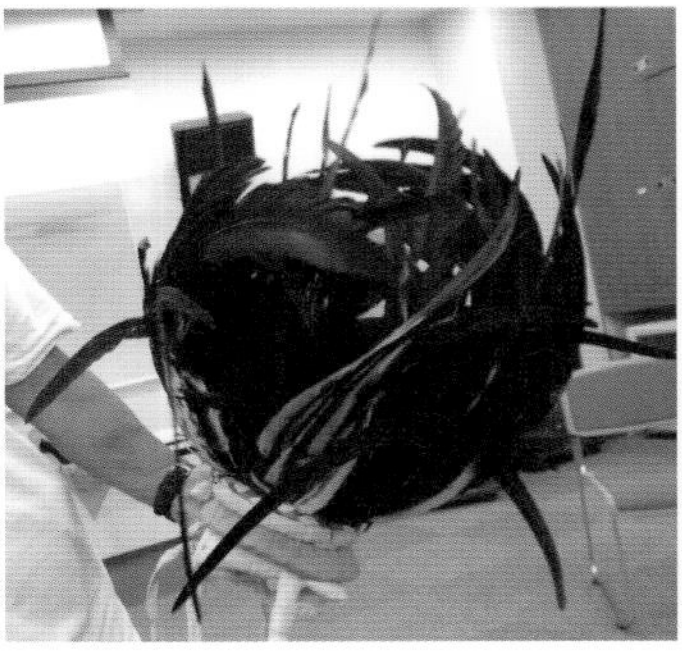

采《ざい》

緒口・太刀・めん棒

原体剣舞　　**2**

「四人ぐるい」より

注）賢治の詩「原体剣舞連」の太鼓のリズム[dah-dah] に部分的に類似する箇所。

〈原体剣舞〉太刀入り剣舞（部分）
鷹觜洋一採譜　『岩手の民俗芸能の音楽』1980 鷹觜洋一著より

【稗貫農学校教諭就任】

12月3日**稗貫郡立稗貫農学校教諭となる**。代数・農産製造・作物・化学・英語・土壌・肥料・気象、実習として水田耕作など担当。

○〈夜更けにお経〉先生は法華経信者であった。私等宿舎の床につかんとして居る時、校舎の廊下からお経を唱へがんがんと校舎にひびかす事が度々あった。又讃美歌などを歌ふ事もあった。（「ありし日の思ひ出」平来作1935『宮澤賢治研究』第三号）

この年（大正10年）3月野口雨情作詞・中山晋平作曲「**船頭小唄**」（おれは河原の枯れ芒）大流行。6月「テルテル坊主」浅原鏡村作詞・中山晋平作曲（『少女の友』）。7月「七つの子」野口雨情作詞・本居長世作曲（『金の船』）。郡立農蚕講習所、**郡立稗貫農学校**と改称。9月「赤蜻蛉」三木露風作詞・山田耕筰作曲（『樫の実』）。12月「赤い靴」野口雨情詞・本居長世曲（『小学女生』）。「青い目の人形」同（『金の船』）。**巖谷小波**〈**お伽歌劇**〉「笑い山」「五光の滝」など作り、有楽座に登場。花柳章太郎・柳永二郎ら新劇座第1回公演、岩野泡鳴「閻魔の眼玉」明治座で公演。ロシア歌劇団来日、〈蝶々夫人〉〈ラ・ボエーム〉初演。

巖谷小波著『**歌劇童謡集**』**小波お伽全集 第十二巻** 1934 吉田書店刊

花巻農学校教諭時代の生活・文化・音楽環境

大正11年（**1922**）賢治（26歳）郡立稗貫農学校教諭1年目　1月**「雪渡り　その二」**雑誌「愛国婦人」一月号に発表。**「水仙月《づき》の四日」**また、**心象スケッチ**「屈折率」「くらかけの雪」ほか書く。

【桑っこ大学】

賢治が就任した農学校のあったのは、今の総合花巻病院の地。前年の大正10年7月に、それまでの稗貫郡立農蚕講習所から稗貫郡立稗貫農学校に名称が変わっていたが、主に養蚕を教える学校で、桑畑に囲まれた校舎も小さくて古くみすぼらしいうえ、板塀をはさんで県立花巻高等女学校が隣接していたから、つい周囲からは嘲笑ぎみに「桑っこ大学」などとも呼ばれていた。女学校からは時には「アムール河の流血や」の替え歌で「桑っこ大学鍬かつぎ　ぶっかれ下駄こにバ服こ　それでも桑っこ大学と　威張ったもんだよアッハッハ」（佐藤泰平『宮澤賢治の音楽』）などとうたわれることもあったという。学校のすぐ前には岩手軽便鉄道の鳥谷《とや》ヶ崎駅があり、鳥谷崎神社の方から坂道を登るように勾配のある線路が走っており、農場は花巻城址から北上川の岸辺近くに降った地にあった。新しく農学校として生まれ変わるべく、翌年の大正12年3月に現在の若葉町、ぎんどろ公園や文化会館のある地に新築移転して県立花巻農学校に格上げされるが、賢治の最初の約1年間は、こうした環境においての勤務であった。それによって賢治が就任まもなく生徒たちのために作りうたわせた「**精神歌**」はじめ、「**黎明行進歌**」「**角礫行進歌**」「**応援歌**」などの**意味がいかなるものであったか**、より一層理解を深めることができる。また、翌年移転後の跡地には花巻共立病院が建てられ、その初代院長にのちに賢治の主治医ともなる佐藤隆房が就任することになる。

「**農業は太陽のようなもの**」「**仏教の菩薩行のようなもの**」**といった次の証言にある賢治の言葉こそが、即**「**精神歌**」**を貫く、まさに〈精神〉なのである。**

○最初に賢治先生から教えられたことは、「農」という文字の解説だったという。「農業というのは、みんなの食糧を作る尊い仕事、みんなの生命を支える尊い仕事だから、金儲けしようという欲をもたず、静かに汗を流して働くことだ。農業は太陽のようなもので、仏教で云えば菩薩行のようなものだ」と。（瀬川哲男の証言『マコトノ草ノ種マケリ　師父賢治先生回顧』）

○宮澤賢治が就任した郡立の稗貫農学校は、女学校のすぐ隣りで、板塀一枚を隔てた、桑畑の中に粗末な茅葺の校舎をもってゐた。当時、一番目の妹トシ子が女学校の英語の先生をしてゐたし、三番目の妹クニ子は女学校在学中であった。（略）夢を追ふ女学生達は、英語の読本を手に校舎をさ迷うては、塀の外の農学生を「**桑っこ**」とか「**桑っこ大学**」とさげすんで、相手にはしなかった。沢庵の漬け方は知らなくとも、西洋料理は出来るし、真赤なダリヤの花を花瓶に挿してはゐるが、稲穂に開くほの白い花には何等の関心を持たない女学生には制服もあったし、これ聴けよかしのソプラノの校歌もあったのである。（藤原草郎「宮澤賢治と女性」『新女苑』第五巻第八号）（注）「藤原草郎」は次項藤原嘉藤治《かとうじ》の筆名。

○冬の或る日、軽便列車が、傾斜の急な線路上でスリップして鳥谷ヶ崎駅に行けず、立ち往生していたんですよ。私達は蚕室からそれを見ていて、上履きのまま飛び出していきました。汽車の後押しをするためです。十人以上の生徒が後押ししたので、大した難儀もせずに鳥谷ヶ崎駅に押し上げることができました。（小原武治の証言『マコトノ草ノ種マケリ　師父賢治先生回顧』）

【藤原嘉藤治と親交】

花巻高等女学校音楽担当教諭、**藤原嘉藤治《かとうじ》**と親交を結ぶ。

○宮沢賢治が、詩人兼専門の科学者になったら、もっと別な宮沢賢治になったのではなかったか。何にでも、ひたむきになれる人だったから、**専門の科学者にならず、花巻農学校の教師になったことが、もっともよい道をえらんだのではなかったかと思う**。賢治が、**子供好きだ**という**こ**の根本には、賢治本人が、「**幼童性**」**を精神と性格の中に持ち**、おとなになっても、全くうしなうことがなかったからだ。賢治と同年で、ユーモアに富んだ音楽教師藤原嘉藤治が、県立花巻高等女学校の教師をしていたということは、賢治にとっては、いま私たちが考えるよりも、はるかに「重大な」ことだったと思う。賢治にとって、唯一無二の親友、**嘉藤治は、専門の音楽家であることのほかに、詩人でユーモリストで、善良で、愉快この上ない人物だ**ということだった。嘉藤治が、あのとき花巻におらなかったら、青年から壮年期の大事な時代の賢治が、どんなにかさびしいことだったろうかと、つくづく思う。（森荘已池『森荘已池ノート』）

【「精神歌」「応援歌」ほかを作る】

2月「精神歌」作詞。「**日ハ君臨シカガヤキハ　白金ノアメソソギタリ　ワレラハ黒キツチニ俯シ　マコトノクサノタネマケリ**」　3月川村悟郎「精神歌」作曲。川村は同僚堀籠文之進と盛岡高農の同期で当時学生。ヴァイオリンが得意。以下に「精神歌」作曲当時の証言をまとめる。

○川村さんが盛岡から帰って、賢治さんと二人で、ああでもない、こうでもないと作曲しておりました。（略）曲ができ上りますと放課後、音楽の好きな生徒をのこして歌わせました。畠山校長（注、畠山栄一郎。賢治を農学校教諭に迎えたいといってきた人。）もいい歌だと感心していました。はじめは音楽好きのグループの生徒たちだけで練習していましたが、三月の式に間に合うように全部の生徒に歌わせ、卒業式にはりっぱに歌いました。校長さんは、宮澤さんに校歌にしてくれるように言いましたが、宮澤さんは遠慮ぶかい人ですから、遠慮して校歌にはしませんでした。（略）宮澤さんは応援歌、行進歌、農民歌、剣舞の歌など、どんどん作曲して生徒に歌わせましたので、学校は、すっかり変ってしまって、おどろくほどに生き生きとなってきました。（堀籠文之進談・堀尾青史『年譜宮澤賢治伝』）

○今、花巻では、朝七時になると「精神歌」のメロディーがチャイムで流されている。なお、精神歌の

日ハ君臨シ
（精 神 歌）

宮沢賢治 作詞　川村悟郎 作曲
藤原嘉藤治 採譜

注）この採譜では4/4拍子であるが、実際には6/8拍子として別記楽譜のように歌われることが多く、現在も花巻農業高等学校などに歌い継がれている。
本来は藤原嘉藤治の採譜の方が正統と考えるべきであろうが、6/8拍子には、それなりに洋々とした曲調と歌いやすいというメリットがあり、その方が優先されているということであろう。（別記移調楽譜参照）
題名は多く「精神歌」とされるが、ここではわかりやすく歌詞の歌いだしをとった。

日ハ君臨シ
（精 神 歌）

宮沢賢治 作詞　川村悟郎 作曲
（沢里武治 採譜より移調）

注）藤原嘉藤治採譜では4/4拍子。しかし実際にはこのように6/8拍子で歌われることが多く、現在も花巻農業高等学校などで歌い継がれている。原曲はヘ長調で採譜されているが、音域が高く歌いにくいので、編者が１音下げ、変ホ長調の移調楽譜を示す。
題名は多く「精神歌」とされるが、ここではわかりやすく歌詞の歌いだしをとった。

「精神歌」二種　4／4拍子　6／8拍子（ちくま文庫 宮沢賢治全集3より）

楽譜は二つあって、藤原嘉藤治採譜による、四分の四拍子のものと、沢里武治の記憶に基づく八分の六拍子のものである。花巻では、後者で歌う人が多いというが、稗貫農学校の後身である県立花巻農業高校では、以前からどちらも使用されているという。

（『花農八十年史』）

○宮澤は農学校長の再三の懇望を入れて大正十年末この農学校に就任すると、翌年早々、校歌を作詞して友人に作曲を依頼し、農学生の精神昂揚につとめたのであった。当時僕はこっそりと女学校のベビーオルガンを持出して行って、校歌を教へるのに手伝った。**僕がオルガンを弾き出すと、彼は誦経で鍛へた、すばらしいバリトン**（注、男声のテノールとバスの中間）**で、生徒と一緒になって歌って、踊り出さんばかりに喜んでゐた。**「日は君臨し、輝きは、白金の雨、そそぎたり。我等は黒き土にふし、まことの草の種まけり」この校歌は、現在では「農民精神歌」として、宮澤賢治の精神を仰ぐ人々の間に盛に歌はれてゐる。（藤原草郎「宮澤賢治と女性」『新女苑』第五巻第八号）

○精神歌の指導は賢治先生が花巻高女の藤原嘉藤治教諭に依頼し、オルガンの伴奏に合わせて賢治先生が先導して唄い、生徒がそのあとに続いて唄うというやり方で、放課後何回も練習を繰り返し、生徒が歌詞を全部覚えて歌を唄えるようになったのは夏休み以降であった。（照井謹二郎『マコトノ草ノ種マケリ　師父賢治先生回顧』）

【「精神歌」は四拍子か六拍子か】

ここで「**精神歌**」の楽譜に**四分の四拍子**と**八分の六拍子**の二様あるのが問題となる。事の起こりは作曲者の川村悟郎がしっかりと五線譜に書き残さなかったため。ここでその経過を簡単にたどってみよう。作曲の過程で川村と賢治が二人でともに歌いながら作っていたという証言もあり、賢治は当初から曲についても深く関わっていた。二人の間で決定版に仕上がると、その歌を聴いて音楽専門家の藤原嘉藤治が五線譜に四拍子で採譜し、即農学校生徒に教えた。一方で賢治は教え子の沢里武治にオルガンを奏かせつつ歌うときは六拍子であった。その間に作曲者の川村自身は一切立ち会わず、その指示が得られない以上、作曲の過程を考えれば賢治の歌う方が本来の拍子ではなかったか。それに曲の構造上全体のリズム・パターンが同じ流れで推移し、どこにも四拍子として確定するような小節がないことも、どちらかというと六拍子の方が本流と思わせる。また、四拍子の方は格式ばってリズムがとりにくいのに対し、六拍子は流麗でうたいやすいということもあろうと思う。こうしたところに、四拍子よりも六拍子の方が多く歌われる理由があるというのが編者の個人的な感想である。

「黎明行進歌」（原曲は一高寮歌「紫淡くたそがるる」明治41）**「蛇紋山地の赤きそら　雲すみやかに過ぎ行きて　夢死《むし》とわらわん田園の　黎明いまは果てんとす」**。**「角礫行進歌」**（原曲はグノー作曲歌劇『ファウスト』から「兵士の合唱」）**「氷霧はそらに鎖し　落葉《ラー》松《チ》も黒くすがれ　稜礫のあれつちを　壊《やぶ》りてわれらはきたりぬ」**。**「応援歌」**（宮澤賢治作詞・作曲）を作る。「行進歌」２曲のように、寮歌などの譜を借りて校歌や応援歌を作ることは当時は珍しいことではなかった。**「応援歌」〈バルコクバラゲ〉**は劇**「種山ヶ原の夜」**に登場する。（姉妹書：尾原昭夫『賢治童話の歌をうたう』劇「種山ヶ原の夜」参照）

次の教え子の回顧など、若き賢治先生の生きざまを目の当たりにするようでじつにほほえましい。

○放課後、生徒達が講堂の濡れ縁に腰掛けて雑談していると、賢治先生が講堂に入ってきて、張りのあるいい声で、講堂をゆっくり回りながら歌を歌った。誰かに聞かせようという歌いかたではなく、一人興じて歌い、気がすむと出ていくのである。生徒たちは、「今日も先生歌っているな」と聞き流していたという。太田代（太田代久穂）は、二年生のときに応援団リーダーとなり、賢治先生のつくった「応援歌」「黎明行進歌」「角礫行進歌」を（略）声の続くかぎり、大声で歌ったものです。（『マコトノ草ノ種マケリ　師父賢治先生回顧』）

黎明行進歌

宮沢賢治 作詞　原曲 一高寮歌

じゃ ー も ん さ ん ち の あ か き そ ら
さ ー び し い つ か の き ん の か ま
く も す み や ー か に す ぎ ゆ き て
か の さ ん りょ う ー に お ち ゆ き て
む ー し と わ ら わ ん で ん え ん の
わ れ ら が す ー き の さ ん て ん と
れ い め い い ま は は て ー ん と す
あ さ ひ の さ け は ち に ー み て り

注）原曲は一高（東京の旧制第一高等学校）の寮歌「紫淡くたそがるる」の旋律。
この旋律は歌詞・旋律ともに変えて軍歌にも歌われた。

「黎明行進歌」ちくま文庫『宮沢賢治全集』3より

角礫行進歌

宮沢賢治 作詞　グノー 原曲
歌劇『ファウスト』「兵士の合唱」より
佐藤泰平 採譜

「角礫行進歌」『宮沢賢治の音楽』佐藤泰平 1995 筑摩書房より

4月童話**「山男の四月」**、詩「春と修羅」。5月この頃**「イーハトーボ農学校の春」**（推定）。（姉妹書：尾原昭夫『賢治童話の歌をうたう』「イーハトーボ農学校の春」参照）詩「**小岩井農場**」。「聞け万国の労働者」大場勇詞（「アムール河の流血や」旋律）メーデー初登場。

【月光の下乱舞する】

○（生徒の柏田正一はいう）生徒はまた、このいつもにこにこしている先生が、いろいろ妙なことをするのを見た。月光をあびて光るすすきのなかを泳ぎまわったり、鳥や花といっしょにおどったり、レコードをかけてむちゅうにダンスをしたり、歩きながら首からつるしたペンシルでいそがしくノートをする。（堀尾青史『年譜宮澤賢治伝』）

○或る時、農学校が、稗貫農学校の旧校舎から、新校舎に移った当時のことで、広い校舎の一隅には新しい鋸屑が沢山取残されてあった。宿直の当夜生徒の消灯後無聊のためか、一台の蓄音機を校庭に持ち出し、レコードをかけ、流る、月の光りは彼にとっては恵まれた夜である。突然両手を羽搏き、レコードの調子に合はせて、**或は跳躍し、或は飛踊し、昂じて殆んど狂踏乱舞となり、思ふまゝに四肢を高く強く振って躍ってゐる**、彼はレコードに合ふやうな踊りを知って躍ってゐるのでない、殆んど無軌道的である、児戯と言へば児戯である、漸々終った時、彼は斯ういふのである。レコードから流れる韻律の波は静かな周囲の空気をゆるく動かしてゐる、それに誘はれて躍った、そして**その目的は作詩のためである、詩の韻律、人間の呼吸や脈拍や、その他の生理的の韻律と、非常に深い関係を持ってゐるからである、躍る恰好の善悪は問題でなく、只身体に韻律の訓練を与へたいためであるといふていた**。（白藤慈秀「宮澤賢治の生活諸相」『宮澤賢治研究』初版1939）

【魂の眼と耳】

花巻農学校の同僚、白藤慈秀による手記「宮澤賢治の生活諸相」などによれば、賢治は白藤に次のような奇怪な話をしたという。たんぼの畦の隅に一本松や杉、あるいは石が置かれてあるとすると、それは単なる松でも石でもなく、そこは昔の人畜類の埋葬の碑にちがいない。そこに座って瞑想にふけると微かなうめき声が聞こえて来る。それは餓鬼の声であって、その後必ず法華経の一節を誦読し、供養してその場を立ち去ると。また、小岩井農場のようなだだっ広い野原の暗い夜道を夜通し歩いて疲れきったときなどに「天上から、えもいわれぬ音楽が聞こえてくる」とか、「紫・青・赤・黄などいろいろな色の美しい天地が見えてくる」などともいう。

　ここで編者は、賢治が日々唱誦してやまなかった**『法華経』如来寿量品第十六の偈《げ》**の一節を想起する。賢治自身つねに座右においていた島地大等の和訳から次に抄出する。（注）「偈」は仏教の真理を韻文の形で述べたもの、多く四句をつらねる。

「衆生劫尽きて　大火に焼かるると見る時も　我が此の土《ど》は安穏にして　天人常に充満せり　園林諸《おんりんもろもろ》の堂閣種種の宝をもって荘厳《しょうごん》し　宝樹華果《ほうじゅけか》多くして　衆生の遊楽《ゆらく》する所なり　諸天天鼓《てんく》を撃ちて　常に衆《もろもろ》の伎楽を作《な》し　曼荼羅華《まんだらげ》を雨《ふ》して　仏及び大衆《だいしゅ》に散ず」

（島地大等著『漢和対照　妙法蓮華経』明治書院刊）

　賢治には一般の人間にはおよそ感じ得ない、幻視・幻聴といった現象に近いものを感得する特殊な能力が備わっていたらしい。それに近いことは次項に記すように音楽を聴くときにも起こり得ることで、のちに親友の藤原嘉藤治とレコード・コンサートを催す際に、賢治が独特の主観的具体的な解説をするのに、藤原は逆にクラシック音楽を形式など客観的聴き方で楽しむプロ的立場から反対し、口論となって席を立つといったこともあったことと通じる。賢治には並みの人間にはない魂の眼と耳の独自の感覚があったというよりほかないのではなかろうか。

【レコード収集とコンサート】

この頃より**レコード収集開始**。幼少時代、祖父喜助の好んだ義太夫のレコードを聞いたが、西洋音楽のレコードを聞いたのは一九一八（大正七）年ごろ、従弟の岩田豊蔵（注、父政次郎の妹ヤスの子で、この年1月賢治の妹シゲと結婚）所蔵のモーツァルト「フィガロの結婚」、作曲者不詳「**スイミング・ワルツ**」などで、ヴェルディ「アイーダ」は気に入ったか借りていき、返してくれたときはすり切れてガスガスと鳴る始末であったという。農学校教諭となった一九二二（大正一一）年春ころからレコードを買いはじめ、やがて花巻随一のコレクターとなった。（新校本宮沢賢治全集：年譜）

○賢治の音楽鑑賞法は視覚型絵画的である。教え子が遊びにいくと、よくレコードをかけて、「どんな情景ですかいってください」ときく。自分でも、「ほら、風が吹いているところだ。ここは海岸だ。今、西洋婦人のボンネットの孔雀の羽がふさふさゆれている」などという。幻覚がすぐ浮かぶのである。

○あるときはベートーヴェン百年祭と称してレコード・コンサートをひらいた。英国盤の「月光」や「運命」をきいたとき、「この大空からいちめんに降りそそぐ億千の光の征矢はどうだ」（月光）「くりかえしくりかえしわれらを訪れる運命の表現のすばらしさ。おれもぜひともこういうものを書かねばならない」（運命）といった。（堀尾青史『年譜宮澤賢治伝』）

上記のレコードのうち、作曲者不詳の「**スイミング・ワルツ**」は、よほど賢治のお気に入りの曲と思われ、「**イギリス海岸**」で口笛で吹いたり、**劇『饑餓陣営』**で「**一時半なのにどうしたのだろう**」「**糧食はなし四月の寒さ**」など劇中歌としても旋律を作品に取り込んでいることに注目しておきたい。

6月作詞した「**青い槍の葉**」（作曲者不詳）を労働歌として生徒に歌わせる。この旋律は賢治の歌としては珍しい流行歌調。しかし、原曲が何かは未詳。**コ**

ミックオペレット「生産体操」（のち**「饑餓陣営」**と改題）を書く。浅草オペラで人気の**「ブン大将」**の影響をうけた作品。7月妹トシを下根子桜の別宅へ移す。8月生徒たちと北上川小舟渡の岸辺から偶蹄類の足跡やクルミの化石を発掘。その地層がドーバー海峡のものと似ていたため**〈イギリス海岸〉**と愛称する。**「イギリス海岸」**を書く（末尾日付から推定）。なお、現在では上流ダムからの流出量の安定、川床の低下などのため、川底の岩盤が見えることはめったにないという。（姉妹書：尾原昭夫『賢治童話の歌をうたう』「イギリス海岸」・劇「饑餓陣営」参照）

〈イギリス海岸〉観光案内板の一部

〈イギリス海岸〉

青い檜の葉

宮沢賢治 作詞　作曲者不祥

「青い檜の葉」佐藤泰平採譜　佐藤泰平『宮沢賢治の音楽』1995 筑摩書房より

【種山ヶ原と原体剣舞】

8月30日**種山ヶ原で野宿**。31日岩谷堂へ下り**原体村の剣舞を見る**。詩「**原体剣舞連**」（姉妹書：尾原昭夫『賢治童話の歌をうたう』「種山ヶ原」参照）。**農学校新築工事開始**。

【ユーモリストの母イチと賢治】

○〈**ユーモアの源泉は母堂**〉宮沢賢治という人は、どういう人だったんだろう（略）他人には、ほどこす一方（物心ともに）で、人からは受けない。盛岡弁でいうならば、「**カタコト**」**に一生を生きた人**、ということなのだ。カタコトという、この言葉、カタカナか、ひらがなで書けば簡単だが、さて、盛岡あたりでは、人間評価のことばとしてかなり重い言葉である。「物心ともに強固な人」と言えば、ぴったりだと思うのだが、宮沢賢治を「カタコトナヒト」とは、一面観であろう。（略）**おもしろくて、たのしくてたまらない人**なのだが、それを一番知っている人々は、花巻農学校で教わった生徒諸君だったろうと思う。宮沢家は、お父さんが、厳父というものを絵か彫刻にでもしたようなお方であったが、**お母さんが、底知れないようなユーモリスト**であった。このお母さんのユーモラスなお人柄が、宮沢賢治にそっくり遺伝したものではないかということである。**あんなに面白い童話の主調であるユーモアの源泉は、母堂だったのだ**と思う。（森荘已池『森荘已池ノート』）

○杉木立の闇の中で先生がどこかへ行ってしまわれたので遅れた者を待っていると、傍らの杉の木からふくろうの声がして来た、突然真近くで声がしたので通行人の私達が驚いてゐると色々の鳴き声がして、やがてスルスルスルと靴ばきのまま先生が下りて来られたが先生は大変**ふくろうのまねが上手**であった。（安藤寛「銀河鉄道の夜」、池上雄三『宮沢賢治　心象スケッチを読む』）

【コミックオペレット「饑餓陣営」】

9月農学校で**「饑餓陣営」**を上演。（姉妹書：尾原昭夫『賢治童話の歌をうたう』劇「饑餓陣営」参照）

○賢治先生は、午後雨が降って実習ができない時間を活用し、劇「饑餓陣営」の指導をやるようになった。最初は雨の日の実習時間だけ行っていた練習も、回を重ねるに伴い、放課後継続して行うようになり、九月には校内発表を開いて練習の成果を披露したのである。（照井謹二郎『マコトノ草ノ種マケリ　師父賢治先生回顧』）

○賢治の演劇熱は、高農時代から見られ、記念祭などには自作のファース（編者注、ファルス farce 仏語。笑劇。卑俗な滑稽さや快活な風刺を特徴とする。）などを寄宿舎の室の者にやらせたが、こうしたコミック・オペレッタは田谷力三などの浅草オペラから学んだようである。先に妹トシの看病で上京したときも前年無断上京したときも、芝居好きだからけっこうひまをみつけては小屋まわりをしたようだし、現に書きつぶしの脚本もある。（略）この二つの劇は、ともに農学校の生徒が上演するにふさわしく農業技術をうまくとりいれたものだが、特に「饑餓陣営」がすぐれている。戦争否定という当時でも大変な問題が実にユーモラスにまぶされ生産と労働のよろこびに昇華されている。（堀尾青史『年譜宮澤賢治伝』）

（注）田谷力三は浅草オペラの代表的テノール歌手。三越少年音楽隊出身。デビューは大正6年（1917）ローヤル館の**「ブン大将」**のフリッツ役。浅草オペラのほとんどを「シミキン」こと清水金太郎と一緒に歌った。

○賢治は上京のたびに様々な劇場に通ったが、浅草の金龍館もその一つだった。私は、まだ若く、そして「純粋な文学」「純粋な劇」こそ至純志高のもので、猥雑なものの代表のように、曾我廼家劇を考えていたから、宮沢賢治がニコニコと嬉しそうにして、舞台正面のよい席に案内するのを、妙なことと思っていた。ところが、賢治は、ひくい声で、さりげなく、いまみている劇について説明してきかせた。

「こっけい」というものの「原型」的な演出、それを三・四回と重ねてゆくことで、遂に笑いを爆発させる、そういう喜劇の手法について、賢治は語った。（森荘已池『宮沢賢治の肖像』）

【永訣の朝】

11月27日みぞれの降る寒い朝、トシの脈拍甚だしく結滞し、急きょ主治医の来診を求める。医師より命旦夕に迫るを知らされ、蒼然として最愛の妹を見守る。いよいよ末期に近づいたとき、トシの耳元でお題目を叫び、トシは二度うなずくようにして**午後八時三十分逝く**。享年二四歳。賢治は押入れに顔を入れ「トシ子、トシ子」と号泣。亡骸の髪を火箸ですく。

詩「永訣の朝」

けふのうちに　とほくへいってしまふわたくしのいもうとよ　みぞれがふっておもてはへんに　あかるいのだ（あめゆじゆとてちてけんじや）うすあかくいつそう陰惨な雲から　みぞれはびちよびちよふつてくる（あめゆじゆとてちてけんじや）

（「**永訣の朝**」「**松の針**」「**無声慟哭**」はこの日付。以後半年は詩作途絶。）

11月29日真宗大谷派の安浄寺で葬儀。賢治は葬儀に出席せず、出棺のときに棺をかつぎ、丸い缶に遺骨半分を入れた。この遺骨はのちに国柱会に納めた。

○あの頃先生が授業中にこんな話をされたことがあった。「**夕べ亡くなった妹トシが私の前に現れて話をしたんだ**。別れる時にお経をあげたら、消えるように姿が見えなくなった」というのである。賢治先生にとって妹がかけがいのない存在だったのを考え合わせると、この話は本当だったに違いない。（照井謹二郎『マコトノ草ノ種マケリ　師父賢治先生回顧』）

童話**「貝の火」**生徒筆写、生徒に読み聞かせる。12月弟清六上京。図書館、研数学館で数学・科学を学ぶ。

この年**「雁の童子」「クンねずみ」「ペンネンネンネン**

ネン・ネネムの伝記」「よく利く薬とえらい薬」「十力の金剛石」執筆（推定）。（姉妹書：尾原昭夫『賢治童話の歌をうたう』「十力の金剛石」参照）1月絵本「**コドモノクニ**」東京社より創刊。中山晋平、北原白秋・野口雨情・西条八十・武井武雄らの作品に作曲。3月根岸大歌劇団、**ビゼー**「**カルメン**」**初演**。山田耕筰・北原白秋、雑誌「詩と音楽」創刊。国民音楽樹立運動を起こす。12月竹久夢二『あやとりかけとり』春陽堂刊。ソビエト社会主義共和国連邦成立。

大正12年（１９２３）　賢治（27歳）県立花巻農学校教諭2年目　1月上京。**同じく上京中の清六に童話原稿を「婦人画報」「月刊絵本コドモノクニ」の東京社へ相談依頼**。（不向きとして断られる）国柱会館にて国柱会田中智学作「林間の林」「凱旋の義家」「函谷関」観劇。**花巻共立病院開業**（初代院長**佐藤隆房**）。のちに佐藤院長は賢治の主治医となり親交を結ぶ。また賢治自身の設計による花壇も病院内に作られ、今もしっかり保存されている。

3月賢治、同僚堀籠文之進と一関で歌舞伎を見る。3月30日**農学校新校舎落成**。（現若葉町ぎんどろ公園の地）4月郡立稗貫農学校、**岩手県立花巻農学校に昇格改称**、新校舎に移転。

新校舎近くには、果樹園の重要性と必要性を説く賢治に、母イチの父、宮澤善治が七反歩（２１００坪、約６９００平方メートル）の土地を無償で貸与するという奉仕もあって、りっぱな果樹園ができた。その当時の〈真鍮〉という品種の梨の木が、今も奇跡的に生き、若葉町民に見守られながら実をつけているのは感動的である。この農学校もその後約半世紀、昭和44年（１９６９）に現在の花巻空港近くの葛に移転することになる。

4月～5月岩手毎日新聞に童話**「やまなし」「氷河鼠の毛皮」「シグナルとシグナレス」**発表。（姉妹書：尾原昭夫『賢治童話の歌をうたう』「シグナルとシグナレス」参照）盛岡で東京大歌舞伎観劇。金がなくなり帰途は40キロ徒歩。翌朝7時花巻に帰着、宿直室で1時間仮眠ののち教壇に立つ。5月25日**開校式記念行事**として**劇「植物医師」**（初演形）、「**饑餓陣営**」上演。

賢治設計の花壇 花巻共立病院（現総合花巻病院）

日時計花壇 ポランの広場（再現）

南斜花壇 ポランの広場（再現）

賢治ゆかりの梨の木 若葉町（ぎんどろ公園付近）

○記念として賢治は昼夜二回自作の「植物医師」「饑餓陣営」を講堂で上演した。職員会議できめたわけでもなく、いたってこういうことには自由であった。ただし経費は学校から一銭も出ないのですべて賢治の負担。（堀尾青史『年譜宮澤賢治伝』）

6月**「おきなぐさ」**執筆（推定）。7月**青森・北海道経由、樺太旅行**。8月詩**「青森挽歌」「津軽海峡」「オホーツク挽歌」**。この頃**「黒ぶだう」**執筆（推定）。**9月1日午前11時58分関東大震災により浅草オペラ壊滅**。火災や津波で9万人以上死亡。全壊消失家屋46５000戸。9月「復興節」添田さつき詞・曲。12月賢治、詩「冬と銀河鉄道」。**童話集『注文の多い料理店』**序を書く。

【『注文の多い料理店』序から】

わたしたちは、氷砂糖をほしいくらいもたないでも、きれいにすきとおった風をたべ、桃いろのうつくしい朝の日光をのむことができます。（略）これらのわたくしのおはなしは、みんな林や野はらや鉄道線路やらで、虹や月あかりからもらってきたのです。（略）なんのことだか、わけのわからないところもあるでしょうが、そんなところは、わたくしにもまた、わけがわからないのです。けれども、わたくしは、これらのちいさなものがたりの幾きれかが、おしまい、あなたのすきとおったほんとうのたべものになることを、どんなにねがうかわかりません。

この年後半**「虔十公園林」**清書、**「ビヂテリアン大祭」「フランドン農学校の豚」「土神と狐」「マグノリアの木」**執筆。**「葡萄水」**最終形成か（いずれも推定）（姉妹書：尾原昭夫『賢治童話の歌をうたう』「葡萄水」参照）。「船頭小唄」映画化（松竹蒲田）。中山晋平「波浮の港」「須坂小唄」作曲（野口雨情作詞）。「籠の鳥」千野かおる詞・鳥取春陽曲流行。

大正13年（１９２４）　賢治（28歳）県立花巻農学校教諭3年目　1月詩集『春と修羅』序を書く。

【風野又三郎・風の又三郎】

2月**「風野又三郎」**生徒に初期形筆写依頼。作品中に「どっどどどどうど」の歌や「又三郎、又三郎、どうどっと吹いで来。」**「風どうと吹いて来、豆呉《け》ら風どうと吹いで来。」**ほかのわらべうた。のちに大正15年岩手国民高等学校開校時、賢治は担当の〈農民芸術の第二回「われらの詩歌」のなかで、万葉集・古今集、そして岩手県の童歌「風どうど吹いて来　海のすみから風どうど吹いて来　豆けら風吹いて来」（たこ《こ》上の歌）と「かた雪かんこ」（堅雪渡）および三重県の民謡を紹介。（『新校本全集第十六巻上補遺・資料篇』）その根拠とも思われる資料、**『日本民謡大全』**童謡研究会編、明治42年春陽堂刊に次の記載がある。

陸中国〈凧揚の歌〉
風ァどーと吹いてこ、豆けるァ風ァどーと吹いてこ、
海の隅から風ァどーと吹いてこ。（九戸郡）

ちなみに拙著『日本のわらべうた歳事・季節歌編』文元社刊より「風の三郎」と「二百十日の祭り」の楽譜を示す。稲作にとって冷害・旱害、それに風害・水害といった自然災害は時に致命的な損害となる。なかでも立春から数えて二百十日目（9月1日頃）や二百二十日目の頃はちょうど早稲《わせ》や中稲《なかて》の開花期に当たり、そこへ台風の襲来が重なることを恐れ、古くから風の神を祀って風害を免れるよう祈る行事が各地に伝承されてきた。越後や甲斐、東北地方などでは風の神を〈風の三郎〉と称しわらべうたにもうたわれた。一方で、子どもたちにとって風の神は、凧揚げのときなど逆に強風を願う神として親しみをもつ神でもある。そうした事情が賢治の作品「風野又三郎」（のちに「風の又三郎」に改訂）の背景にあることも考えておきたい。井原西鶴著『諸艶大鑑』貞享元年（１６８４）刊にある**「江戸童風追之図」**を見ると、江戸の童たちが風の神の人形を振りかざし、鉦・太鼓を打ち鳴らして、にぎやかに大風を追い払う行事を行う姿が描かれていて、昔のしきたりの一端をうかがうことができる。

（尾原昭夫『賢治童話の歌をうたう』「風の又三郎」参照）

○新潟から東北にかけて広まる風の神（妖精）「風の三郎」伝承にちなんだもの。新潟では二百十日（九月一日）そのものを「風の三郎」と呼び、風神祭を行ったという。（略）わらべうたにもしばしば登場し、「風の三郎、信濃へ行け」（山形）、「風の三郎さん、風吹いてくやれ、くやれ」（新潟）等がある。（原子朗『宮澤賢治語彙辞典』）

「風野又三郎」には八ヶ岳や麓の野原、富士川の流れなど甲州山梨の風景が描かれている。賢治の親友保阪嘉内が好んで登った八ヶ岳には古くから風の神が住むという信仰があり、「風の三郎社」と呼ばれる小さな祠がまつられ、中学生のころの嘉内のスケッチが残っている。（『花園農村の理想をかかげて』アザリア記念会刊参照）

風の三郎

『日本のわらべうた 歳事季節歌編』

新潟県長岡市 峰村辰典採譜

かぜーの さぶろう ごーんごんと ふくな
あしたの ばんに もちついて あげろあげろ

二百十日の祭り

岩手県稗貫郡大迫町 武田忠一郎採譜

にひゃくとおかの まつりよ にしをむーいて
にひゃくとおかの かぜをば にしのほうさ
まつるよ にひゃくとおかのー まつりよ
まつるよ にひゃくとおかのー まつりよ

風のわらべうた

江戸童風追之図　井原西鶴著『諸艶大鑑』貞享元年（1684）刊

種山ヶ原からはるかに早池峰山を望む

種山ヶ原山麓旧木細工分教場校舎（映画ロケ地の一つ）

種山ヶ原の「風の又三郎」像

３月詩「**五輪峠**」「**人首町**」。農事講演打ち合わせのため、飯豊、笹間、太田の役場を回る。つば広の帽子、カーキ色の作業服、ゴムの靴、左肩を斜めに上げて右腕を大きく振って残雪を踏み歩く。時に口笛で「**精神歌**」や「**種山ヶ原**」を吹き、時に「ほうほう」と叫んで。そして出会った農民に稲作の方法を教える。（新校本全集年譜）

五輪峠の〈五輪塔〉

人首川から五輪峠方面を望む

【『春と修羅』刊行】

4月**心象スケッチ『春と修羅』**刊行、花巻の吉田印刷所に持ち込み1000部を自費出版。（定価2円40銭）発行所は東京の関根書店となっている。本は売れず、賢治もほとんどを寄贈したが、7月にダダイストの辻潤が読売新聞に連載していたエッセイで紹介。詩人の佐藤惣之助も雑誌『日本詩人』12号で、若い詩人に「宮沢君のようなオリジナリティーを持つよう」と例に挙げた。中原中也は夜店で5銭で売っていた『春と修羅』のゾッキ本を買い集め、知人に配った。

〇宮澤賢治氏『「春と修羅」この詩集はいちばん僕をおどろかした。なぜなら彼は詩壇に流布されてゐる一個の言葉も持ってゐない。彼は気象学、鉱物学、植物学、地質学で詩を書いた。奇犀、妙徹、そのるゐをみない。僕は十三年度の最大収穫とする。』（「日本詩人十二月号」**佐藤惣之助**の文から。9月29日「岩手日報」記事）

5月北海道修学旅行引率。19日「**津軽海峡**」「**函館春夜光景**」（この詩に浅草オペラの歌手田谷力三の名）4～5月童話「**黄いろのトマト**」「**紫紺染について**」「**ポランの広場**」卒業生川村俊雄に筆写させる。6・7月浅草オペラ館、森歌劇団「ジェロルスティン大公妃殿下」上演。「からたちの花」北原白秋詞・山田耕筰曲（『赤い鳥』）。

【『種山ヶ原の夜』の「牧歌」】

8月10・11日**劇**「**饑餓陣営**」「ポランの広場　第二幕」「**植物医師**」「**種山ヶ原の夜**」昼夜2回、2日間上演。最後の上演を母、妹たち、帰省中の阿部孝に見せる。上演に要した衣裳・小道具・大道具・背景其の他一切の費用は自費であった。終演後舞台道具を校庭で燃やし狂喜乱舞した。（姉妹書：尾原昭夫『賢治童話の歌をうたう』劇「種山ヶ原の夜」参照）

【「種山ヶ原の夜」の3音だけの「牧歌」】

「牧歌」はわずか3音のみの、音階からみればきわめて単純素朴な、正確にいえば未だ音階の形に至らない段階にある旋律である。ちなみに、このような5音ないし7音に満たない音数の少ない旋律を〈**エンゲメロディー**〉という。しかし、それは日本の音階を形成する基本的な部分をなす、いわば音階の卵のようなもので、［**ドレミ**］であれば**レ**が中心的役割をもつ**核音**であり、音域が広がればもう一つの**核音ラ**の間に「**ラドレミソラ**」の日本民謡の基本〈**民謡音階**〉を形成する。（小泉文夫の理論）それは子どものごく自然な発想からうたわれるわらべうたに多くうたわれることからも重要さが実証される。わずか3音といえどもあなどれない、そこに日本の民族的音感覚がひそむということ、賢治の「牧歌」の詩はもちろん、その単純素朴な旋律にも多くの人たちが共鳴する理由の一つがあることを認識しておく必要がある。ちなみに千葉瑞夫氏採譜になる紫波郡紫波町の子守唄を、3音旋律の例としてあげておく。（千葉瑞夫著『岩手のわらべ歌』柳原書店刊）

ねんねこや

紫波郡紫波町赤沢
千葉瑞夫 採譜

ねんねこやー ころこや ねんねこして おひなったら
いもコほどコ ほってけで にだりやいだり あげーましょう

注）千葉瑞夫著『岩手のわらべ歌』日本わらべ歌全集（柳原書店刊）より
ドレミの3音構成は賢治の「牧歌」に共通する。

「ねんねこや」３音の子守唄

○四作のレパートリーのなかで一番私の気にいったのは夢幻劇と銘打った「種山ヶ原の夜」であった。ところで夢の場面で主人公がうたういくつかの歌のなかに「夜風とどろきひのきはみだれ……」にはじまり、[dah-dah-dah-dah-dah-sko-dah-dah]と勇ましい太鼓のリズムのリフレーンのはいるとても格調の高いあの歌（剣舞の歌）もまじっていた。私はそのとき、**農学校の生徒にはずいぶん声のいい子がいるものだと思いながら**、その歌を聞いていたのだが、**じつはそれをうたったのは**、**舞台上手の袖の陰に隠れていた演出者の賢治自身で**、**舞台の役者は**、**ただ口をぱくぱく動かしていただけだ**ということを後で種明かしされて、私はおもわずあっとおどろきの声をあげた。（阿部孝「四次元」第二〇〇号）

○喜助は授業の内容は殆ど覚えていないというが、牧歌だけは妙に覚えていた。種山ヶ原の雲の中で刈った草は　どこさが置いたか忘れた　雨ぁふる　この歌は、授業時間中に教わったという。先生は、生徒が授業に飽きた頃合いを見計らって、自作の歌や童話を読んで聞かせたというのだ。「星めぐりの歌」は、岩手登山の時に、「元気が出るからみんなで歌おう」と言って教えてくれたという。（大内喜助『マコトノ草ノ種マケリ　師父賢治先生回顧』）

【尾崎喜八の「牧歌」評】

○宮澤賢治君はあくまでもその郷土と民衆との詩人だった。種山ヶ原の草に寄せた彼の「牧歌」には、奥羽地方の古代民謡の豪壮な哀調が流れてゐながら、また夏の白雲の通る早池峰の残丘（モナドノック）を思はせるものがある。詩人として彼は最もよくその郷土の真実を歌った。そして宮澤君を通して既に馴染になった土地を訪れて其処の人々に会ひ、その山地や段丘をさまよひ、雲の中に刈り忘れられた草を発見して彼の俤を想ひたいといふ事は今や私の念願となってゐる。（尾崎喜八「雲の中で刈った草」『宮沢賢治追悼』１９３４）

8月初旬、**イギリス海岸近くで水泳中、平来作が溺れ失神。他の生徒らと共に救助。**

９月17日文部大臣、学校劇禁止令。12月１日弟清六、弘前歩兵連隊に入隊。

【『注文の多い料理店』刊行】

12月１日イーハトブ童話『注文の多い料理店』刊行。発行者近森善一、発行所盛岡市杜稜出版部、東京巣鴨東京光原社。挿絵装丁菊池武雄。（定価１円60銭。自費出版１千部）。本は全く売れず、賢治は父から３００円を借りて２００部買い取る。挿絵を担当した菊池武雄は『赤い鳥』主宰の鈴木三重吉に「タネリはたしかにいちにち噛んでいたようだった」を送ったが返された。しかし年明けて１月、鈴木三重吉の厚意で無料で『赤い鳥』に『注文の多い料理店』の一頁広告が掲載された。ただ、鈴木は「子供のよみものとしては、『赤い鳥』には、向かない」と評したとも伝えられている。この年**「毒もみのすきな署長さん」「祭の晩」「タネリはたしかにいちにち噛んでいたようだった」**執筆（推定）。（姉妹編：尾原昭夫『賢治童話の歌をうたう』「タネリはたしかにいちにち噛んでいたようだった」参照）

『注文の多い料理店』大正13年刊（復刻　日本近代文学館）

この年中山晋平「コドモノクニ」1月号に「あの町この町」、5月号に「兎のダンス」発表。築地小劇場創立。新劇、近代劇・現代劇へ。東京音楽学校、ベートーヴェン〈第九〉初演。帝国キネマ「籠の鳥」封切・上映。以後小唄映画流行。〈新日本音楽〉運動、宮城道雄、中尾都山、町田嘉章、田邊尚雄、本居長世ら。

大正14年（1925） **賢治（29歳）県立花巻農学校教諭4年目** 1月三陸地方一人旅。「**赤い鳥**」に『**注文の多い料理店**』の一頁広告載る。「金の星」1月号に野口雨情「証城寺の狸囃」発表。中里介山「**大菩薩峠**」。（賢治のちに同名の歌を作詞）2月賢治、詩誌「貌」編集発行人**森佐一**（**筆名は荘己池**）との交渉始まる。3月「雨降りお月さん」野口雨情詞・中山晋平曲（『コドモノクニ』）。山田耕筰、日本交響楽協会設立。第1回日響定期公演。日露交歓交響管弦楽演奏会、歌舞伎座。新橋演舞場開場。**東京放送局ラジオ本放送開始**。ニュース・邦楽・歌曲・天気予報など。

【農学校に音楽団を結成】

4月賢治、前年の大正13年10月の学校劇禁止令により、農学校に情操教育として**音楽団を結成**。ヴァイオリン、シロフォン、明笛、琴、金笛、セロ、オルガン、ハーモニカ、口笛などを生徒分担。

○音楽団が作られてから、学校はひとしお明るくなり、一日一日がまことに楽しかったものです。楽団に入らぬ者は聞き手にまわり、楽団の者は熱心に練習するので、校内の空気が一変したように感じられました。宮沢先生も非常にその結果のよかったことを喜ばれましたが、楽団が出来たために実習や学科をおろそかにするということは、許されませんでした。（略）「春はまだきの朱雲を……」（「種山ヶ原」）の節などは、よほどお好きだったとみえて、たびたび合奏したものであります。この曲は、ドボルシャックの新世界交響曲の第二楽章からお取りになったもののです。先生は、メロディックなきれいな節まわしのものを、お好きのようでした。ある日、この曲を、フルートとクラリネット、それに大内君の口笛を入れ、木琴をたたいて合奏した時の楽しさは、また格別なものでした。（沢里武治氏聞書・関登久也『宮澤賢治物語』）

【〈本統の百姓〉になる決意】

4月13日付樺太、杉山芳松宛書簡に「**わたくしもいつまでも中ぶらりんの教師など生温いことをしてゐるわけに行きませんから多分は来春はやめてもう本統の百姓になります。**そして小さな農民劇団を利害なしに創ったりしたいと思ふのです。」5月詩誌「貌」編集発行人で盛岡中学五年の森佐一と小岩井駅から岩手山へ。寒さに震え岩手山神社柳沢社務所の小屋に泊まる。6月25日、**保阪嘉内**「**来春はわたくしも教師をやめて本統の百姓になって働きます。**」7月18日森佐一編集発行の詩誌「貌」創刊。7月草野心平からの同人誌「銅鑼」同人勧誘に応じる。このころから、**チェロ、オルガンの独習**をはじめる。8月**早池峰山登山**、**河原坊に野宿**。この年頃**「紫紺染について」**清書（推定）。

9月『世界童話大系第十巻印度篇』**ヂャータカ・パンチャタントラ** 松村武雄訳、同大系刊行会刊。11月花巻農学校校長**畠山栄一郎**、福島県立東白河農蚕学校校長へ転ずる。賢治、**岩手国民高等学校講師を嘱託される**。東北大学地質古生物学教室、早坂一郎助教授を案内、北上川小舟渡でバタグルミの化石を採集、学界に貢献。

羅須地人協会時代の生活・文化・音楽環境

大正15年（**昭和元年**）（**1926**） **賢治**（**30歳**）（**花巻農学校退職・羅須地人協会発足**）

1月童話**「オツベルと象」**「月曜」創刊号に発表。（「オッベル」と誤植されてきたが、校本全集以後発表時に合わせ「オツベル」とされる）。

【岩手国民高等学校「農民芸術」講義】

岩手国民高等学校開校。生徒は各町村役場から推薦された者で、篤農家、青年団活動に熱心な人々。平来作、菊池信一のように昨年農学校を卒業した者もいた。主事は県社会教育主事高野一司。**賢治「農民芸術」**担当、3月末まで11回。第一回「トルストイの芸術批評」。第二回「われらの詩歌」万葉集・古今集、岩手県の童歌（民謡） **風どうど吹いて来《こ》 海のすみから風どうど吹いて来 豆けら風吹いて来** （**たこ上の歌**） **かた雪かんこ凍み雪しんこ しもどの子ぁ嫁いほしいほしい**（**堅雪渡**）、三重県の民謡紹介。（注、『日本民謡大全』童謡研究会編、明治42年（1909）春陽堂刊記載のわらべうた関連。「風野又三郎」の項参照）第三回「稲作に関する詩歌」、第四回「稲の露」稲と水分（降雨）の関係、第五回「宅地設計」農家の構造と設計。第六回**『農民芸術概論』**において「農民と云はず地人と称し、芸術と云はず創造と云ひ度い」とし、「我等は一緒に之から何を論ずるか」を講じ、**「世界がぜんたい幸福にならないうちは、個人の幸福はあり得ない。」**と述べる。第七回では**「われらは世界のまことの幸福を索ねやう。求道すでに道である。」**として、「その道は仏教でいう菩薩行より外にない」と論ずる。第八回「農民芸術興隆」「農民芸術の本質」、第九回「農民芸術の分野」、第一〇回「農民芸術の主義」「農民芸術の製作」、第一一回「農民芸術の批評」（「農民芸術概論綱要」参照）。

2月**「ざしき童子《ぼっこ》のはなし」**発表（「月曜」二月号）。（姉妹編：尾原昭夫『賢治童話の歌をうたう』「ざしき童子のはなし」参照）3月「寓話 **猫の事務所**」発表（「月曜」三月号）。農学校にて「**ベートーヴェン一〇〇年祭レコードコンサート**」。

【県立花巻農学校退職　農民生活へ】

3月31日花巻農学校退職。４月賢治、実家を出て下根子桜の別宅で独居自炊生活に入る。賢治が岩手日報に語った記事**「花巻で耕作にも従事し、生活即ち芸術の生がいを送りたいものです。そこで幻灯会の如きは毎週のやうに開催し、レコードコンサートも月一回位催したいと思ってゐます。幸い同志の方二十名ばかりありますので、自分が額に汗した努力で作り上げた農作物の物々交換を行い、静かな生活を続けて行く考えです。」毎週火曜日音楽練習。**５月レコード・コンサート。土曜日の晩は近所の子どもに童話を読み聞かせる子ども会などの活動開始。清六、従来の古着、質商をやめ、宮澤商店開業。建築材料・モートル・ラジオなどを扱う。

○**「生徒には農村に帰って立派な農民になれと教えていながら、自分は安閑として月給を取っていることは心苦しいことだ。自分も口だけでなく農民と一しょに土を掘ろう。」**というのが、彼の性格として当然であったろうと私には思われる。（宮澤清六『兄のトランク』）

○フリュート・セロ・オルガン・クラリネット・ヴァイオリン等を雪に埋もれたあの家で、夜の十一時過ぎまでも鳴らしたり、又語り合ったりしたものです。（高橋慶吾「賢治先生」『イーハトーヴォ』創刊号１９３９）

○練習の曲に**「太湖船」**があったという。（関登久也『賢治随聞』）

『支那名曲集』大正 14 年
シンホニー楽譜出版社

「太湖船」

賢治の旧居・羅須地人協会（現花巻農業高校内に再建）

旧居内集会室

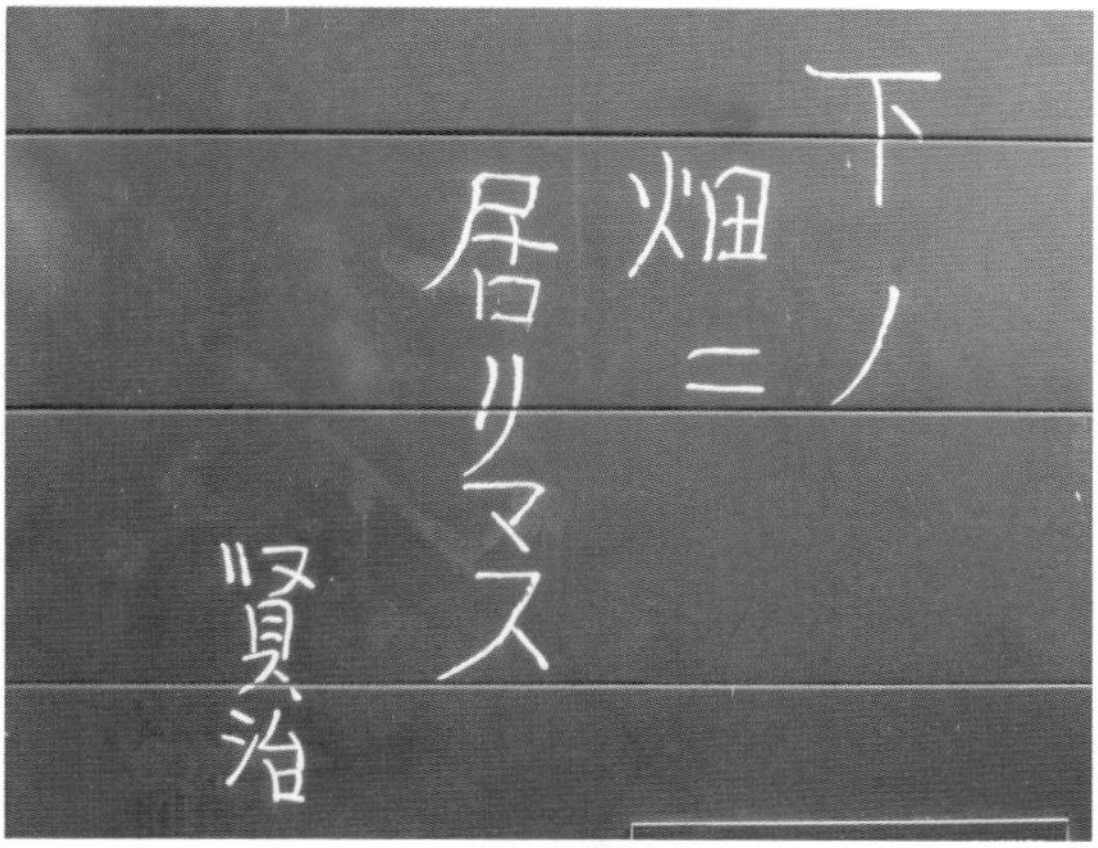

旧居入口の板書

桜の旧居跡から見る下の畑（中央部、北上川岸手前）

6月「**農民芸術概論綱要**」を書く。

おれたちはみな農民である　もっと明るく生き生きと生活する道を見付けたい（略）

世界がぜんたい幸福にならないうちは個人の幸福はあり得ない（略）

正しく強く生きるとは銀河系を自らの中に意識してこれに応じて行くことである

われらは世界のまことの幸福を索ねよう　求道すでに道である

訪ねてきた教え子菊池信一に「最初の日はやっと二坪ばかり、その次の日も二坪ちょっとばかり、何せ竹藪でね、夕方には腕はジンジン痛む、しかし、今では十坪位は楽ですよ、体も慣れてもうなんともない。」と開墾の模様を語り、冷たいご飯に汁をかけ、沢庵をかじりあった。開墾地は北上川の岸近い沖積土の、いわゆる砂畑二反四畝歩（約二四〇〇平方メートル）ほど。結球白菜・トウモロコシ・ジャガイモ・トマトなどを育て、チューリップを咲かせ、畑のふちはアスパラガスで緑の煙のように巻いた。

【羅須地人協会創立と活動】

8月23日、旧暦七月十六日お盆の中日、この日をもって下根子桜（現花巻市桜町）に**羅須地人協会創立**。**無料肥料設計、講演など開始**。天候不順のため稲作指導に東奔西走する。自身が開墾した畑では、当時としては珍しい白菜やトマト、セロリなどの野菜や、ヒヤシンスやポピーなどの園芸作物も栽培した。10月労働農民党稗和支部が花巻に発足する際、賢治は陰で支援した。

○先生は殆ど毎晩のやうにオルガンを弾きセロを弾いてゐた。突然夜中の一時か二時頃林を通して聞えてくる事もあった。私達は毎週火曜日の夜集って練習を続けたのである。林の中の一軒家で崖の上のある先生の家の周囲には松や杉や栗の木やいろいろの雑木が生へて時々夜烏が羽ばたいたり窓に突あたったりして吾々を驚かしたものである。（伊藤克己「先生と私達」『宮澤賢治研究』１９３９）

○その頃いつも土曜日の晩近所の子供達を集めて童話を聞かせてゐたのである。（同）

○村の人達を集めて色々と農業教育をなさったのであった。私等も四人の友人をつれて二里半も歩いて教はったものである。二十人ばかりの生徒で老人や私等若い者であった。冬の寒い時であったから、室に大きな木の火鉢や小さな金の火鉢などに火をたいて室の中をあたゝめたのであった。又生徒等には誰かに頼んで作ったものか、シベ（藁で作ったスリッパである）をはかせて足をあたゝめたものであった。室の三方、西北、東には学校で演出した当時の背景を張り（十尺も高い所から）一尺ばかりづつはなして火縄をさげたのであった。先生は「この火縄をつるすと夜になると奥床しく見えてなんともいはれない気持ちになりますよ」と云はれた事がある。室にはまるい椅子を沢山置きみんなはこれに腰をかけて先生のお話を聞いたものだ。（平来作「ありし日の思ひ出」『宮澤賢治研究』１９３５）

○その年は天候があまりよい年ではなく、海水低温、風害旱害が相当にあり、八月は颱風のため水稲の倒伏もあったが、賢治の教えた所は仲々成績がよかったので、翌年六月までに二千枚の設計を行ったと言われている。私がいまも目に見えるようなのは、八月になると空の模様ばかり気にしていて、「困ったなあ。暑くならないかなあ。」といっていた兄の顔である。（宮澤清六『兄のトランク』）

○〔**一人前の百姓**〕賢治さんはよほど疲れていたと見えて、オルガンに寄りかかって眠っていました。暑い時でしたから網のシャツ一枚にカーキ色のズボンをつけ、穴の大きくあいた薄汚れた靴下を、踵の所を前向けに履いていました。腕には蚋《ぶよ》に食われた後が一面にぶつぶつと赤く腫れあがって見えています。片方の足首には鍬か何かで痛めたような大きな傷がパックリと口を開けています。その囲りはヨードチンキを塗ったと見えて黄色くなっていました。学校にいた頃の先生とは、余りに違うひどい有様なので、菊池君はただ胸を打たれました。やがて目を覚まされたので、菊池君も家に上がって行って「先生。随分ひどうがすべ」と言いますと「最近は大分よくなった。初めは一日かかっても二坪の開墾がやっとのことで、そのくせ身体が痛んで困ったよ。だが今ではその三倍も開墾が出来るし、書くほうも前の生活の頃よりもうんと書ける。**お陰でおれも一人前の百姓になれそうだ**」と言って、ニコニコしていました。（佐藤隆房『宮沢賢治―素顔のわが友』）

11月アメリカ留学から帰朝した小菅健吉が母校へ帰国報告に赴き、帰途旧交を温めるべく立ち寄り一泊した際、小菅に「**世界の人に解ってもらうようエスペラントで発表するため、その勉強をしている**」と言ったという。（新校本全集・年譜）エスペラントは、習得が容易な人工語としてポーランドで誕生。当時の日本では新渡戸稲造や柳田國男らが国際語として普及する運動の先頭に立っていた。

【チェロを持ち上京】

賢治、12月3日チェロを持ち上京（29日まで滞在）。上野の帝国図書館に通い、神田美土代町のＹＭＣＡタイピスト学校、数寄屋橋そばの**新交響楽協会でオルガンを習い、大津三郎に3日間チェロを習い**（調布の自宅で朝六時半から八時半）、また丸ビル八階の旭光社で**エスペラント**も習った。高村光太郎を訪問。その間築地小劇場の芝居を二度見たうえ、歌舞伎座の立ち見もした。父宛手紙に「**音楽まで余計な苦労をするとお考へでせうがこれが文学殊に詩や童話劇の詞の根底になるものでありまして、どうしても要るのであります。**（略）エスペラントとタイプライターとオルガンと図書館と言語の記録と築地小劇場も二度見ましたし歌舞伎座の立見もしました。これから得た材料を私は決して無効にはいたしません。**みんな新しく構造し建築して小さいながらみんなといっしょに無上菩提に至る橋梁を架し、みなさまの御恩に報ひやうと思ひます。**」と書く。『宮澤賢治の音楽』の著者佐藤泰平氏は、この際新交響楽協会の練習を見たと推測、その経験が「セロ弾きのゴーシュ」にいかされているとする。

○「沢里君、セロを持って上京して来る。今度は俺も真剣だ、少くとも三ヶ月は滞京する、とにかく俺はやる、君もヴァイオリンを勉強してゐて呉れ。」さう言ってセロを持ち単身上京なさいました。その時花巻駅までセロを持って御見送りしたのは私一人でした。（略）セロに就いての思ひ出のうち特に貴重なものに対する如く、セロにだけは手を触れさすことはありませんでした。（「沢里武治聞書」関登久也『続宮沢賢治素描』）

【『銀河鉄道の夜』の執筆】

大正末年**「銀河鉄道の夜」**第三次稿成（推定）。「銀河鉄道の夜」初期形第二次稿では、**自作童謡「あまの川」**（大正10年1921「愛国婦人」9月号）や**讃美歌「主よみもとに」**（明治36年秋「さんびか」出版の項参照）の歌詞が登場する。「あまの川」は男の子がジョバンニの向こうの窓をのぞいて叫ぶ場面で、一部形を変えてこの童謡が登場する。「あまの川、底のすなごも見ぃえるぞ　かはらの石も見ぃえるぞ。いつまで見ても、見えないものは水ばかり。」「主よみもとに」は明治四十五年（1912）四月十五日のタイタニック号沈没の際に楽団が奏したといわれる。

昭和2年（1927）　賢治（31歳）　羅須地人協会2年目　1月「本年中セロ一週一頁　オルガン一週一課」この頃の手帳断片Aに記す。協会で定期的講義開始。2月1日付岩手日報に「農村文化の創造に努む花巻の青年有志」と紹介される。記事は活動を後押しする内容だったが、農業以外の活動に社会主義教育を疑われた賢治は花巻警察署で事情聴取される。（『啄木賢治の肖像』岩手日報社）オーケストラ一時解散。集会も不定期に。3月**金融恐慌**。3月末藤原嘉藤治と東京帝劇でのロシア歌劇団を見に行く相談。資金不足で断念、残念会を精養軒で。その時の女給と嘉藤治を賢治が結ばせる。4月花巻温泉遊園地**南斜花壇設計**。6月**「ポラーノの広場」**最終形日付（初期形第3章は大正13年8月上演）。（姉妹編：尾原昭夫『賢治童話の歌をうたう』「ポラーノの広場」参照）8月この頃花巻バプテスト教会に通うクリスチャンで小学校教員の高瀬露、協会訪問協力。賢治に恋愛感情をもったが賢治は避け続けた。（高瀬露はのちに結婚し小笠原姓に）9月日本ビクター蓄音機（株）設立。中山晋平専属契約。カーピ・イタリア・オペラ来日。ロシア歌劇団来日。初のトーキースタジオ、昭和キネマ設立。11月親友藤原嘉藤治の結婚取り仕切り、12月藤原嘉藤治と小野キコの結婚式を盛岡の白藤慈秀（花巻農学校の同僚）の寺で挙げる。賢治、盛岡中学校「校友会雑誌」一九二七年集に詩「銀河鉄道の一月」「奏鳴四一九」発表。この年「なめとこ山の熊」執筆（推定）。

【レコード・コンサートでの一こま】

○賢治さんと藤原さんとは大の仲好しで、仲好しだけに時に論争をします。音楽のことになると藤原先生の鼻息がなかなか荒くなり「大体、交響楽なんていうものは、レコードぐらい聴いたって分かるもんではないです」「いや、大体のことは分かるものさ」賢治さんは、けろりとして反駁します。フランスのドビュッシーの『海』という交響詩のレコードがかけられる時です。「通俗的でも何でも、曲に解説をつければ聴きやすいから、ひとつ解説をつけてはどうだろうね」と賢治さんが言いました。「解説なんてつけたってしょうがない。聴く人によってそれぞれ感じが違うものだし、第一そんなにはっきり解説をつけるということは、音楽の場合は間違っている」と音楽の先生は主張して譲らないのです。「いや、とにかくそんなら私がする」ということになって、賢治さんが立ち上がりました。レコードがかけられて、ドビュッシーの「海」のオーケストラが秋の夜の静けさに織り込まれて流れ出ます。「きれいなきれいな星月夜で、静まった海上に一隻の船が浮かび出たところです。乗っている漁夫が今海に入りました。次第次第に深く潜って行きます。今、水の中で漁夫はたこを捕らえました。大急ぎで上がって来ます。たこは船の上へ上げられました」そのレコードが終わると同時に藤原先生は興奮して立ち上がりました。そして賢治さんに向かって「**そんな説明をするのか、君、僕は帰る。お前とは絶交だ**」と言いすてて、どんどん出て行ってしまいました。訳を知っている人は、お腹の皮がよじれるばかりおかしかったのです。吹き出しては藤原先生にすまないと思って、前こごみになって、腹をおさえながらじっと辛抱していましたが、訳を知らない人は、あまりのけんまくにギクッとしました。藤原先生の足音が廊下に消えて行った時、側の人が「賢治さん、いいんですか」と聞きました。すると賢治さんは「なに、いいんです。絶交はもうこれで三、四回目だから」と言ったので、緊張した皆の気持ちが一時にゆるんで、どっと笑い出してしまいました。（佐藤隆房著『宮沢賢治―素顔のわが友』）（注）藤原先生のあだ名「タコ」にまつわる。

【トーキー映画とレコード界の進展】

○活動写真は、やがて映画と呼ばれる時代となり、大正中期より昭和初期にかけて、大衆娯楽として華やかな興行がうたれた。多くの作品が全国的に上映され、一時代を風靡する黄金時代もこの時である。しかし、映画は無声からトーキーになった。（略）**昭和六年、国産のトーキー映画の出現**をみるに至る。（大森盛太郎『日本の洋楽1』）

○レコード吹き込みは、ラッパの時代から昭和初期には電気吹き込みシステムに大きく変化した。その電気吹き込みにより、日本レコード界は様相を一変させる進展をみるに至った。そして、東京を中心に「コロムビア」「ビクター」「ポリドール」「キング」「帝蓄」および関西から出向く「日東」など、その作品群の一部の歌曲、流行歌、ジャズ、タンゴ、童謡などは、およそ十インチ盤を使用し一曲三分前後の演奏を基準として製作されていた。（同書）

昭和3年（1928）**賢治**（32歳）**羅須地人協会3年目**　3月石鳥谷で一週間、午前8時から午後4時まで肥料相談。6月**仙台・東京・伊豆大島旅行**（伊藤ちゑ関連）。東京では帝国図書館（15日から20日までほぼ毎日）・農林省・西ヶ原試験場等を訪れ、新橋演舞場・築地小劇場・市村座・本郷座・明治座・歌舞伎座等で観劇。８月「**ざしき童子のはなし**」に関連し佐々木喜善と交流。この夏40日以上の旱魃で稲熱病の発生などの手当て・稲作指導・測候所への問い合わせに奔走、疲労困憊のあげくついに倒れる。**凶作で陸稲・野菜ほぼ全滅。**

【賢治過労のため病床につく】

この頃発熱、花巻病院で両側肺浸潤の診断を受け、以後四十日余自宅に戻り病床につく。

○過労と粗食による栄養不足のため、賢治の健康は昭和三年に入って、その衰弱が目立ってきたようでした。ことにもその年は気候が不順で、稲作を案じて昼夜をわかたず農村をかけまわった末に、八月のある日、空腹のところへ夕立に濡れて帰ったのが原因で風邪をひき、遂に豊沢町の両親の家に帰って、病臥の身になりました。（関登久也『宮沢賢治物語』）

12月急性肺炎で高熱、自宅療養。この年２月中山晋平「出船の港」（藤原義江歌）第1回プレス赤盤レコード発売。「南京言葉」「あがり目」（平井英子歌）「波浮の港」（佐藤千夜子歌）もヒット。西條八十・中山晋平コンビ生まれる。宮津博ら東京童話劇協会結成。12月萩原朔太郎『詩の原理』刊。

昭和４年（１９２９）賢治（33歳）羅須地人協会４年目　１月「文語詩篇」ノートに「一月、**肺炎**」のメモ。また「**淋シク死シテ淋シク生レン**」と書き、消す。「鞠と殿さま」西條八十詞・中山晋平曲（『コドモノクニ』）。２月詩「**われやがて死なん　今日又は明日　あたらしくまたわれとは何かを考へる**」

○昭和四年は、ほとんど病床にあって、読書と詩の推敲に日を送りましたが、秋に初めて外出することが出来、花巻温泉にダリアの品評会を見に行けるところまで、元気も回復したのです。（関登久也『宮沢賢治物語』）

４月賢治、東北砕石工場主、鈴木東蔵の訪問を受け

る。11月榎本健一（エノケン）浅草水族館に喜劇団「カジノ・フォーリー」結成。世界恐慌を反映、官能的・享楽的、エログロナンセンスの時代に軽演劇が一時の慰楽をもたらす。山田耕筰、自作歌劇〈堕ちたる天女〉初演（歌舞伎座）。カーピ・イタリア・オペラ来日。この年「東京行進曲」発売、大ヒット。

昭和5年（1930）　賢治（34歳）　羅須地人協会5年目　1月〜3月小康を得て一応回復。詩・童話の推敲。2月草野心平「春と修羅」絶賛。4月4日上郷小学校（遠野）の高橋（のち沢里）武治宛書簡「私も農学校の四年間はいちばんやり甲斐のある時でした。但し終りのころわづかばかりの自分の才能に慢じてじつに虚傲な態度になってしまったこと悔いてももう及びません。しかしその頃はなほ私には生活の頂点でもあったのです。もう一度新しい進路を開いて幾分でもみなさんのご厚意に酬いたいとばかり考へます。」（新全集・年譜）8月「文語詩篇」ノートに「八月　病気**全快**」と記す。9月13日初めて**東北砕石工場訪問**。10月**童話「まなづるとダァリア」**手入れ終了。5月邦訳

歌詞による〈椿姫〉〈蝶々夫人〉上演。この年、世界**恐慌**が日本に波及。

東北砕石工場技師時代の生活・文化・音楽環境

東北砕石工場跡　外観と工場内部　岩手県一関市東山町松川

昭和6年（1931）　賢治（35歳）　東北砕石工場技師1年目　賢治の盛岡高等農林学校の恩師関豊太郎教授は、大正9年（1920）に東京西ヶ原の国立農事試験場に転任していた。賢治は2月25日付け関宛書簡で、石灰岩の粉末を製造販売する東北砕石工場の鈴木東蔵からの「私に嘱託として製品の改善と調査、広告文の起草、照会の回答を仕事とし」た技師就任につき受けるべきか相談。**関からは「小生の宿年の希望が実現しかゝったのを喜びます」という返信が届く。東北砕石工場技師となる。**（注、工場は一関市東山町松川にあり、現在も建物や砕石機械の一部が保存されている。また近くに〈石と賢治のミュージアム〉もある。）**以後技師としての仕事以上に石灰の宣伝・販売にまで力を注ぐこととなる。**佐々木喜善『聴耳草紙』刊。**4月発熱、数日病臥。**この頃手帳に詩「あらたなるなやみ」（「文語詩稿　五十篇」異稿）。

あらたなるよきみちを得しといふことは　たゞあら
たなる　なやみのみちを得しといふのみ　このこと

むしろ正しくて　あかるからんと思ひしに　はやくもこゝにあらたなる　なやみぞつもりそめにけりあゝいつの日かか弱なる　わが身恥なく生くるを得んや　（以下略）

7月童話**「北守将軍と三人兄弟の医者」**発表（季刊雑誌「児童文学」第一冊）。（姉妹書：尾原昭夫『賢治童話の歌をうたう』「北守将軍と三人兄弟の医者」参照）**「グスコーブドリの伝記」**執筆。8月「酒は涙か溜息か」高橋掬太郎詞・古賀政男曲。古賀メロディー登場。9月**満州事変**起こる。

【「風の又三郎」の歌の作曲依頼】

3月12日付け花巻農学校の教え子**沢里武治**宛書簡で「作曲、私では完全な再現ができず何とも残念ですが、（略）伴奏をつけて纏った形にしたりせずとも当分は鉛筆と手帖を手にして、村の炉ばたから停車場、赤羽根峠の上の草黄金いろの準平原、さては仙人峠の白樺の木の間から太平洋と山地の刻鏤を望み、ある日は石灰岩の谷をのぼってぜんまいの芽のほごれるのを音で書くなどたゞたゞ勉強こそ望ましいと思ひます。」と、教え子の**作曲という活動**について賢治らしい発想で発奮を促している。ついで8月18日付け同人宛書簡に、「作曲の方はこれからもどしどしやられ亦低音部がゆるやかに作ってあればセロをも入れられるでせうし第一に歌詞ない譜曲だけスケッチして置かれれば歌詞は私が入れませう。（略）次は「風野又三郎」といふある谷川の岸の小学校を題材とした百枚ぐらゐのものを書いてゐますのでちゃうど八月の末から九月上旬へかけての学校やこどもらの空気にもふれたいのです。」と、「風野又三郎」執筆について伝えている。（ちくま文庫・宮沢賢治全集9）

9月　賢治、上郷村（遠野）に**沢里武治**を訪ねた際、**「風の又三郎」**（賢治没後昭和9年発表）の歌**「どっど　どどうど」の作曲を依頼する**。軽便鉄道の車上でのそのときの賢治のものすごい気迫と語調について、沢里はつぎのように述懐する。

○その日、わたしは宙を翔ける心地で、軽鉄遠野駅に先生を出迎え、そのまま車中ならぬデッキにならんで立ったのだが、やおら先生は、首につるした例の銀製シャープペンシルで書いたと思われる主題歌「どっどど」の紙片をわたしにつきつけ、今でもはっきり耳に残っているあの朗々たる声音で、「どっ」と詠み出されたときには、全くドキッとした。「どどどどう」……。余りにも強烈な、余りにも鋭い気魄に度肝を抜かれてしまったのである。何といったらよいか、全く無我夢中といってはあたらないし、呆然という表現も彷彿とはしないし……。「ガッタン　ゴットン」だったかどうか記憶にないが、何せ軽鉄線仙人峠駅へ向う上り勾配を喘ぎ走るその車輪の騒音をも打ち消して、はっきり耳朶にしみ通る韻律を以て一気に朗誦されるのだった。あァまい果淋も吹きとばせェー。さて、本論に入るのだが、これに曲をつけろという御託宣である。つまり、作曲を仰せつかったのである。わたしは夢中でおしいただいた。さてそれからが、わたしの夢遊彷徨がはじまるのである。（略）然し先生の「ゴゴゴーッ　どどどう」というあの音調は、風の中から採譜されるようなものではないように思えたものの、何回か、いや何箇月か繰返し探し求め続けた。だが、所詮わたくしにして成し得る業ではなかったのである。やがてわたしは花巻は豊沢町のお店に先生を訪ねて、もぞもぞと詫びごとを言上に及んだ。先生は黙って居られたが、大変がっかりされた様子で、しばらくの後静かに稿本風の又三郎開巻　第一頁に楽譜風の又三郎を掲載するつもりであったことを語られ、この上は誰にも作曲は頼まないとつぶやかれた。

（沢里武治、遠野地区校長会誌「いちい」二号１９７３：新校本・年譜）

【仏教合唱曲の作曲依頼】

9月12日藤原嘉藤治宛葉書、下記「法華経」経典の一部を選び、女声四部合唱のために作曲を依頼する。「一、無上甚深微妙法　百千万劫難遭遇　我今見聞得受持　願解如来第一義　二、当地是処　即是道場　諸佛於此　得三菩提　諸佛於此　転於法輪　諸佛

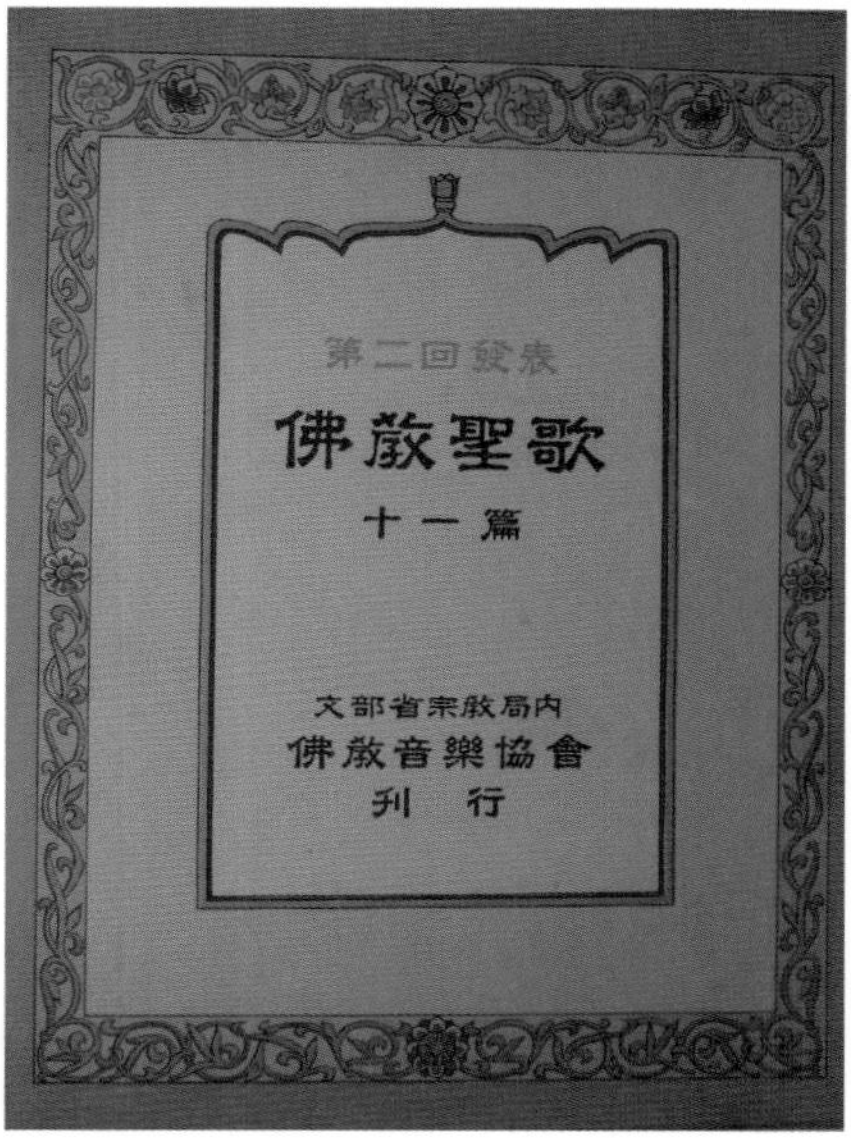

仏教聖歌　1930　仏教音楽協会刊

仏教聖歌合唱曲集　1932　仏教音楽協会刊

於此　面般涅槃」（一は開経偈、二は法華経如来神力品第二一より）（ちくま文庫・宮沢賢治全集9）

すでに中央では、前年の昭和5年4月、文部省宗教局内に設置された仏教音楽協会が、法華経からの和歌を中心に山田耕筰、小松耕輔、藤井清水らに依頼して合唱曲に作曲した**『仏教聖歌』**を刊行していた。それらの和歌は、島地大等著『和漢対照　妙法蓮華経』の巻末にある〈法華歌集〉に「古今和歌集」ほかの平安時代以来の数々の歌集から選出された、法華経各品関連の和歌約６００首が36ページにわたって紹介されていて、おそらくそのなかからさらに数編を選んだものと思う。賢治はそれに影響をうけて、経文そのものを合唱曲にすることを意図したのではないかと編者は推測する。しかし、この賢治による仏教合唱曲の作曲という、すばらしい企画も実現にはいたらなかった。「風の又三郎」も、また「仏教合唱曲」も作曲への賢治の夢ははかなく消え、断念せざるをえなかった、その悔しさ残念さが想いやられる。

9月砕石工場宣伝・販売のため仙台・水戸経由上京。

神田駿河台八幡館投宿、発熱。死を覚悟し遺書を書く。

「この一生の間どこのどんな子供も受けないやうな厚いご恩をいたゞきながら、いつも我慢でお心に背きたうとうこんなことになりました。今生で万分一もつひにお返しできませんでしたご恩はきっと次の生又その次の生でご報じいたしたいとそれのみ念願いたします。どうかご信仰といふのではなくてもお題目で私をお呼びだしください。そのお題目で絶えずおわび申しあげお答へいたします。九月廿一日　賢治　父上様　母上様」

遺書は大トランクに入れられたまま、「雨ニモマケズ」手帳とともに没後に発見される。（ちくま文庫・全集9）

父の厳命で帰郷、病臥。この頃の状況は弟清六の『兄のトランク』につぎのように克明に記述されている。

○その年の九月には、**石灰岩とセメントで大理石のような感じのタイルを花巻でつくらせて、その見本をトランクにつめて上京した。**病後でもあり、あまり重いものを持って上京するのはあぶないと、家中で心配して引きとめたが、工場としてもどうしても上京しなければならないと言って出かけたのであった。そして東京の駿河台の八幡館という宿で高熱を出して臥床してしまった。そこでもう死ぬ覚悟をきめて、両親と私共に宛てて遺言状を書いたのであったが、奇しくもそれは二年後に死んだ月日と同じ九月二十一日であった。（中略）それからの二年はずっと病床にあって、詩や童話や文語詩を書いたりそれを発表したり、肥料の相談の返事を書いたりした。私はときどき二階に行ってレコードをかけたりしたが、だんだん「すぐ疲れるから低くしてかけよう。」というようになり、最後には蚊のなくような音で聞くようになった。**「風の又三郎」**や**「銀河鉄道の夜」**も、このころ書き加えたりしていて結局は未完成のままで残り、**「セロ弾きのゴーシュ」**は手のとどくところにあったそまつな紙に書かれていて、死ぬ少し前まで筆を入れていた。（宮澤清六『兄のトランク』）

10月妹クニの娘フジの病いに、手帳に十月廿日詩「この夜半おどろきさめ」書く。

この夜半おどろきさめ　耳をすまして西の階下を
聴けば　あ、またあの児が　咳しては泣き
また咳しては泣いて居ります（以下略）

【雨ニモマケズ】

10月東北・北海道冷害凶作のため、娘身売り多く各地で家族離散の悲劇。11月賢治、**手帳**に十一月三日「雨ニモマケズ」書く。

雨ニモマケズ　風ニモマケズ　雪ニモ夏ノ暑サニモ
マケヌ　丈夫ナカラダヲモチ　慾ハナク　決シテ瞋《いか》
ラズ　イツモシヅカニワラッテヰル　一日ニ玄米
四合ト　味噌ト少シノ野菜ヲタベ　アラユルコト
ヲ　ジブンヲカンジョウニ入レズニ　ヨクミキキシ
ワカリ　ソシテワスレズ　野原ノ松ノ林ノ蔭ノ　小
サナ萱ブキノ小屋ニヰテ　東ニ病気ノコドモアレ
バ　行ッテ看病シテヤリ　西ニツカレタ母アレバ
行ッテソノ稲ノ束ヲ負ヒ　南ニ死ニサウナ人アレバ
行ッテコハガラナクテモイヽトイヒ　北ニケンクヮ
ヤソショウガアレバ　ツマラナイカラヤメロトイヒ
ヒド（デ）リノトキハナミダヲナガシ　サムサノナ
ツハオロオロアルキ　ミンナニデクノボートヨバレ
ホメラレモセズ　クニモサレズ　サウイフモノニ
ワタシハナリタイ

同じ**手帳**の10ページ後に、「雨ニモマケズ」の詩を戯曲化する原案とみなされる「**土偶坊**」がある。その**第五景には**「ヒデリ」とある。それは「雨ニモマケズ」で問題になる「**ヒドリノトキハ**」の記述を「ヒデリ」の誤記とする傍証になると思われる。

この年、勝太郎・市丸ビクター専属となり、中山晋平の曲を歌う。8月初の本格的トーキー映画「マダムと女房」封切・上映。浅草オペラ館開場、榎本健一ら劇団ピエール・ブリリアント旗揚げ。11月「丘を越えて」島田芳文詞・古賀政男曲。

昭和７年（**１９３２**）　**賢治**（**36歳**）**東北砕石工場技師２年目**　１月上海事変勃発。２月「影を慕いて」古賀政男詞・曲。３月満州国建国。賢治「児童文学」第二冊に**「グスコーブドリの伝記」**発表。挿絵は棟方志功。３月**『新訂尋常小学唱歌』**著作権者文部省、大日本図書株式会社発行。第一学年用（昭和７年３月）。以後下記のように続刊。第二学年用（昭和７年４月）。第三学年用（昭和７年４月）。第四学年用（昭和７年12月）。第五学年用（昭和７年12月）。第六学年用（昭和７年12月）。併せて各学年用**教師用伴奏譜**も発行。

４月岩手県土淵村から仙台へ移住していた**佐々木喜善**の訪問を受け、エスペラント、民話、宗教について三四時間語り合う。佐々木は５月22・25・27日にも来訪、長時間話す。**病床では文語詩の制作や過去の作品の推敲**。６月新美南吉**「ごん狐」**発表。７月**ドイツ、ナチス第一党**に。

９月23日夕刻、**藤原嘉藤治**、**花巻高等女学校生３名と仙台放送局の**「**子供の時間**」に出演。独唱、ピアノ伴奏藤原。病床にあってラジオ放送を聴いた賢治は、感極まって藤原宛つぎのような手紙を書く。

「今夕の放送之を聴けり。始めたゞ過障なきを希ふのみ。而も奏進むや、泪茫乎たり。その清純近日に比なきなり。身顫ひ病胸熱してその全きを禱る。事恍として更に進めり。最後の曲後半に至りて伴奏殆んど神に会す。奏了りて声を挙げよろこび泣く。弟妹亦枕頭に来つて祝せり。（略）」（ちくま文庫・宮沢賢治全集９）

この年**岩手県下失業者４３００人**、**小学校で欠食児童３５３９人**、**全国農漁村の欠食児童20万人突破と文部省発表**。11月「幌馬車の唄」山田としを詞・原野為二曲。12月「討匪行」八木沼丈夫詞・藤原義江詞・曲。

昭和８年（**１９３３**）　**賢治**（**37歳**）**東北砕石工場技師３年目**　１月ドイツ、ヒトラー内閣誕生。３月日本、**国際連盟脱退**。**３月３日三陸大地震・大津波**。**死者１５００人**。６月「東京音頭」西條八十詞・中山晋平曲。７月18日元「アザリア」同人であった鳥取倉吉農学校教諭の**河本義行が八橋海岸で水泳訓練中**、**同僚二人の救助に向かい心臓麻痺を起こし逝去**。（賢治小学生の

新訂尋常小学唱歌　第一学年用から表紙と「一番星みつけた」

時の子ども二人の溺死事件とともにこれも「銀河鉄道の夜」に影響か）**8月賢治「文語詩稿　五十篇」「文語詩稿　一百篇」推敲終了、定稿とする。**

母方の従弟である宮澤幸三郎は、賢治逝去の約一ヶ月前、賢治の実家表二階で賢治といっしょにアルトゥール・シュナーベル独奏の**ベートーヴェンの《皇帝》**のレコードを聴いたときに「醸し出された霊的な雰囲気」について以下のように書き記している。

○第一楽章アレグロの中頃の曲符を見たゞけでも全く圧倒されずには居れぬ物凄い迫力に至って賢さんは眼の色を変へて飛び上がった。「**お、怖いこわい**」「**手に手に異様な獲物を振りかざしておそひかゝる悪鬼羅刹の鬼気迫る幻想。**」――賢さんは耳から入る音楽が直ちに色や形の表象となる事をいつも云っておられた。（宮澤幸三郎「スーヴェニール」『宮澤賢治研究』第一号1935）

9月10日夜、県農会に勤務の教え子小原忠が見舞いと出張挨拶に来訪。そのとき父政次郎は「**なあに、だまって農学校の先生、やってればよかったのス**」と語り、賢治はきちんと座ったまま黙って聞いていたという。

【大豊作の祭礼と遺言】

この年稗貫はじめ岩手は珍しく大豊作。県の米収132万石で**岩手県初めての大収穫となる。**

それにしても、この世に生を受けて以来、つねに災害と不作と貧困に立ち向かい、闘い、類まれなる文学と科学と音楽の才能を駆使して、精神的・実質的両面から問題に真剣に取り組み、単身挑戦し続けてきた賢治の生涯における最後の年に、岩手がまさに類まれなる大豊作に恵まれたこと、しかも天に旅立つ前の最後の数日、賢治の大好きな祭りで農民・町民ともどもに挙げて盛大に豊作を祝い、喜びを分かち合い、賢治自身それを身近に見ることができたということは、賢治への天の与え給うた最高最大の褒賞ではなかったか。多難で苦渋に満ちた人生ではあったかもしれないが、天は賢治を見捨てなかったと編者には思えてならない。そのお祭りこそは、ベートーヴェン最後の交響曲〈合唱〉であり、鳴り響くお囃子や歌声はフィナーレの「歓喜の歌」であったのだ。いまやその奏楽と歌声は満天に響き渡り、輝く星々の奏でる天の音楽と共鳴し、一大交響楽となって宇宙にこだまする。奇跡はまさに起こったのである。

我《が》此《し》土《ど》安《あん》穏《のん》　天《てん》人《にん》常《じょう》充《じゅう》満《まん》
宝《ほう》樹《じゅ》多《た》華《け》果《か》　衆《しゅ》生《じょう》所《しょ》遊《ゆ》楽《らく》
諸《しょ》天《てん》撃《きゃく》天《てん》鼓《く》　常《じょう》作《さ》衆《しゅ》伎《ぎ》楽《がく》
雨《う》曼《まん》荼《だ》羅《ら》華《け》　散《さん》仏《ぶつ》及《ぎゅう》大《だい》衆《しゅ》

（『妙法蓮華経』如来寿量品第十六偈より）

以下、最後まで賢治を支え、看護し、見守ってこられた方々の生々しい証言を読むことによって、われわれも最高の敬意をもって賢治の魂を、希求してやまなかったまことの幸福と平和の世界へ、壮大な銀河鉄道の旅へ、ともに祈り、ともに送りたいと思う。

稲穂黄金に稔る稗貫の田園　胡四王山より

9月17・18・19日鳥谷ヶ崎神社祭礼。賢治、店先に出て鹿踊りなど祭りを見る。

○九月十七日から十九日までは、花巻の氏神の祭りで、この年は津波はあったが大変な豊作で、天気もよかったので町には山車も沢山通っていた。最後の祭りの晩には、賢治も門の前に出て神輿の渡御をおがみ、その後で肥料の相談に来た農家の人と長く話し込んでいたが、そのためか次の日はひどい熱が出たのである。あまり苦しそうなので、私はその晩二階の兄のそばで寝むことにしたのだが「こんやの電燈は暗いなあ。」と言ったり、「この原稿はみなおまえにやるから、若し小さな本屋からでも出し度いところがあったら発表してもいい。」と言ったり、悲しいことを話したのであった。（宮澤清六『兄のトランク』）

○昭和八年の秋となりました。労働時代と異なって色は白くなり、広い額に優しい眼差し、やや肉が落ちたので余計に鼻が秀でて見えます。白い歯並みを見せて物言う口辺には微笑を漂わし、慇懃に応対する有様は、会う人々をして真の名僧、誠の活き仏とは、かかる人かと思わせました。（佐藤隆房『宮沢賢治―素顔のわが友』）

○17日（日）本日より鳥谷ヶ崎神社祭礼。この日神輿は神社を出て一日中町をねり歩き、夜おそく裏町（豊沢町東側）のお旅屋に泊る。年に一度の秋祭りを祝うために高さ一五メートルもある山車が各町から出ておのおの美と着想を競い、屈強の若者がかつぎ、子どもたちは太鼓を打ち、若い女性たちは三味線をひき鳴らす。この年は大豊作なので近在の農民たちも波のように浮き立って町を流れ、農民相手の商業地である花巻町も景気を盛り上げた。この光景を見るため裏二階から店先へ下りて、終日楽しんだ。

18日（月）祭礼第二日。この日も門のところまで出たり、店先にすわったり、楽しげにざわめき通る人びとや、踊りまわる鹿おどりを見ていた。この年は米収一三二万石を越したが、これは岩手県はじめての大収穫であった。

19日（火）祭礼第三日。この日夜半近く裏町のお旅所を出、早暁、丘上の本殿へ還御する神輿を拝みたいといい、みんなで手伝って二階からおろし、門のところへ出て待っていた。東北の秋は夕方になると冷気があたりを包む。**イチが心配して「賢さん、夜露がひどいんじゃ、引っこまってやすんでいる方がいいんちゃ。ほんとにいいんか。」と注意する。賢治はうなずき「だいじょうぶ、ええんすじゃ。」と答え、じっと待っていたが、**夜八時神輿をお迎えすると拝礼して家に入った。（『新校本全集・年譜篇』より）

鳥谷ヶ崎神社祭礼　子ども神輿

花巻囃子の太鼓を打つ稚児たち

花巻囃子

岩手県花巻市
武田忠一郎採譜より
笛譜訳　尾原昭夫

『東北民謡集 岩手県』日本放送協会編 1967日本放送出版協会刊所収の武田忠一郎採譜より横笛・締太鼓・大太鼓の部分を抽出、参考のため横笛には編者が笛譜（指づかいを示す）を添えた。「メ」は「メリ」の略で半音低い音程を表す。太鼓譜の符尾、上向は右、下向は左。

花巻囃子

方　十　里

短歌二首　遺作

（龍笛または篠笛で伴奏する）

宮沢賢治 作歌　尾原 昭夫 作曲

LentO con sentimento
ゆっくりと 感情をこめて

宮沢賢治 短歌二首 遺作

昭和８年(1933) 9月１９日　逝去２日前の作

方十里稗貫のみかも稲熟れて
　　み祭三日そらはれわたる

病（いたつき）のゆえにもくちんいのちなり
　　みのり（御法・実り）に棄てばうれしからまし

遺作短歌　方十里　病の

【絶筆の短歌と遺言】

9月20日（水）容態急変、急性肺炎の診断。絶筆短歌二首墨書。

方十里稗貫のみかも　稲熟れてみ祭三日
そらはれわたる
病《いたつき》のゆゑにも朽ちん　いのちなり
みのりに棄てば　うれしからまし

夜7時ごろ農家の人の肥料相談に、病いをおして玄関の板の間に正座して1時間も応対。

9月21日（木）11時半、「南無妙法蓮華経」と高々と唱題。父に遺言。

「国訳妙法蓮華経を一千部おつくり下さい。表紙は朱色、校正は北向氏に、お経のうしろには『私の生涯の仕事はこの経をあなたのお手もとに届け、そして其中にある仏意に触れて、あなたが無常道に入られますことを。』ということを書いて知己の方々にあげて下さい。」

父に「お前も大した偉いものだ。」とほめられると、「おれもとうとうお父さんにほめられた。」とうれしそうに笑った。午後1時30分永眠。

9月22日（金）藤原嘉藤治・関徳弥・森佐一・母木光・梅野健三の連名による賢治死亡告知が配布される。「岩手日報」夕刊に記事「詩人宮澤賢治氏きのう永眠す。日本詩壇の輝しい巨星墜つ。葬儀はあす執行。」

【葬儀】

9月23日（土）午後2時宮澤家菩提寺（真宗大谷派）安浄寺にて葬儀。法名、真金院三不日賢善男子。会葬者2千人。

森佐一・藤原嘉藤治・母木光連名による弔辞。

「私どもはあなたをあなたの芸術を世界大一流のものとして、大きいほこりを持つのに、御本人のあなたは、この世のものでないやうな謙虚でひたすらかくして居られました。この町の人々は、そしてこの国の人々は、そして日本の人々は、五十年或は百年の後に、あなたがどのやうに偉かったかといふことがわかるでせう。」

10月21日宮澤清六編、宮澤賢治全集抜粋『鏡をつるし』〔A〕（詩四篇、歌曲八篇、「農民芸術概論」抜粋）孔版30部編者発行、非売品。**11月23日宮澤清六編『鏡をつるし』**〔B〕**発行。**（Aの改訂増補版、**活版印刷100部限定**、歌曲2篇と童話「やまなし」および編者「後記」を加える。非売品）

「雨ニモマケズ」詩碑
高村光太郎揮毫　羅須地人協会跡

昭和9年（1934）**「風の又三郎」**発表。
原信子歌劇研究所設立。藤原歌劇団創立。

昭和10年（1935）ビゼー〈カルメン〉上演。（佐藤美子出演）三浦環〈蝶々夫人〉第2001回公演（歌舞伎座）

昭和11年（1936）11月〈雨ニモマケズ〉詩碑除幕式。

○（除幕式のあとの懇親会に阿部晁）「**デクノボーになりたいと言うた賢治君はただのデクノボーではないんだぞ、デクノボー**」激情に呼吸はおののいています。「**賢治君は最もすぐれた地人なんだ。**賢治君をいたずらに天才詩人だとか何だとか言って、まるで一大奇跡の出現ででもあるように祭り上げてしまってはいけないのである。また地から飛び去って大地には用もない天人でもあるように思っている人もあるが、**賢治君はどこまでも地上に足をつけていた人なんだぞ。**それはあの人の着想が天外から来ているように思われているので、詩人と呼ばれるのも無理ではないかも知れぬ。が、**賢治君は詩を作るより田を作れのほうであった。むしろ詩人なぞと言われるのは不満であったろう。**」（佐藤隆房『宮沢賢治—素顔のわが友』）

昭和12年（1937） 松竹映画「愛染かつら」（野村浩将監督・上原謙・田中絹代主演）大ヒット。

昭和16年（1941） 4月　小学校令廃止、**国民学校令施行。教科が「唱歌」から「音楽」に。鑑賞・器楽も加わる。**

3月文部省、音楽教科書改訂刊行。**『ウタノホン上』**初等科第一学年用。「ウミ」「オウマ」「ウグイス」など。**『ウタノホン下』**初等科第二学年用（昭和16年3月）「春が来た」「たなばたさま」「菊の花」など。以上、一・二学年用のみ**色刷り印刷**。

12月**太平洋戦争開戦**。文部省、以後下記のように音楽教科書続刊。**『初等科音楽一』**第三学年用（昭和17年3月）「鯉のぼり」「野菊」など。**『初等科音楽二』**第四学年用（昭和17年3月）。**『初等科音楽三』**第五学年用（昭和18年2月）「麦刈」「牧場の朝」など。**『初等科音楽四』**第六学年用（昭和18年2月）「おぼろ月夜」「われは海の子」など。

昭和20年（1945） 8月**終戦**。

昭和22年（1947） 4月　国民学校令廃止。教育基本法および**学校教育法**により小学校・中学校六・三制施行。

5月文部省、音楽教科書改訂刊行。**『一ねんせいのおんがく』『二年生のおんがく』『三年生の音楽』『四年生の音楽』『五年生の音楽』『六年生の音楽』**。『**学習指導要領**』により指導内容が**歌唱・器楽・創作・鑑賞の四分野**となる。

7月**『中学音楽1』『中学音楽2』『中学音楽3』**刊行。これが最後の文部省著作国定音楽教科書となり、以後検定教科書に代わる。

『ウタノホン上』表紙

カクレンボ

コモリウタ

『一ねんせいの　おんがく』表紙

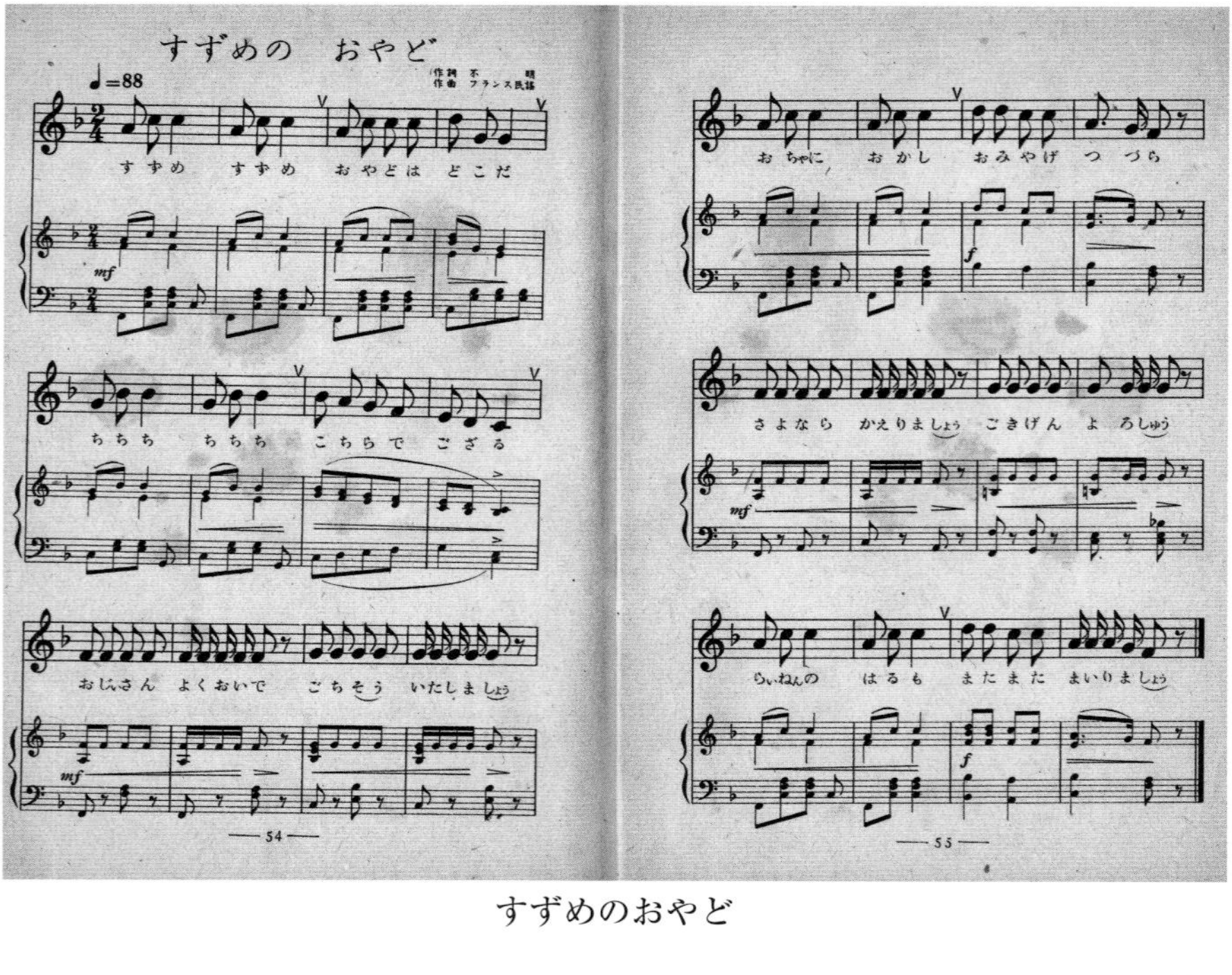

すずめのおやど

参考書

【唱歌・軍歌・寮歌】

小学唱歌集　初編　文部省音楽取調掛編　1881・11　高等師範学校附属音楽学校

小学唱歌集　第二編　文部省音楽取調掛編　1883・3　同

小学唱歌集　第三編　文部省音楽取調掛編　1884・3　同

幼稚園唱歌集　文部省音楽取調掛編　1887・7　同

東京音楽学校五十年記念　1929　東京音楽学校

唱歌教育成立過程の研究　山住正巳著　1967　東京大学出版会

明治唱歌　第一～第五集　大和田建樹・奥好義選　1888・5～　中央堂

箏曲集　東京音楽学校編・刊　1888・12

撰曲唱歌集　第一集　四竈訥治撰曲　1889・5　共愛書屋

中等唱歌集　東京音楽学校編・刊　1889・12

音楽雑誌　第九号　1891・5　音楽雑誌社

祝祭日唱歌集　共益商社編　上真行・小山作之助・奥好義校閲　1893・9　共益商社

小学唱歌　乙号五・六　伊沢修二編　1893・9　大日本図書株式会社

軍歌　小楠公　菀道春千代作歌　永井建子作曲　1894・3　雅楽協会（国立国会図書館デジタル版）

新編教育唱歌集　第一集～第八集　教育音楽講習会編　1896・1～　大阪開成館

鼓笛喇叭軍歌　実用新譜　永井建子著　1899（国立国会図書館蔵デジタル版）

地理教育　鉄道唱歌　第一輯（東海道線）　大和田建樹著　上真行・多梅稚作曲　1900・5　三木佐助

地理教育　鉄道唱歌　第三輯（奥州線）　大和田建樹著

奥好義・田村虎蔵作曲　1900・10　三木佐助

新撰　儀式用唱歌集　村山自彊・野村成仁共編　1900・6　能勢鼎三

中学唱歌　東京音楽学校編・刊　1901・3

教科適用　幼年唱歌　初編〜二編　1900・6〜1901・6　納所弁次郎　田村虎蔵編　十字屋

国語読本唱歌　尋常巻の上・下　帝国書籍株式会社編集所編　1902・4　帝国書籍株式会社

尋常小学読本　巻一〜八　第一期国定教科書　著作兼発行者　文部省　1903・8　博文館

讃美歌　讃美歌委員会編　1903・11　教文館・警醒社

尋常小学読本　巻一〜十二　第二期国定教科書　著作兼発行者文部省　1910・2　日本書籍株式会社

尋常小学読本唱歌　著作権者　文部省　1910・7　（株）国定教科書共同販売所

尋常小学唱歌　第一学年用〜第六学年用　著作権者文部省　1911・5〜1914・6　大日本図書株式会社

大正幼年唱歌　小松浩輔・梁田貞ほか　1915〜12冊刊行　目黒書店

尋常小学読本　巻一〜十二　第三期国定教科書　著作兼発行者文部省　1918・1　日本書籍株式会社

仏教聖歌　1930　仏教音楽協会

仏教聖歌合唱曲集　1932　仏教音楽協会

新訂尋常小学唱歌　文部省著作　第一学年用〜第六学年用　1932・3〜1932・12　大日本図書株式会社

標準軍歌集　志村文蔵編　1938・5　野ばら社

ウタノホン上・下　初等科第一・二学年用　1941・3　**初等科音楽一〜四**　初等科第三〜六学年用　1942・3〜1943・2　文部省　日本書籍株式会社

一ねんせいのおんがく〜六年生の音楽　文部省　1947　一〜三　東京書籍株式会社　四〜六　日本書籍株式会社

中学音楽1〜3　文部省　1947　中等学校教科書株式会社

日本の名曲三百曲集　上巻　音楽研究会編　1924　大阪開成館
流行歌・明治大正史　添田知道著　1982　乃水書房
明治・大正・昭和流行歌曲集　世界音楽全集　堀内敬三・町田嘉章編　1931　春秋社
日本伝統音楽の研究　小泉文夫著　1958　音楽之友社
定本日本の軍歌　堀内敬三著　1969　実業之日本社
定本日本の唱歌　堀内敬三著　1970　実業之日本社
日本の唱歌（上）明治編　金田一春彦・安西愛子編　1977　講談社
日本の唱歌（中）大正・昭和編　金田一春彦・安西愛子編　1979　講談社
日本の唱歌（下）学生歌・軍歌・宗教歌編　金田一春彦・安西愛子編　1982　講談社

【遊戯唱歌】

簡易 戸外遊戯法　岡本岱次郎編　1886・6　集英堂
小学校用 新式戸外遊戯術　瀬戸幸七郎編　1888・4　成美堂
内外遊戯法　大橋又太郎編　1898・6　博文館
唱歌適用 遊戯法 第一輯　横地捨次郎編　1901・1　村上書店
日本遊戯唱歌　第二編　鈴木米次郎編　1901・4　十字屋
国定小学読本唱歌 適用遊戯法 上編　東京児童遊戯研究会編　1906・3　博報堂書店
新定文部省発刊尋常小学唱歌 適用遊戯　二学年用　東京児童体育研究会編　1911・12　三友書院

【総　合】

日本史分類年表　桑田忠親監修　1974　東京書籍
新修　宮澤賢治全集　別巻・年譜　1980　筑摩書房
新校本宮澤賢治全集第十六巻上補遺・資料篇　199

9　筑摩書房
年譜　宮澤賢治伝　堀尾青史著　1991　中公文庫
兄のトランク　宮澤清六著　1987　筑摩書房
宮沢賢治―素顔のわが友　佐藤隆房著　2012　冨山房企画
屋根の上が好きな兄と私　宮沢賢治妹・岩田シゲ回想録　岩田シゲ著　2017　蒼丘書林
宮澤賢治研究叢書1～7　草下英明ほか編　1975～6　学藝書林
宮澤賢治研究資料集成　第1～10巻　続橋達雄編　1990　日本図書センター
漢和対照　妙法蓮華経　島地大等編　1914・8　明治書院（復刻国書刊行会）
注文の多い料理店　宮澤賢治著　1924　杜稜出版部・東京光原社（復刻1972日本近代文学館）
宮沢賢治童話大全　講談社出版研究所編　1988　講談社
宮沢賢治物語　関登久也著　1995　学研
森荘已池ノート　森荘已池著　2016　盛岡出版コミュニティー
花園農村の理想をかかげて　2009　アザリア記念会
マコトノ草ノ種マケリ　師父賢治先生回顧　1996　岩手県立花巻農業高等学校同窓会
宮澤賢治語彙辞典　原子朗編　1989　東京書籍株式会社
赤い鳥　鈴木三重吉編集　1918・7創刊　赤い鳥社
赤い鳥童謡集　第一集～第八集　1919　赤い鳥社
世界童話大系第十巻印度篇　ヂャータカ・パンチャタントラ　松村武雄訳　1925　同大系刊行会
日本ミュージカル事始め　―佐々紅華と浅草オペレッター　清島利典著　1982　刊行社
浅草細見　浅草観光連盟文化部編集委員編　1976　浅草観光連盟
オペレッタ解説　太田黒元雄著　1952　音楽之友社
宮沢賢治の音楽　佐藤泰平著　1995　筑摩書房

啄木賢治の肖像　阿部友衣子・志田澄子著　２０１８　岩手日報社
一握の砂　石川啄木　１９１０・12　東雲堂
啄木の悲しき生涯　杉森久英著　１９６８　角川文庫
日本の洋楽　大森盛太郎著　１９８６　新門出版社
明治の小学校　千葉寿夫著　１９６９　津軽書房
明治東京名所絵　井上安治画　木下龍也編　１９８１　角川書店
日本お伽噺　全24冊　巌谷小波編　１８９６～　博文館
日本昔噺　巌谷小波編　１９０８　博文館
歌劇童謡集　小波お伽全集　第十二巻　巌谷小波著　１９３４　吉田書店
唱歌教材で辿る国民教育史　鷹野良宏著　２００６　日本図書刊行会
西洋の音、日本の耳　中村洪介著　１９８７　春秋社
詩歌三国志　松浦友久著　１９９８　新潮社
日本歌謡類聚下　大和田建樹編　１８９８　博文館
日本民謡大全　童謡研究会・橋本繁編　１９０９・９　春陽堂
日本全国児童遊戯法　大田才次郎編　上巻　１９０１・１　中・下巻　１９０１・２　博文館
俚謡集　文芸委員会編　１９１４　国定教科書共同販売所
続日本歌謡集成巻三　１９６１　東京堂出版部
鄙廼一曲《ひなのひとふし》　菅江真澄著　自筆影印本　１９３０　郷土研究社
菅江真澄全集第一巻　内田武志・宮本常一編　１９７１　未来社
花巻市文化財調査報告書第三十一集　２００５　花巻市教育委員会
遠野物語　柳田國男著　１９１０・６（自費出版）
奥州のザシキワラシの話　佐々木喜善著　１９２０・２　炉辺叢書　郷土研究社
諸艶大鑑「江戸童風追之図」　井原西鶴著　１６８４
東北民謡集　岩手県　１９６７　日本放送協会
日本のわらべうた歳事・季節歌編　尾原昭夫編著　２００９　文元社

岩手のわらべ歌　日本わらべ歌全集　千葉瑞夫著　1985　柳原書店
青森のわらべ歌　日本わらべ歌全集　工藤健一著　1984　柳原書店
岩手のわらべうた　武田礼子編　1982　青磁社
近世童謡童遊集　日本わらべ歌全集別巻　尾原昭夫著　1991　柳原書店
岩手の民俗芸能の音楽　鷹觜洋一著　1980　熊谷印刷出版部
宮澤賢治 星の図誌　斎藤文一・藤井旭著　1988　平凡社
宮沢賢治　心象スケッチを読む　池上雄三著　1992　雄山閣
賢治と種山ヶ原　鳥山敏子編　1998　世織書房

あとがき
世界がぜんたい幸福に

五年ほど前に東京代々木のオリンピック記念青少年総合センターで、全国からの図書館関係の方々に、日本のわらべうたの歴史について講演をさせていただいた際に、話の終わりに「拝啓宮澤賢治さま」というタイトルで篠笛を吹いたのですが、あとで参加者の若い女性から「日本人に生まれて良かった」と一言感想をいただいてうれしくありがたかったことが印象に残っています。

賢治の作詞・作曲になる「牧歌」と「剣舞《けんばい》の歌」と「星めぐりの歌」の3曲のアレンジでしたが、その3曲こそ賢治の音楽の結晶であると言っても過言ではないでしょう。賢治の生誕百年（１９９６）を記念した私の合唱組曲「星めぐりの歌」もその3曲の編曲を前半に、後半には「風の又三郎」と「雨ニモマケズ」の作曲をつらねたもの、それを女声合唱団ポプラと、かしの木の皆さんが合同で、市瀬寿子さんの指揮で東京国分寺市のいずみホールで発表してくださり、その時は地元岩手から取り寄せた剣舞の太鼓を私が打って共演させていただきました。曲集出版の折、賢治の実弟であられる清六さんからお電話をいただき、「こういう音楽の活動はとてもだいじですよ。」とおっしゃって励ましていただいたのが今も耳に残っています。

落合美知子さん主宰の〈賢治の会〉へは、ずっと年に三回は仲間に入れていただき、「双子の星」や「種山ヶ原」の朗読や笛、組曲の合唱、「宮澤賢治の音楽風景」と題しての講演などを続け、和気あいあいのなごやかな笑顔のなかで賢治さんの作品にふれ、ともに読み、ともに考え、ともに歌い、ともに楽しむといった、貴重なひと時を過ごさせていただいています。特に原体剣舞や種山ヶ原、五輪峠や人首町、水沢天文台などの見学の旅にグループを組んでごいっしょできたのはなつかしい思い出です。

また、今年令和2年（２０２０）の5月には、鵜野祐介先生主宰の〈うたとかたりのネットワーク〉で、「宮澤賢治に学ぶ歌と語り」と題するセミナーを予定。そこでは賢治の童話の歌について、さまざまな詩型や音階の違いを感覚的に理解することにより、賢治文学の音楽的特質にせまるとともに、実際にうたうことで朗読の実践に寄与することを考えていましたが、あいにく新型コロナウイルスの感染予防のため中止せざるをえなくなったことはじつに残念でした。

ここまで近年の私の賢治関連の状況について概略を述べましたが、それらのすべてが私の宮澤賢治研究と執筆に大きな力を与えてくださっていることに心から感謝申し上げたいと存じます。

私の宮澤賢治との出会いは今からもう七十年以上も前、まだ中学生で終戦後の不安・窮乏・混沌の時代でありました。昭和21年（１９４６）、島根県の出雲大社のおひざ元、旧制島根県立大社中学校（男子校）の2年生のころのことです。

国語の「チュウさん」こと高橋忠先生はまさに熱血授業というにふさわしい教え方をされる先生でした。教科書はさておき、まずは自分が読み感動された日本文学・世界文学について熱心に話されたのです。敗戦と米軍を主とする連合軍の占領で、あちこちに武装兵士が立つ重苦しい日々と最悪の食料不足、若者も皆失望と悲哀と虚脱状態に陥っているさなか、高橋先生の話に生徒たちは夢中で聴き入り、学年全体がたちまち文学熱で盛り上がり、競い合って図書館に通い読書に熱中するといった状況に変わっていきました。その沸き立つような不思議な雰囲気、まさに春風に一斉に芽吹く若葉のごとく、新しく命がよみがえる心地であったのを忘れることができません。

なかでもある日先生が板書された「雨ニモマケズ」は私の心に強烈な印象をもって焼きつき、それが私の初めての宮澤賢治との出会いとなったのです。高橋先生の質素で温厚なお人柄からは想像もできない内に秘めた情熱と気迫。生徒を見つめるまなざしや手指の動きさえ今も生き生きとよみがえってきて、それが農学校教師時代の賢治先生とじつにぴったり重なるのです。やがて先生は黒板の真ん中に大きく「謙虚」と書かれ、「人生で順風満帆のときほど危険なことはない。常に謙虚であれ。」と賢治の精神を教えられました。宮澤賢治と高橋先生が文学と人生の師となった瞬間でした。

次の年の文化祭では演劇部が賢治の「饑餓陣営」を発表しました。同学年の下川敏雄君がバナナン大将で、彼の大柄な体を生かしての演技がまぶたに浮かぶと同時に、劇にこめられた奇抜なユーモアとそこにかくれている鋭い批判精神に驚かされた記憶があります。

もう一つ忘れえないこと。高校卒業後、私は宍道湖と日本海に挟まれた八束郡大野村（現松江市大野町）の中学校に代用教員として赴任しました。農・山・漁村が一つになった貧しい村で、学校は山の中腹に小さな古い木造校舎が二つ、肩を並べておりました。山の子は山のてっぺんに近い所から下って、海の子ははるばると3キロも先から峠を越えて、農家の子はあぜ道を歩いて通ってくる、まるで「風の又三郎」の舞台を思わせる学校で、ピアノなどもちろんなく、小さなベビー・オルガンがあるだけでした。旧制松江高等学校出の先輩、清水克美教諭が腰手拭でいかにも豪放なバンカラスタイル、しかし涙もろく叙情と情熱もあわせもつ彼が、反対の校舎にまでこだまする声で朗々と読み上げる詩、それが賢治の「永訣の朝」なのでした。

戦後まもなくピアノを、また高校のころからはヴァイオリンもおもに独習で学び、かねがね音楽教員をめざしていた私に、何より幸いなことに地元の島根大学に特設音楽科（音楽高校課程）が設立されることとなり、その第1期生の募集に飛びつくように応じた私は理論・作曲を専攻することとなりました。主任教授がなんと賢治と同郷の岩手県盛岡市出身で作曲家・指揮者の坂本良隆先生、実技はピアノを長岡敏夫、ヴァイオリンを竹内文子、管弦楽と室内楽を竹内尚一諸先生に、四年間徹底的に鍛えられることとなったのです。坂本先生にはヒンデミットの和声学や作曲を学び、また先生編曲の日本民謡を混声合唱でうたう一方、私もいくつかの合唱曲を発表、民謡調で作曲した中勘助の「ふり売り」や幻想的な三好達治の「草の上」が好評でした。大好きなオーケストラでは、ベートーヴェンの交響曲第五や第九にピアノ協奏曲「皇帝」、序曲「レオノーレ3番」、ドヴォルザークの「新世界より」、シベリウスの交響詩「フィンランディア」、ビゼーの組曲「カルメン」、チャイコフスキーの組曲「くるみ割り人形」、ヨハン・シュトラウスの「ウイーンの森の物語」ほかのワルツ、合唱や声楽を伴うヘンデルのメサイヤ「ハレルヤ」やハイドンの「天地創造」、レハールの喜歌劇のアリアなどまで、次から次へと練習・演奏を重ね、定期演奏会のほか小・中学校も廻るといった、戦後の音楽映画「ここに泉あり」を地で行くように、地獄の厳しいレッスンと、夢のような楽しみとをともに味わう貴重な体験をさせていただきました。それらの楽曲の数々がまた、不思議に賢治のレコードやチェロを通しての音楽体験と良く重なるのです。たとえば「セロ弾きのゴーシュ」など他人事ではなく、実感としてじわっと体に伝わってくるのです。

三十年ほど前に日本民俗音楽学会（私は会報担当）の大会が岩手の岩泉町で催され、その際岩手の民俗音楽・民俗学研究の第一人者である鷹觜洋一先生や門屋光昭先生とお会いしてご著書を譲っていただいたり、また南部牛追い唄、中野七頭舞、黒森神楽などのみごとな芸能にもふれることができました。以来、三本柳さんさ踊りの受講、北上市の北上みちのく芸能まつりや、花巻市の花巻まつり、遠野市の遠野まつりなどの見学・取材で、たびたび岩手県を訪ねては数多くの郷土芸能をビデオに収録、あわせて県内の賢治の足跡をたどるよう心がけました。加えて生涯を通じて収集してきた古文書や明治以来の教科書類等、今回の『宮澤賢治の音楽風景』の執筆にはそれらのすべてを結集するよう最大の努力を重ねたつもりです。ちなみに私が東京の古書店で発見した最古の岳神楽の詞書、明和元年（１７６４）『嶽神楽言語』（花巻市東和町中内嶽流言立本）は、早稲田大学演劇博物館での展示ののち岩手県立博物館に収納されています。

ここ数年来、この本の準備と執筆を日々進めてきたさなか、私は今年の二月大腸がんが見つかり大腸の三分の一を切除しました。まさに新型コロナウイルスが猛威をふるいだした矢先のことです。さらに各地で観測史上最高気温を記録する猛暑の追い討ちです。病いとコロナウイルスと猛暑の三重苦、これがひとり私個人のことではなく、地球規模で全人類へ襲いかかるという世界的大事件となったのです。賢治の太陽礼賛の象徴であるコロナを装う死の悪魔にいち早くとどめを刺すとともに、自然の大変動と災害に対しても人類の叡智と第二第三のグスコーブドリの献身によって、「世界がぜんたい幸福にならないうちは個人の幸福はあり得ない」（農民芸術概論綱要）といった賢治の永遠の願いである真の平和な日の一日も近からんことを切に祈るばかりです。

この本の上梓にあたり、賢治文学の保存・出版に生涯をかけられた実弟の宮澤清六氏はじめ、数々の賢治研究者の方々の学恩、ならびにご著書からの引用、楽譜・写真・図版の掲載をご許諾くださいました宮澤和樹様、佐藤泰平様、岩手県立花巻農業高等学校同窓会、東京芸術大学音楽学部、浅草観光連盟の各位に深く敬意と感謝をささげますとともに、取材にご協力いただきました原体剣舞保存会の菊地隆一様、賢治街道を歩く会の佐伯研二様、岩手大学宮澤賢治センター、宮澤賢治イーハトーブ館、岩手県立図書館、盛岡市立図書館、花巻市立図書館、花巻観光協会、奥州市教育委員会の皆様、またいつも研究を支えてくださっている賢治の会の湯浅千鶴子様および会員の皆様、身に余るごすいせんのお言葉を賜りました鵜野祐介先生、落合美知子先生、加えて出版・編集に献身的に力を尽くしてくださいました風詠社・大杉剛社長およびスタッフの皆様に、深甚の感謝をこめて御礼を申し述べさせていただきます。

誠にありがとうございました。

令和二年（２０２０）九月

尾原　昭夫

尾原　昭夫（おばら あきお）

1932 年　島根県生まれ。
1958 年　島根大学教育学部特設音楽科〈音楽高校課程〉卒業。(音楽理論・作曲専攻)
東京都公立小学校・養護学校・盲学校音楽専科教諭として教職のかたわら、文部省科学研究費助成を受け、わらべうたの全国的採集・収集・研究活動。
日本わらべうたの会・郷土文化協会設立。
柳原書店〈日本わらべ歌全集〉編集委員・日本民俗音楽学会常任理事など歴任。
{主な作品・著作}
「門出の歌」(詞・曲) 教育出版教科書ほか 「合唱組曲“雪のうた”」日本わらべうたの会
『合唱組曲“星めぐりの歌”宮澤賢治の音楽遺産』郷土文化協会
『日本のわらべうた』室内遊戯歌編・戸外遊戯歌編・歳事季節歌編 社会思想社（文元社再刊）
『東京のわらべ歌』『近世童謡童遊集』柳原書店 『日本の子守唄 50 曲集』音楽之友社
『篠笛の吹き方と日本の名曲』初級編・中級編・上級編　オンキョウ・パブリッシュ
『古今《こきん》童謡を読む－日本最古のわらべ唄集と鳥取藩士野間義学－』共著 今井出版

宮澤賢治の音楽風景 ― 音楽心象の土壌 ―

2021 年 4 月 28 日　第 1 刷発行

編著者　尾原昭夫
発行人　大杉　剛
発行所　株式会社 風詠社
〒 553-0001　大阪市福島区海老江 5-2-2
大拓ビル 5 - 7 階
TEL 06（6136）8657　https://fueisha.com/
発売元　株式会社 星雲社
（共同出版社・流通責任出版社）
〒 112-0005　東京都文京区水道 1-3-30
TEL 03（3868）3275
装幀　2 DAY
印刷・製本　シナノ印刷株式会社

ISBN978-4-434-28872-2 C0095